KB196623

독서논술 선생님의 명품 큐레이션과 함께하는 필독 동화 100선

몰래 훔쳐본

# 논술쌤의
# 비밀책장

초등 3~4학년 학부모용

**2**

장주은·박소연·이연옥·송기옥 지음

대경북스

몰래 훔쳐본 논술샘의 비밀책장 2

**1판 1쇄 인쇄** 2024년 12월 20일
**1판 1쇄 발행** 2024년 12월 26일

**지은이** 장주은, 박소연, 이연옥, 송기옥

**발행인** 김영대
**펴낸 곳** 대경북스
**등록번호** 제 1-1003호
**주소** 서울시 강동구 천중로42길 45(길동 379-15) 2F
**전화** (02) 485-1988, 485-2586~87
**팩스** (02) 485-1488
**홈페이지** http://www.dkbooks.co.kr
**e-mail** dkbooks@chol.com

ISBN 979-11-7168-067-2    03800

# 《몰래 훔쳐 본 논술쌤의 비밀책장》 중학년 편을 기획하며

2023년 12월에 《몰래 훔쳐 본 논술쌤의 비밀 책장 저학년 편》이 출간됐다. 초등 1~2학년이 읽으면 좋은 책 120권을 소개하고 있는 《몰래 훔쳐 본 논술쌤의 비밀 책장 저학년 편》을 읽고 중학년을 위한 책은 언제 나오냐는 문의가 계속됐다. 특히 아이에게 책을 읽으라고 하고 끝나는 것이 아니라 부모님이 아이와 함께 책을 읽고 아이에게 어떤 질문을 하면서 이야기 나누면 좋은지 써 놓은 부분에 대한 반응이 좋았다. 가이드에 따라 아이와 이야기 나누면서 사이가 더욱 가까워졌고 아이를 더 많이 이해하게 되었다는 피드백을 받을 때 너무 행복하고 뿌듯했다. 책의 저자라면 '내가 쓴 글이 누군가에게 도움이 되었구나!'라는 것을 알게 되는 때가 가장 기쁜 순간이 아닐까?

이번에 생각연필 독서지도사들이 《몰래 훔쳐 본 논술쌤의 비밀 책장 중학년 편》을 썼다. 초등 3~4학년이 읽으면 좋은 책 100권을 소개하고 있다. 《몰래 훔쳐 본 논술쌤의 비밀 책장 중학년 편》에서는 책 읽기와 학습을 연계하는 부분을 넣었다. 중학년이면 본격적으로 학습을 시작하는 시기다. 특히 국어는 어릴 때부터 탄탄하게 잡아야 하는 과목이다. 문해력과 문장력은 다른 과목을 공부하는 데 기반이 되기 때문이다. 책을 읽고 관련 교과목에서 어떤 것을 배우는지 관련 주제와 글쓰기를 접목했다. 부모님이 아이와 함께 책을 읽고 교과서 연계 부분까지 함께 한다면 책 읽기의 즐거움과 학습 효과를 모두 잡을 수 있을 것이다.

생각연필 독서지도사는 늘 책 읽고 글 쓰는 사람들이다. 생각연필 독서지도사들의 모토는 '읽지 않은 책으로 수업하지 않는다'이다. 교사가 책을 읽고 내용을 잘 파악해야 아이들에게 좀 더 많은 것을 줄 수 있다. 현장에서 아이들과 함께 나눈 책 이야기를 바탕으로 아이들의 추천도 받은 책 100권을 소개하는 《몰래 훔쳐 본 논술쌤의 비밀 책장 중학년 편》이 겨울방학을 알차게 보내는 도구가 되면 좋겠다.

2024년 12월

# CONTENTS

## 장주은 선생님의 추천 도서

## 박소연 선생님의 추천 도서

## 이연옥 선생님의 추천 도서

## 송기옥 선생님의 추천 도서

**장주은** 선생님의 추천 도서

## 장주은 선생님

책을 통해 아이들의 꿈을 이루어 주고 싶은 독서지도사 생각연필 독서논술 공부방을 운영하고 있고, 온라인 교육 플랫폼 '꾸그'와 줌 수업등 온라인 수업도 활발하게 진행하고 있다.

블로그  blog.naver.com/book_pear
인스타  @book_pear

어릴 때 우리가족은 2층 상가 주택의 1층에서 통닭집을 했고, 주인집은 2층이었어요. 2층 주인집에는 나보다 한 살 적은 여자 아이가 있어서 그 아이와 함께 자주 놀았어요. 우리 둘은 밖에서 놀 때도 있고 서로의 집에 가서 놀 때도 있었어요. 하루는 그 아이 집에 가서 놀다가 그 아이 방에 들어가게 되었어요. 그 아이 방에는 백과사전, 전래동화, 세계 명작 등 다양한 전집이 벽면을 가득 채우고 있었지요. 책이 많지 않았던 나에게 그 아이 방은 충격과 함께 부러움의 대상이었어요. 그 아이 방 책꽂이를 가득 채우고 있는 책이 우리 집에도 있었으면 좋겠다고 생각했지만 그 소망은 한 번도 이뤄지지 않았어요. 평범한 학창 시절을 보내면서 마음 한구석에는 늘 책이 가득 꽂힌 그 책장이 동경의 대상으로 남아있었어요.

결혼하고 아이를 낳자 거실을 전집으로 가득 채웠어요. 그동안 이루지 못했던 꿈을 이루는 것이라고 스스로를 위로했죠. 책꽂이를 가득 채우고 있는 책을 쳐다보기만 해도 행복하고 뿌듯했어요. 다행스럽게 어릴 때 우리 아이들은 장난감보다 책을 더 좋아했어요. 남매는 낮이나 밤이나 책을 들고 와서 읽어달라고 졸랐어요. 책 읽어주는 것이 때로는 힘들었지만 '책꽂이에 있는 모든 책을 읽어주리라'하는 마음으로 하루에 몇십 권씩 읽어줬어요. 아이들은 제가 책 읽어주는 걸 좋아하고 그런 아이들을 내세우며 "책 사느라 쓴 돈이 아깝지 않다."고 다른 엄마들에게 은근히 자랑을 늘어놓기도 했지요.

처음에는 사심(私心) 가득한 책 읽기였지만 아이들에게 책을 읽어주면서 아이들보다 동화책의 재미에 빠져 감동한 사람은 오히려 저였어요. 동화의 순수한 매력과 상상력에 감동했고, 아이들에게 보내는 따뜻한 마음에 감동했고, 외로움을 달래주는 마음에 감동했어요. 힘든 육아로 지친 저를 동화책이 위로 해 주었지요.

결혼하기 전 10년 동안 대형 병원에서 근무했지만, 그건 저의 꿈이 아니었어요. 열심히 근무를 했지만 간절히 원해서 하는 일은 아니었어요. 결혼 후 아이들이 어렸을 때 책을 읽어주면서 느낀 책읽기의 기쁨이 그동안 잊고 있었던 내 꿈을 소환하는 마중물이 되었어요.

아이들이 자랄수록 아이들을 잘 키우고 싶다는 마음으로 여러 강연에 참석했어요. 여러 강사들은 공통적으로 한 가지를 이야기했어요. 아이를 행복하게 양육하는 방법 중에 제일 중요한 것은 엄마의 행복한 마음이라고요. 강연자들의 말을 듣고 가만히 스스로에게 물어보았어요. '○○아 너는 행복하니?' '내가 하고 싶은 것은 무엇일까?' '내가 좋아하는 것은 무엇일까?' 꼬리에 꼬리를 물고 질문하고 대답하면서 내가 무엇을 원하는지 찾았어요. '그래 책읽기를 좋아했지!' 그때부터 아이와 도서관에 가서 아이들은 동화책을, 저는 자기계발, 인문학, 심리학, 물리학, 육아, 소설, 요리책 등 다양한 분야의 책들을 닥치는 대로 읽었어요. 다양한 분야의 책을 닥치는 대로 읽다 보니 '나의 책 읽는 방법은 올바른 걸까?'라는 의구심이 들었어요. 그래서 책 읽는 법, 올바른 독서법, 독서의 힘 등에 관해 공부하기 시작했어요. 함께 공부하

던 사람들과 독서 모임을 시작했고 책을 통해 서로의 생각을 나누면서 내가 행복해
지는 일, 내가 바라는 꿈을 찾기 시작했어요.

나의 어릴 적 꿈이 선생님이었다는 걸 그동안 잊고 지냈어요. 나를 따뜻하게
대해주시던 선생님. 내가 좋아하는 과목을 너무 재밌게 가르쳐 주셨던 선생님이 기
억났어요. 나도 아이들에게 그런 선생님이 되어야겠다고 결심했지요.

우리 학원의 1호 아이들은 자신들이 생각연필 선생님의 1호 제자라는 걸 아
주 자랑스럽게 이야기한대요. 초등 저학년 친구는 "선생님 저 생각연필 언제까지 다
닐 수 있어요?" "저 할머니 될 때까지 계속 다닐 거예요."라고 말해 저를 웃게 했어
요. 생각연필 다녀서 책을 좋아하고 글쓰기가 재밌다고 당당히 말하는 아이들을 보
며 선생님으로서 자부심과 긍지를 느껴요.

저의 사명은 '아이마다 가지고 있는 특별한 재능과 흥미를 바탕으로 미래를
설계하고, 탁월한 독서 습관과 the dream을 성공적으로 돕는 것이다.'예요. 생각연
필에 오는 아이들이 저마다 자신의 재능을 발견하고 탁월한 독서습관을 갖도록 도
와주기 위해 저는 오늘도 책을 읽어요. 제가 읽은 책 중 아이들과 함께 읽고 이야기
나눌 책을 지금부터 소개할게요.

# 보름달이 뜨면 체인지

글 김정미, 그림 유준재, 출판사 함께자람

{ 책 소개 }

　　학교에는 덩치가 크고 힘이 센 무리가 있다. 그 친구들은 학교가 자기 것인
양 복도 전체를 차지하고는 아주 당당하게 걸어 다닌다. 그 친구들은 유머 감각도
있어서 친구들 사이에서 인기가 많기도 하다. 우리들은 그 친구들을 바라보며 신
기함, 부러움, 흥미로움, 불편함 등의 다양한 감정을 느꼈다. 반마다 꼭 그런 무리
는 있다. 내가 초등학생일 때 짝을 바꾸던 날 그 무리 중 대장이라고 불리는 친구
와 짝이 되었다. 쉬는 시간이면 그 무리는 대장에게 찾아왔고, 시시콜콜한 장난으
로 친구들을 괴롭히기도 했다. 짝이 된 지 한 달째 되던 날. 그 짝인 친구는 나에
게 "넌 참 착하구나."라며 자신의 속마음을 이야기하기 시작했다. 난 그 친구의 이

야기를 귀 기울여 들어 주었다. 바쁘신 부모님, 나이 차이가 크게 나는 오빠와 언니, 언제나 집에서 혼자라고 했다. 나는 그 친구가 친구들을 괴롭히는 것이 외로움 때문이라는 생각이 들었다. 요즘 아이들은 친구가 없다. 심심하다는 말을 많이 한다. 모두 학원에 가버려 놀이터에 가도 놀 친구가 없는 현실이다. 대부분의 아이들은 스마트폰으로 게임을 하며 외로움을 달랜다. 부모로서, 어른으로서 아이들을 위해 무엇을 해줄 수 있는지 고민해 보아야 한다.

다문화 가정의 아이라는 이유로 똥버섯으로 불리며 친구들에게 괴롭힘을 당하는 아랑이는 주몽 패거리 때문에 학교에 가기 싫다. 비가 오던 어느 날 아빠와 함께 가게 된 만월탕에서 원수 주몽을 만나게 된다. 주몽이와 탕에 앉아있던 그때 형광등이 번쩍거리고 세차게 회오리치던 물이 분수처럼 솟구쳐 오르더니 주몽이와 아랑이의 몸이 바뀌는 일이 일어난다. 다정한 엄마 아빠와 살고 있는 아랑이, 그와 반대로 좁은 집에 잦은 부부싸움으로 집을 나가신 엄마와 무서운 아빠, 까칠하기만 한 중2 형과 귀찮은 동생과 함께 살고 있는 몽이. 둘은 어쩔 수 없이 바뀐 몸으로 서로의 집에서 지내게 된다. 아침이 되어도 바뀌지 않는 몸으로 학교에 간 주몽과 아랑. 공이라면 공포증에 시달리던 아랑이는 축구와 피구를 누구보다 잘하고, 공부와 담을 쌓고 지내던 몽이는 영어 시간에 영어를 술술 말한다. 하지만 친구들의 부추김으로 둘은 몸싸움까지 하게 되었다. 집에 돌아온 몽이는 아랑이의 일기장을 보고 과거를 반성하며 눈물을 흘린다. 싸운 벌로 도착한 아랑이네 버섯 농장에서 둘은 서로 마음을 터놓고 이야기하며 서로를 알아간다. 아랑이는 몽이 할머니에게 보름달 전설을 듣게 되고, 민준이까지 셋은 도서관에서 보름달 전설에 관련된 일들을 알게 된다. 두 번째 보름달이 뜰 때까지 서로의 몸이 바뀌지 않으면 평생 바뀐 채로 살아가야 한다는 걸 안 둘은 월석산 소원바위로 향한다. 소원바위가 보름달처럼 변하더니 다시 원래의 몸으로 돌아오게 된다.

## 🐦 '보름달이 뜨면 체인지'에서 생각할 내용을 찾아보자.

필리핀에서 왔다고, 피부색이 다르다는 이유로 매일 놀림을 받는 아랑이. 똥 버섯이라는 별명으로 불리고 돈을 빼앗기기 일쑤다. 우리는 미국, 유럽 사람들은 부러워하고 필리핀, 베트남 등 동남아시아 사람들은 나라가 못산다는 이유로 무시한다. 어른들의 잘못된 생각이 아이들에게 그대로 옮겨진 탓이다.

매일 싸우는 부모님. 다툼으로 집을 나가신 엄마와 그런 엄마가 보고 싶은 몽이. 그와 반대로 사랑이 넘치는 부모님과 함께 사는 아랑이. 몽이는 그런 아픔을 친구를 괴롭히며 보낸다. 부부가 싸우지 않고 지내기는 어렵지만, 어른으로서 서로를 배려하고 존중하는 모습을 보여 준다면 우리 아이들은 좀 더 안정적으로 자랄 수 있지 않을까?

필리핀에서 왔다는 이유로 무시당하는 아랑이 엄마가 한국에 살고 있는 이유는 아랑이가 다른 아이들보다 공부를 아주 잘하기 때문이다. 부모는 자신들이 공부를 많이 하지 못해서 아쉬움이 있기에, 어른이 되어서 편하게 살라는 이유로 아이들에게 공부를 강요하고 있다. 학교 마친 이후 일명 학원 뺑뺑이를 돌고 늦은 밤이 되어서야 집으로 돌아오는 것이 요즘 아이들의 일상이고 현실이다. 과연 아이들을 위한 것이 무엇인지 고민해 보아야 한다.

"서로의 몸으로 돌아간다면 제일 먼저 하고 싶은 것이 무엇이냐?"는 질문에 몽이는 형이랑 말싸움이라고 말한다. 아랑이는 학교 텃밭 가기라고 한다. 둘 다 서로가 생각하는 것이 너무나 사소한 것이어서 어이없기는 하다. 하지만 몸이 바뀌지 않았다면 알 수 없었을 서로의 마음이다. 서로 입장을 바꿔 생각해 보면 내가 진짜로 하고 싶은 말은 어쩌면 내가 듣고 싶은 말일 것이다. 나의 상황이 항상 우선이지만, 타인의 입장에서 생각해 보고 서로 소통하고 공감하며 살아간다면 좀 더 낫지 않을까?

##  아이와 함께 교과서 연계하기

- 국어 3-2 나
- 6단원 - 마음을 담아 글을 써요

'마음을 담아 글을 써요'라는 주제로 공부하는 국어 단원이에요. 친구에게 자신의 감정을 어떤 방법으로 전달 할 수 있는지, 또한 상황에 따라 어떤 마음인지 살펴보는 수업을 해요. 수업 내용과 연계하여 《보름달이 뜨면 체인지》의 등장인물처럼 마음을 전하는 쪽지를 써 봅니다.

1. 마음을 전하고 싶은 사람과 있었던 일을 떠올려 정리해 봅시다.

예시)

| 전하고 싶은 사람 | 이승준 |
| --- | --- |
| 있었던 일 | 승준이와 쉬는 시간에 종이접기를 했다. |
| 자신이 한 행동 | 승준이에게 네 것도 이상하다며 화를 냈다. |
| 상대가 한 말과 행동 | 종이비행기 모양이 이상하다고 했다. |
| 전하고 싶은 마음 | 화를 낸 것을 사과하고 싶다. |

전하고 싶은 사람

있었던 일

자신이 한 행동

상대가 한 말과 행동

전하고 싶은 마음

2. 친구에게 전하고 싶은 마음을 담아 쪽지를 완성해 보세요.

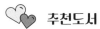
@umma_ssam

💕 **추천도서**

다문화 가정이기 때문에 일어나는 일을 소재로 쓴 또 다른 책
《차이나 책상 귀신》은 어떤 내용일까요? 함께 읽어요.

# 내일도 발레

글 오민영, 그림 김다정, 출판사 별숲

{ 책 소개 }

　　초등학교 때 내가 느낀 어른은 거인처럼 키가 엄청나게 크고 무서운 존재였다. 조금 크고 나니 내가 생각했던 것보다 크다는 생각을 들지 않았지만 말이다. 무섭게만 느껴진 어른들 가운데 전혀 다른 이미지인 어른도 있었다. 초등학교 때 담임 선생님은 너무 친절하시고 좋은 분이셨다. 나도 크면 선생님처럼 아주 친절한 선생님이 되어야겠다고 막연히 생각했던 것이 결국 나의 꿈이 되었다. 꿈이란 무엇일까? 초등학교 아이들에게 꿈을 물어보면 "직업을 말해요? 아니면 하고 싶은 거 말해요?"라고 되묻곤 한다. 직업을 말하라고 하면 의사, 변호사, 검사, 교사, 경찰관, 소방관, 유튜버, 곤충학자, 요리사 등을 이야기하고, 하고 싶은 것을 말하라면 곤충채집, 발레, 책 쓰기, 아이돌 되기, 파충류 모으기, 여러 종류의 동물들 키우기 등 신이 나서 줄줄 말한다. 요즘 아이들 꿈 중 1등은 단연 유튜버이다. 이유를 들어보면 '돈을 많이 벌어서', '유명해지고 싶어서', '내가 제일 잘해서'라고 말한다. "선생님, 하고 싶은 게 꿈이에요?" 한 아이의 질문에 "하고 싶은 것을 즐겁게 하다 보면 꿈을 이루지 않을까?" 하고 대답해주었다. 내가 그랬듯이 꿈을 찾아 많은 것을 배우고 경험하며 하루하루 성장하고 있는 친구들을 응원한다.

마동이. 동우의 별명은 '꿈꾸는 뚱, 꿈뚱'이다. 그 이유는 하고 싶은 것도 너무 많고, 먹고 싶은 것도 너무 많기 때문이다. 동우는 그동안 피아노, 검도, 우쿨렐레, 미술, 바이올린, 배우, 태권도, 야구, 심지어 마술까지 많은 것을 배웠지만, 얼마 되지 않아 그만두곤 했다. 그러던 중 엄마 친구가 준 공짜 표로 발레공연을 본 뒤 발레리노를 꿈꾸게 된다. 항상 조금 하다 포기하는 동우이기에 엄마는 동우가 발레학원 다니는 것을 반대했지만, 다행히 아빠의 도움으로 발레학원에 다닐 수 있게 된다.

발레학원은 새로 전학을 온 세련이 엄마가 하는 학원이다. 뚱뚱한 동우가 학원에 다니는 것이 못마땅한 세련은 잘하는 윤기와 동우를 비교하는 동영상을 찍어 친구들에게 퍼트린다. 동영상을 본 친구들에게 웃음거리가 된 동우는 세련이와 다투게 되고, 학원의 규칙을 어겨 발레학원을 쫓겨나게 된다.

발레학원을 그만두고 힘들어하던 어느 날 TV에 나온 짜짜루 할머니를 보고 깜짝 놀라 한달음에 할머니를 찾아간 동우는 10살 때부터 할머니의 꿈이 가수라는 걸 알게 된다. 할머니의 말씀에 힘을 얻은 동우는 발레리노의 꿈을 포기하지 않고 끈기있게 나아가 보기로 결심하고, 윤기와 함께 시립발레단 오디션에 나가게 된다.

어릴 적 발레리노가 꿈이었던 아빠는 동우를 위해 특별훈련을 시작하고 친구인 민철이와 예지, 동생 윤희까지 동우를 돕게 된다. 드디어 오디션 당일. 동우의 차례가 얼마 남지 않은 상황에서 아파하는 윤기를 본 동우는 윤기를 응급 처치실에 데려다준 뒤, 무사히 오디션을 마친다. 결국 동우, 윤기 둘 다 오디션에는 떨어졌지만, 동우는 발레단에 특별 출연자로 출연하게 되고 미래의 꿈을 위해 열심히 노력해 나간다.

### 🐤 '내일도 발레'에서 생각할 내용을 찾아보자.

세련이는 뚱뚱하고 냄새나는 발레복으로 엄마의 학원에 다니는 동우가 못마땅하다. 설상가상 같이 수업을 듣는 친구들까지도 동우와 다니기 싫다는 말을 듣고, 세련이는 동영상을 찍어 동우를 학원에서 쫓겨나게 만든다. '뚱뚱하다', '못생겼다', '좋은 자동차를 타고 다닌다' 등 겉모습만 보고 사람들을 판단하는 일이 많다. 요즘은 아이들도 아파트 크기로, 해외여행으로 친구들과의 관계에 선을 긋기도 한다고 한다. 어른들 때문에 아이들이 겉모습만으로 판단하지 않도록 해야 한다.

평범한 짜장면집 주인인 줄 알았던 짜짜루 할머니가 TV에서 할매밴드로 나오는 장면을 보게 된 동우. 알고 보니 할머니는 10살 때부터 꿈이 가수였다고 한다. 누구나 꿈을 가지고 있지만, 그 꿈을 다 이루지는 못한다. 아빠, 엄마의 꿈은 무엇이었는지, 그 꿈을 이루기 위해 어떤 노력을 했는지 등 꿈과 관련하여 아이들과 다양한 이야기를 나누어 보길 추천한다.

동우는 오디션에 참여하기로 한 이후 특별훈련에 들어간다. 발레리노가 꿈인 아빠의 도움으로 발레 연습을 하고, 예지와 민철이 동생 윤희의 도움으로 운동장을 달리고 줄넘기로 체력 훈련을 하며 특별훈련을 이어간다. 혼자라면 할 수 없는 일을 서로 힘을 합쳐 해나간다. 우리도 학교나 친구들 사이에서 힘든 일이 생기기도 한다. 그럴 때 무조건 혼자서 해결하려 하지 말고, 부모님. 친구들과 함께 해결해 나가는 경험을 해보면 좋을 것 같다. 다양한 경험을 통해 아이들은 단단하게 자랄 것이다.

##  아이와 함께 교과서 연계하기

- 국어 4-1 나
- 10단원 - 인물의 마음을 알아봐요

'만화를 보고 생각과 느낌을 나타내 봅시다'라는 주제로 공부하는 국어 단원이에요. 표정이나 상황을 보고 인물의 마음이 어떻게 바뀌었는지 살펴보아요. 수업 내용과 연계하여 《내일도 발레》 내용 중 몇 가지 상황에서 인물이 어떤 마음이었을지 써 봅시다.

| 인 물 | 상 황 | 인물의 마음 |
|---|---|---|
| <br>가<br>동우 | 뚱뚱한 자신과 반대로 멋진 모습으로 발레 연습을 하는 윤기를 보았을 때 | |

| 나 | <br>세련 | 엄마의 발레학원을 다니는 동우가 싫어서 윤기와 비교되는 동영상을 올렸을 때 |
| 다 | <br>짜짜루<br>할머니 | 가수의 꿈을 위해 할매밴드로 무대에 올랐을 때 |
| 라 | <br>윤기 | 무대공포증으로 오디션 직전 배에 통증이 올 때 |
| 마 | <br>동우아빠 | 자신과 같은 꿈을 꾸는 동우가 꿈을 위해 노력하는 모습을 볼 때 |

 **추천도서**

또 다른 꿈을 찾아 떠나는 우리들의 이야기
《초등래퍼 방탄》. 방탄이의 꿈은 무엇일까요?
함께 읽어요.

# 사거리 문구점의 마녀 할머니

글 한정기, 그림 국지승, 출판사 봄볕

{ 책 소개 }

마녀? 요정? 요정 할머니가 아니라 마녀 할머니라서 제목이 더 신선하게 다가온다.

'나에게 마법이 일어난다면?' 어른이 된 지금도 힘들고 어려운 일이 일어날 때면 마법처럼 일이 해결되길 바란다. 어른이 될 때까지 마법같은 일이 일어나길 바라는 날은 너무나 많았다. 학생들의 로망. 시험점수가 100점으로 바뀌길 바라고, 사고 싶었던 장난감이 아침에 눈 뜨면 내 머리맡에 있길 바랐다. 나쁜 친구들을 혼낼 수 있는 강력한 힘이 생기길 바라기도 했다. 또 좋아하는 연예인과 친구가 되길 바랐고, 잘생긴 멋진 왕자님이 나의 첫사랑이길 바랐다. 어른이 된 요즘도 로또 1

등에 당첨되는 마법이 일어나길 빌고 있다. 나에게도 마녀 할머니가 있었을까? 나를 너무나 사랑하는 부모님을 비롯해 무수히 많은 마녀 할머니가 지금의 나를 만들었을 것이다. 이 세상에 마법은 없다. 하지만, '무엇이든 간절히 바라면 이루어진다.'라는 말처럼 간절한 마음으로 최선을 다해 열심히 노력한다면 마법 같은 일들이 일어날 것이다.

회의, 출장으로 늘 바쁜 엄마와 살고 있는 해성. 그런 해성이는 늘 엄마가 그립고, 혼자 있는 것이 외롭다. 얼마 전까지 외할머니와 함께 살았지만, 외삼촌과 함께 시골로 떠나며 해성이는 외할머니의 집밥이 그립다. 소파에서 잠들어 버린 어느 날. 맛있는 밥 냄새에 눈을 떠보니, 얼마 전 문구점에서 산 '행운의 마녀' 인형과 똑같이 생긴 할머니가 요리하고 있었다. 마녀 할머니는 해성이에게 다양한 요리법을 가르쳐 주셨다. 마녀 할머니에게 배운 요리법으로 교내 창의력 경진대회에서 우수상을 받기도 한다. 엄마가 일찍 퇴근한다고 한 어느 날 해성은 엄마를 위해 된장찌개, 오이무침, 달걀부침까지 맛있는 집밥을 준비한다. 엄마는 마법 같은 일이 일어났다며 깜짝 놀라 했고, 할머니가 말씀하신 마법이 어떤 의미인지 이해할 수가 있게 된다.

태호에게 당하기 일쑤인 정우는 오늘도 길거리에서 화풀이한다. 은지 생일선물을 사기 위해 문구점에 갔다가 마녀 할머니 인형을 원 플러스 원에 사게 된다. 정우는 은지의 생일파티에서 스마트 패드 도둑으로 의심을 받고, 집으로 돌아와 엄마를 그리워하며 펑펑 울었다. 그때 행운의 마녀 할머니가 나타나 엄마 대신 왔다고 말한다. 엄마가 아니라서 속상했지만, 엄마 목소리와 똑같은 마녀 할머니는 아픈 정우를 돌봐 주고 정우의 이야기도 들어 준다. 정우는 할머니로 인해 스마트 패드에 대한 오해도 풀고, 힘이 센 친구에게 용기 있게 말하는 법도 터득하게 된다. 더 이상 엄마를 걱정시키는 아들로 살지 않기로 결심한다.

　몸이 약한 엄마와 바쁜 아빠가 아이 셋을 키우긴 힘들다는 이유로 어릴 때부터 외할머니댁에서 지낸 은지는 부모님과 함께 살게 된 집이 낯설기만 하다. 오빠와 동생 편만 드는 엄마에게 서운해 집을 나갈 결심을 한다. 그때 생일선물로 받은 인형과 똑같이 생긴 마녀 할머니가 나타나 집을 나가는 대신 스스로 해결하는 방법을 찾아보자고 한다. 은지는 가족들 앞에서만 주눅이 드는 자신을 알고 있다. 할머니의 도움으로 자신의 속마음을 엄마, 오빠, 동생에게 용기를 내 말하기 시작했고, 은지 자신도 소중한 가족 구성원이라는 것을 깨닫게 된다.

### 🐤 《사거리 문구점의 마녀 할머니》에서 생각할 내용을 찾아보자.

　해성이를 돌보기 위해 엄마는 직장생활을 하며 밤늦게까지 일을 한다. 아이를 위해 일을 하지만, 아이가 방치되는 게 현실이다. 해성이는 마녀 할머니 덕에 자신에게 필요한 것이 무엇인지 알게 되고, 부족한 것을 포기하지 않고 스스로 해결하는 법을 배워나간다. "살다 보면 마법 같은 일은 수시로 벌어진단다. 건강한 음식은 건강한 사람을 만들어 주고 건강한 사람은 누구나 마법을 부릴 수 있단다."라는 마녀 할머니의 말처럼 마법은 거창한 것이 아니라 엄마가 나를 위해 일하는 것, 엄마가 말하지 않아도 숙제를 하는 것처럼 항상 일어나고 있다는 걸 알고 우리에게 일어나는 마법들에 대해 이야기를 나눠보자.

우리가 원해서는 아니지만 소중한 사람과 어쩔 수 없는 이유로 헤어짐을 경험하기도 한다. 어린 나이에 부모님과의 이별은 상상하기 힘들 만큼 더 힘들다. 마녀 할머니는 엄마를 대신해 아플 때 돌봐 주시고, 마음속 이야기를 들어주기도 한다. 그리고 힘이 센 친구들과의 관계, 오해를 받았을 때 해결하는 방법 등을 가르쳐 준다. 육아의 최종 목표는 자녀의 독립이다. 아이들은 스스로 결정하고 행동하며 성공과 실패, 성취감과 좌절을 경험해 보아야 한다. 부모는 마녀 할머니처럼 한 발 뒤에서 바라보고 스스로 생각하고 결정할 수 있도록 응원하고 믿어주는 것이 중요하다.

엄마와 둘이 살지만 혼자인 것 같은 해성, 돌아가신 엄마가 그리운 정우, 어릴 때부터 가족들과 떨어져 살아 그 사이에서 소외된 것 같은 은지. 저마다의 아픔으로 외로운 아이들이다. 이 아이들에게 필요한 것은 번쩍하는 마법이 아니다. 아이들의 이야기에 귀 기울여주는 것, 따뜻한 말 한마디의 위로와 관심일 것이다.

### 🖉 아이와 함께 교과서 연계하기

- 국어 3-1 가
- 1단원 – 재미가 톡톡톡

'감각적 표현의 재미를 느끼며 작품을 읽어봅시다'라는 주제로 공부하는 국어 단원이에요. 이야기의 인물이 어떤 생각이나 느낌이 들었는지 살펴보아요. 수업 내용과 연계하여 《사거리 문구점의 마녀 할머니》 내용 중 몇 가지 상황에서 인물이 어떠한 생각과 마음이었을지 질문해 보고 어울리는 목소리로 대답해 봅시다.

| 인물 | 상 황 | 질 문 | 대 답 |
|---|---|---|---|
| 해성 | 항상 늦게 집에 오는 엄마를 위해 집밥을 준비했을 때 | 예시)<br>1. 항상 늦는 엄마를 기다릴 때 어떤 기분이 들었나요?<br>2. 엄마를 위해 요리를 할 때 어떤 마음이 들었나요?<br>3. 엄마가 차려진 식탁을 보고 놀랄 때 어떤 마음이 들었나요? | 1. 어두운 밤에 혼자 집에서 엄마를 기다리는 건 정말 힘들어요.<br>2. 제가 만든 요리가 맛있었으면 좋겠어요.<br>3. 엄마가 놀라는 모습을 보니 눈물이 날 것 같았어요. |
| 정우 | 은지의 생일날 스마트 패드 도둑으로 몰렸을 때 | | |
| 은지 | 가족들에게 자신의 속 마음을 말했을 때 | | |

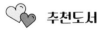

### 💕 추천도서

외롭고 힘들 때 찾아와 마법을 보여 준 마녀 할머니처럼 우리의 일상에서 일어났으면 하는 이야기. 어떤 것들이 있을까요? 상상만으로도 즐겁지 않나요!

# 모두 웃는 장례식

글 홍민정, 그림 오윤화, 출판사 별숲

## { 책 소개 }

　　초등학교 4학년 나는 너무 상반된 두 가지 기억을 갖고 있다. 우리 반 아이들 절반이 넘게 참석한 나의 생일파티와 암으로 투병하시며 야위신 모습으로 누워 계시던 할아버지, 그리고 할아버지의 장례식이다. 한쪽에서는 생명이 태어난 기쁨을 많은 사람들이 축하해주고 있고, 다른 한쪽에서는 꺼져 가는 생명을 안타까워하고 있었다. 장례식 하면 떠오르는 단어는 슬픔, 아픔, 두려움, 무서움 등 어둡고 슬픈 감정을 나타내는 단어들이다. 처음 본 장례식은 슬프고 신기했다. 상복을 입은 부모님과 많은 사람들이 슬프게 우는 모습, 안부를 묻는 친척들, 음식을 먹으며 서로를 위로 하는 사람들. 북적북적 정신없는 장례식장 안의 모습이 아직도 생생하다.

장례는 죽은 고인을 가족과 친지들이 마지막으로 추억하고 되새기며 떠나보내는 것이라고 한다. 그런 의미에서 생전 장례식은 많은 의미가 있다. 얼마 전 시부모님께서 사전 연명 의존 의향서를 작성하고 오셨다고 한다. '웰다잉' 죽음도 하나의 삶으로 받아들이고 잘 준비하자는 말이라고 한다. 자기 죽음에 대한 결정권. 생전 장례식. 다른 듯 닮았음을 느낀다.

두 달 후면 엄마가 계신 상하이로 떠나는 윤서. 아빠와 엄마는 사이가 좋지 않다. 시장에서 한복집을 하며 사 남매를 키우신 할머니는 암 투병으로 몇 달 만에 집에 돌아오셨다. 돌아오신 할머니는 곧 다가올 자신의 생일에 생전 장례식을 하자고 한다. 갑작스러운 할머니의 장례식 이야기에 아빠와 고모는 당혹스럽다. 아빠는 미국에 사는 큰아빠와 서울에 살지만 사이가 좋지 않은 작은 아빠에게 할머니의 건강 상태와 생전 장례식 이야기를 하지만, 무심하기만 한 모습에 화가 난다. 할머니가 쓰러지고 열흘 만에 집으로 돌아온 날. 할머니의 뜻에 따라 생전 장례식을 준비하기로 한다.

아빠는 신문에 생전 장례식 광고를 내고, 시장에서 반찬가게를 하는 고모는 옆 가게 빵집 아저씨와 결혼한다며 할머니께 인사드린다. 광고를 보고 예전에 할머니에게 한복 만드는 일을 배운 아주머니가 할머니를 찾아와 감사한 마음을 전하며 도라지꽃 한복을 선물한다. 윤서는 친구들의 도움으로 할머니께 드릴 감사패를 준비하고 함께 일하셨던 시장분들의 동영상을 찍어 영상 편지를 드리기로 한다. 죽어서도 할머니 옆에서 순댓국집을 할 거라는 순댓국집 아주머니, 부모님이 일찍 돌아가셔서 어머니 같았던 미용 재료상 아저씨. 다들 할머니께 추억을 전한다. 장례식 전날 상하이에서 온 엄마를 본 할머니는 펑펑 눈물을 쏟기도 한다. 많은 이들이 참석한 생전 장례식. 슬프기만 할 것 같았던 장례식은 감사와 사랑으로 웃으며 마무리된다.

### 🐤 《모두 웃는 장례식》에서 생각할 내용을 찾아보자.

"죽은 뒤에 몰려와서 울고불고 한들 무슨 소용이야? 살아있을 때 한 번 더 보는 게 낫지." 최고의 효도란 무엇일까? 할머니의 말처럼 돌아가시고 나서 후회하지 말고 살아계실 때 자주 부모님을 자주 찾아뵙는 것이 아닐까? 부모님과 맛집을 찾아 식사하고, 건강을 위해 등산을 하거나, 일상 중 전화로 소소한 대화를 나누는 것들 말이다. 부모가 삶을 대하는 태도와 대처 방식을 우리 아이들은 그대로 흡수한다. 부모가 보여 주는 이런 모습이 아이들에게 백 마디 말보다 훨씬 값어치 있는 최고의 교육일 것이다.

할머니는 암으로 병원과 집을 오가며 투병을 이어가고 있다. 요즘은 여러 종류의 암, 크론병, 전신 근육 강직 증후군 같은 희귀질환, 성조숙증, 코로나19 같은 무서운 질병들이 많이 생기고 있다. 원인을 꼽자면 미세먼지 등 환경오염으로 인한 환경호르몬 증가, 서구화된 식습관, 스트레스, 전자파 등 다양한 원인이 있어서 어느 것 하나만 꼽을 수는 없다. 몸도 마음도 튼튼한 가정을 만들기 위해 할 수 있는 것들을 아이들과 이야기 나눠보자.

할머니는 자신의 삶을 돌아보면 좋은 일, 좋은 인연이 많았다고 한다. 그리고 그분들을 초대해 고마운 사람한테는 고마웠다, 미안한 사람한테는 미안하다고 말하고 가려고 이런 자리를 마련했다며 인사를 전했다. 우리는 가까운 사람들에게 마음을 표현하는 것에 매우 인색하다. '미안하다, 고맙다, 사랑한다.' 누가 먼저 하길 바라지 말고 나의 마음을 마음껏 표현하며 지내길 바라본다. 아이들과 매일 감사 표현하기 시간을 가져보자.

 ## 아이와 함께 교과서 연계하기

- 도덕 3-1
- 1단원 – 나와 너 우리 함께

'나와 너 우리 함께'라는 주제로 공부하는 도덕 단원이에요. 우리는 많은 시간을 친구들과 공부하고 놀며 지내고 있어요. 친구 사이에는 서로 도우면서 사이좋게 지내는 일이 중요하지요. 친구를 존중하고 사이좋게 지내려면 어떻게 해야 하는지 알아보아요.

| 내가 친구에게 해준 것들 | 친구가 나에게 해준 것들 |
| --- | --- |
| 예시)<br>친구가 준비물을 가지고 오지 않아서 빌려주었다. | 등교했을 때 웃는 얼굴로 인사했다. |
|  |  |
|  |  |

**추천도서**

사람은 누구나 태어나서 살다가 죽음을 맞이
해요. 하지만 인생의 마지막을 어떻게 마무리
할지는 나의 선택이지요.

# 잔소리 없는 날

글 안네마리 노르덴, 그림 정진희, 출판사 보물창고

{ 책 소 개 }

"○○아, 얼른 씻어. 양치해야지. 빨리 일어나야지 이러다 학교 늦어. 다하고 나면 정리하는 거야. 이제 텔레비전 그만 봐, 텔레비전 끄자. 패드로 게임 그만해. 영어 숙제해야지."

부모가 아이에게 흔히 하는 말들이다. 물론 나도 예외는 아니다. 이 말들이 아이에게는 전부 잔소리로 들리는 걸까? 어른이 되면 부모님의 잔소리를 듣지 않아도 되고, 학교, 학원에 가지 않아도 되고, 하루 종일 게임을 할 수도, 사고 싶은 것들을 다 살 수 있기 때문에 좋겠다고 한다. 아이들이 어른들의 간섭 없이 하고 싶은 것을 마음대로 하는 세상을 원하는 것은 당연한 마음이지만, 어른들은 이 세상이 얼마나 위험하고 복잡한지. 책임지며 행동해야 할 것들이 너무나 많음을 알고 있다. 우리의 어린 시절에도 한 번쯤은 꿈꾸어 보았을 '잔소리 없는 날', 어른이 된 지금은 부부 사이에서도 필요하다고 말하는 '잔소리 없는 날'. 평소 이런 말들이 서로에게 잔소리처럼 들리지 않는 방법은 과연 무엇일까? 나보다 타인을 조금 더 이해하고 배려하는 마음이 아닐까? 조금 더 서로를 공감하고 이해하며 대화할 수 있기를 기대해 본다.

"엄마 아빠 잔소리가 너무 심하세요! 이제 더 이상 못 참겠어요!"
푸셀은 부모님에게 '잔소리 없는 날'을 만들어 달라는 황당한 요구를 한다. 그런 푸셀의 말에 부모님은 8월 11일 월요일 하루를 '잔소리 없는 날'로 정한다. 단 위험한 일을 하지 않는다는 조건을 걸고 말이다. '잔소리 없는 날' 아침 푸셀은 자두잼을 퍼먹고 양치질을 하지 않고 즐겁게 등교한다. 학교에 간 푸셀은 친구 올레에게 자신의 '잔소리 없는 날'을 알린다. 그 말을 들은 올레는 부모님을 테스트 해보라며 부추긴다. 올레의 말을 듣고 푸셀은 멋대로 수업도 빼먹고 돈 안 내고 오디오를 사기 위해 오디오 상점을 갔다가 어리다는 이유로 사지 못하고 집으로 돌아온다. 일찍 하교한 푸셀을 본 엄마는 약속대로 푸셀에게 잔소리를 하지 않고, 그런 엄마를 본 푸셀은 희망에 부풀어서 또 다른 계획을 세운다.

그날 오후 집에서 파티를 열겠다는 푸셀의 말에 엄마는 파티 준비를 하고 푸셀은 길거리를 돌아다니며 모르는 사람들을 초대하지만, 모두에게 거절당하고 술주정뱅이 아우구스트 아저씨만 파티에 가기로 한다. 술에 취한 아저씨는 엄마에게 술주정하다 잠이 든다. 술에 취한 사람을 데리고 집으로 오는 건 위험한 일이라는 엄마의 야단에 푸셀은 울음을 터트리고 술에 취해 잠든 아저씨를 두고 엄마와 둘만의 근사한 파티를 연다.

집으로 돌아온 아빠는 무척 기분이 상했지만, 술에 취한 아저씨를 집으로 데려다준다. 시간이 얼마 남지 않은 '잔소리 없는 날'. 푸셀은 12시까지 숲에서 캠핑을 하기로 한다. 걱정하는 부모님을 뒤로한 채 올레와 함께 숲에 텐트를 친다. 하지만 공동묘지 옆에 텐트를 치면 귀신이 나올 거라며 공포에 질린 올레 때문에 캠핑이 끝날 위기를 맞는다. 두려움에 텐트 밖으로 뛰어나온 올레와 푸셀 앞에 자신들을 지켜주기 위해 따라온 아빠를 만난다. 셋은 12시까지 텐트에서 귀신 이야기를 나누고 즐겁게 집으로 돌아온다. 집으로 돌아온 푸셀은 선생님께 드릴 편지를 엄마에게 부탁하지만, 엄마는 거절하고 푸셀은 부모님 앞에서 선생님께 솔직하게 '잔소리 없는 날'에 대한 편지를 쓴다.

### 🐤 '잔소리 없는 날'에서 생각할 내용을 찾아보자.

푸셀은 부모님께 잔소리가 너무 심하다며 '잔소리 없는 날'을 만들어 달라고 요구한다. 우리네 부모들은 "다 너를 위해 하는 말이야."라며 잔소리를 시작하지만, 아이들은 자신들을 위한 말이라기보다는 그저 잔소리로만 듣는다. 잔소리는 부모님의 사랑 표현이며 우리를 올바른 길로 이끌어 주기 위함임을 일깨워 주어야 한다. 그리고 부모님의 마음을 아이들이 느끼고 부모님과 감정적 소통을 통해 부모와 아이가 서로를 이해해야 한다.

푸셀은 수업도 빼먹고 돈 없이 오디오를 사러 다니기도 하고, 파티를 열어 술에 취한 아저씨를 초대하고 공동묘지 옆 숲에서 잠을 자는 등 마음대로 행동한다. 푸셀의 부모는 그런 푸셀을 혼내지 않고 '잔소리 없는 날'을 응원하고 기다려 준다. 아이들은 자신이 어떤 행동을 했을 때 그 행동에 위험이 따를 수 있고 또 그 행동의 결과에 책임을 져야 한다는 걸 알지 못한다. 부모는 아이들이 경험을 통해 스스로 책임감을 느낄 수 있도록 양육해야 한다.

잔소리는 단순한 소리가 아니라 깊은 심리적 기초와 의미가 숨어있는 소통의 방식 중 하나라고 한다. 연구에 따르면 부모가 자녀에게 잔소리할 때는 70%가 감정적인 이유에서 비롯된다고 한다. 즉 사랑의 표현이라는 말이다. 잔소리에는 긍정적인 면과 부정적인 면이 있다. 긍정적 영향은 사랑의 잔소리를 들은 자녀는 일반적으로 책임감이 강하고 문제해결 능력이 높다고 한다. 그러나 부정적 영향으로는 반감을 끌어내 자녀의 저항심과 스트레스를 유발한다고 한다. 부모와 아이 간의 건강한 소통은 아이의 자존감을 높이고 정신적으로 건강한 성인으로 성장할 수 있게 한다. 자녀와의 유대감을 강화하고 아이가 건강하게 행복하게 자라도록 함께 노력해야 한다.

### 🖉 아이와 함께 교과서 연계하기

- 국어 3-2 나
- 6단원 - 마음을 담아 글을 써요

'읽을 사람의 마음을 고려하며 제 생각을 글로 써 봅시다'라는 주제로 공부하는 국어 단원이에요. 친구, 부모님에게 마음을 전해야 할 때 자신의 감정을 부드럽게 표현해 보아요. 수업 내용과 연관을 지어 《잔소리 없는 날》의 등장인물이 되어 이야기 나눠보아요.

1. 부모님의 잔소리 중 가장 듣기 싫은 잔소리는?

2. 만약 푸셀처럼 잔소리 없는 날이 생긴다면 하고 싶은 것은?

3. 부모님은 나에게 왜 잔소리를 하실까요?

4. 지금 나에게 필요한 잔소리는 무엇일까요?

5. 부모님에게 내 마음을 전하는 글을 써 보아요.

 **추천도서**

내 마음을 몰라주는 엄마, 날 힘들게 하는 친구, 다른 사람의 몸이 되면 어떨까? 바꿔 앱을 통해 입장 바꿔 생각해 보자!

# 귀신새 우는 밤

글 오시은, 그림 오윤화, 출판사 문학동네

## { 책 소개 }

　　현재 초등학교 3~4학년을 기준으로 한 반 인원은 26명 내외다. 그중 여자 친구가 13명, 남자 친구가 13명이다. 남자 친구 13명을 분류하면 활발한 무리 3~4명, 중간 무리 3~4명, 조용한 무리 3~4명으로 나뉜다. 예전처럼 한 반 인원이 40~50명씩 된다면 친구들의 수도 늘어나겠지만, 현실은 그렇지 못하다. 10월은 현장 체험 학습, 수학여행, 체육대회, 여러 캠프 등으로 학교에서 하는 행사들이 많은 시기이다. 5학년인 내 아들은 조용한 무리에 속하는 아이다. 놀이동산으로 가는 현장 체험 학습에서 친구들끼리 자유롭게 모둠을 정하는데, 자신은 어디에 들지 정하지 못해 마지막 남아 있는 모둠에 들어갔다며 속상해한다.

부모로서 이런 말을 들을 때면 더 속이 상한다. 부모들은 내 아이가 공부도 잘하고 친구들 사이에서도 인기가 많길 바라지만, 그건 부모의 욕심일 것이다. 책에 나오는 4명의 아이 범생이 승민, 삐딱이 나영, 투명인간 창수, 왕따 영호 모두 조용한 무리에 속하는 아웃사이더들이다. 4명의 아이들은 캠프에서 길을 잃었지만, 귀신 이야기를 통해 서로의 마음을 나누고 함께 친구가 되어간다. 아이들은 성장해 가며 많은 문제들을 만날 것이다. 문제를 만날 때마다 스스로 해결해 나갈 수 있는 힘을 기르도록 도와주는 것이 부모의 역할이라 생각한다.

깊은 밤 시작한 담력 훈련. 이런저런 이유로 조에 끼지 못한 네 명의 아이. 범생이 승민, 삐딱이 나영이, 투명 인간 창수, 왕따 영호는 한 팀이 되어 담력 훈련을 시작한다. 하지만 얼마 가지 않아 어두운 숲에서 길을 잃고 만다. 서로의 탓을 하며 숲을 헤매다 귀신을 떠올리게 하는 하얀 한복을 입은 무서운 할머니를 만나게 된다. 할머니는 볼일이 남았다며 한 시간쯤 뒤 아이들을 산 아래에 데려다준다고 한다.

할머니를 기다리는 동안 창수는 이모네랑 갔던 지난 휴가 이야기를 한다. 창수는 부모님의 마음에 드는 친구를 찾을 수가 없어 언제나 외톨이로 지내고 있다. 사촌인 진수 형을 만날 거란 기대로 이모네와 휴가에 참석했지만, 진수 형은 오지 않았다. 혼자 놀기로 한 창수는 튜브를 타고 수영을 시작했다. 그 순간 튜브가 뒤집히며 물에 빠진 창수에게 물속에서 한 아이가 자신과 친구가 되자며 창수 주위를 맴돌기 시작했다. 물에 빠진 창수를 아빠가 간신히 구하고, 지나가던 약초 캐는 아저씨는 그 못에서 죽은 아이가 한둘이 아니라며 이런 곳으로 휴가를 온 가족을 나무란다. 창수는 그때를 떠올리며 친구가 되자고 말을 건네면 되는데 아무 노력도 하지 않으면서 친구가 생기기만을 바랐던 자신이 한심하게 여겨졌다.

　　뚱뚱하다는 이유로 왕따를 당하게 된 영호. 급식 시간에 놀림 받기 일쑤다. 혼자인 영호에게 사랑반 아이라고 생각되는 아이가 나타난다. 호기심이 생긴 영호는 그 아이와 운동장에서 비석 치기를 하게 되고, 서로 지지 않기 위해 최선을 다해 비석 치기를 한다. 영호가 이기면 대장이라고 불러준다는 아이. 영호는 꼭 이기리라 다짐한다. 자신을 부르는 할머니 소리와 그 순간 사라진 아이. 영호는 대장이라고 부르는 아이의 목소리가 들리는 듯하다. 이야기를 들은 아이들은 영호에게 이제 우리가 친구가 되어 주겠다고 한다. 친구가 되어 주겠다는 친구들의 말에 영호는 눈물을 흘린다.

　　아빠와 둘이 살고 있는 나영이는 집 앞에서 울고 있는 5살 아이를 만난다. 그 아이는 무작정 나영이를 끌고 다녔고, 그 아이가 자신을 버리고 간 엄마가 사주신 인형과 닮았다는 걸 알게 된다. 슬픈 일이지만 엄마와 이별식을 하기로 한 나영이에게 친구들이 함께 엄마를 만나러 가준다고 한다. 창수, 영호, 나영이가 만난 아이들은 모두 현실 세계에 속한 사람이 아니다. 귀신처럼 보였던 할머니와 함께 무사히 숲을 내려온 아이들은 선생님과 만난다. 세상에 재미나고 신나는 일이 많다는 말을 남기고 할머니는 떠나고 아이들도 캠프장으로 돌아온다.

## 🐤 《귀신새 우는 밤》에서 생각할 내용을 찾아보자.

　　부모님 마음에 드는 친구만 만나야 하는 창수. 친척들을 만나는 것도 싫어하고 휴가를 떠나더라도 사람이 없는 곳으로만 다니는 부모님. 창수는 외로움이 가득한 외톨이가 되어 있다. 아기 못에서 만난 그 아이들은 창수의 외로움이 만든 것들이 아닐까?

　　친구가 많았던 영호. 하지만 달리기도 느리고, 학원을 세 군데나 다니느라 텔레비전을 보거나 게임을 할 시간도 없다. 그런 영호가 어쩌다 텔레비전을 보고 게임을 하면 영호 엄마는 할머니에게 싫은 소리를 했고, 할머니가 그런 소리를 듣는 것이 싫은 영호는 아예 컴퓨터나 텔레비전을 보지 않게 되었다. 그로 인해, 영호는 아이들과의 대화에 아예 낄 수 없게 되었다. 왕따가 되어버린 영호의 문제를 해결하는 방법에 관해 이야기 나눠보자.

　　5살 때 나영이를 버리고 간 엄마. 돌아온다고 주고 간 인형을 닮은 아이는 누군가가 자신을 버렸다며 울고 있다. 그 아이는 누군가를 찾아 나영이를, 여기저기를 끌고 다니다가 다른 곳으로 가기 위해 나영이와 이별식을 해야 한다고 말한다. 육아를 하다 보면 우리의 마음속에서도 이별식을 해야 하는 일들이 있다. 바로 죄책감이다. 아이를 혼낸 일, 아이가 아픈 일, 친구들과의 문제. 모두 모자란 부모 탓으로 돌린다. 죄책감을 짊어진 육아는 즐거울 수 없고, 아이의 미래를 부모가 알 수도 없다. 아이들은 부모와 떨어져 있는 동안에도 좌절과 시련을 통해 더 단단하게 성장하고 있다는 걸 기억하고 지금, 이 순간에 집중하며 사랑으로 육아하길 바라본다.

**아이와 함께 교과서 연계하기**

- 국어 3-2 가
- 3단원 – 자신의 경험을 글로 써요

'인상 깊은 경험을 글로 써 봅시다'라는 주제로 공부하는 국어 단원이에요. 자신이 겪었던 일을 구체적으로 떠올려 적어 보고 친구들과 이야기 나눠보아요.

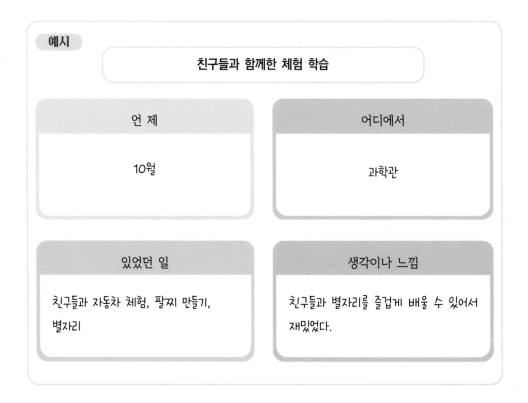

예시

친구들과 함께한 체험 학습

| 언 제 | 어디에서 |
|---|---|
| 10월 | 과학관 |

| 있었던 일 | 생각이나 느낌 |
|---|---|
| 친구들과 자동차 체험, 팔찌 만들기, 별자리 | 친구들과 별자리를 즐겁게 배울 수 있어서 재밌었다. |

|  언 제  |  어디에서  |
|---|---|
|  |  |

|  있었던 일  |  생각이나 느낌  |
|---|---|
|  |  |

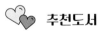 **추천도서**

누구에게나 말 못 하는 고민이 있어요.
나의 고민을 어떻게 해결해야 할까요?
해결책을 찾아 떠나보아요.

# TV 귀신 소파 귀신

글 윤정, 그림 민소원, 출판사 상상의 집

## { 책 소개 }

일상에서 TV와 소파는 아주 큰 부분을 차지하고 있다. 우리 아이들도 아침에 눈을 뜨면 소파에 누워 TV를 켠다. 아침밥을 먹으라고 몇 번을 말해야 식탁에 앉지만, 눈은 TV를 향하고 있다. 밥을 먹으라고 TV를 끄면 둘이 함께 소리를 지르며 짜증을 낸다. 그래서 내놓은 방안이 8시 10분이 되면 TV가 자동으로 꺼지게 해 놓았다. 요즘 부모들은 다양한 이유로 TV에 의존하고 있다. 층간소음, 집안일, 육아 스트레스, 코로나, 추운 겨울 외부 활동이 힘들어진다는 다양한 이유가 있다. 실제로 TV 중독 문제는 심각한 수준에 있고, 더 나이가 어릴 때의 TV 중독이 게임중독으로 이어지기도 한다고 한다. 그렇다면 해결책은 무엇일까? 많은 전문가는 말한다. 첫째, 부모와 아이가 함께 대화하고 놀이하는 시간을 보내는 것. 둘째, 시청 시간을 정하는 것. 셋째, 악기, 레고 등 다른 취미활동을 유도하는 것. 넷째, 아이가 약속을 잘 지켰을 경우 갖고 싶어 하던 학용품 선물을 주거나, 가고 싶어 하던 캠핑을 가는 등 이에 따른 적절한 보상을 하는 것이다. 배려와 사랑, 약속의 실천과 상호 간의 존중으로 건강한 가족으로 살아가길 바란다.

"벌써 몇 시간째 이러고 있는 거야? 아주 귀신이 붙었네, 붙었어!"

학교를 마치고 돌아온 달영이는 엄마가 TV 귀신이 붙었다고 할 만큼 아무것도 하지 않고 TV 앞에 몇 시간씩 앉아서 TV만 보고 있다. 퇴근하고 집으로 돌아온 아빠는 씻지도 옷을 갈아입지도 않은 채, 소파에서 잠들어 버린다. 참다못한 엄마는 어느 날 TV와 소파를 고물상에 버린다. 이 모습을 본 달영이와 아빠는 급하게 성실 고물상에 도착하고, 낡은 TV와 소파를 싣고 집으로 돌아온다.

아무런 이유 없이 계속 아픈 선옥이를 위해, 엄마는 선옥이와 한 달간 시골에 내려가 있기로 한다. 아빠와 달영이는 엄마의 잔소리를 듣지 않아도 된다며 해방을 외치며 즐거워한다. 소파 위에서 자장면 먹기, 늦잠 자기, 청소하지 않기, 먹고 싶은 음식 사서 먹기, 이렇게 하고 싶은 것만 하는 동안 집안은 그야말로 악취가 진동하는 쓰레기장이 되어간다. 그러던 어느 날 아빠는 잠결에 달영이에게 물을 가져오라고 시킨다. 물을 마신 뒤 컵을 내밀었지만, 받는 이가 없다. 달영이도 TV 귀신임이 틀림없는 긴 머리 여자애를 만난다. 긴 머리 여자애는 우리는 친구라며 항상 함께 있기로 약속하자며 따라다닌다. 달영이와 아빠는 꿈이라고 하기엔 너무나 생생한 꿈을 꾸고, 결국 TV와 소파를 버리기로 한다. 달영이와 아빠는 집으로 돌아온 엄마와 선옥이와 행복한 시간을 갖는다.

## 《TV 귀신 소파 귀신》에서 생각할 내용을 찾아보자.

달영이는 학교를 마치고 집으로 돌아오면 몇 시간씩 TV를 보고 있다. 엄마가 TV 귀신이 붙었다고 화를 내기도 하지만, 들리지 않는 듯하다. TV 중독이라는 말이 떠오른다. 요즘 아이, 어른 할 것 없이 TV, 유튜브, 특히 쇼츠 귀신들이 많다. 한번 보면 멈출 수가 없다고 한다. 어떻게 해결하면 좋을지 고민해 보자.

엄마와 동생이 없는 집에서 아빠와 달영이는 늦잠을 자고 빨래도 청소도 하지 않는다. 집에선 음식물 쓰레기 썩는 냄새가 진동한다. 이런 모습을 달영이 엄마가 본다면 뭐라고 하실까? 그 모습을 상상하며 이야기 나눠보자. 그리고 내 방은 어떤 모습인지 함께 나누어 보자.

달영이는 TV가 이상함을 느낀다. TV가 저절로 커졌다 꺼지기도 하고, 누군가가 낄낄거리며 웃는 소리가 난다. 달영이는 무서움에 살려달라고 울기도 한다. 소파에서 잠든 아빠도 누군가가 준 물컵을 받아 마셨지만, 달영이가 아니란 걸 알고 무서움에 소리를 지른다. 드디어 나타난 TV 귀신과 소파 귀신을 보고 정신이 번쩍 든 아빠와 달영이는 TV와 소파를 버리고 돌아온 엄마, 선옥이와 함께 이야기를 나누며 화목한 가족의 모습을 보여 준다. 우리 가족은 어떤 모습일까? 바라는 가족의 모습을 상상하며 함께 할 수 있는 것들에 대해 함께 이야기 나눠보자.

##  아이와 함께 교과서 연계하기

- 도덕 3-1
- 3단원 - 사랑이 가득한 우리집

'사랑이 가득한 우리집'이라는 주제로 배우는 도덕 단원이에요. 화목한 가정은 저절로 이루어지지 않아요. 화목하고 사랑이 가득한 가정을 만들려면 어떻게 해야 할까요? 행복한 가정을 위해 가족 모두가 할 수 있는 일을 적어 보여요.

| 가족 | 고쳐야 할 말과 실천할 행동 |
| --- | --- |
| 나 | 예시) 나는 편식하는 것을 고치고 정리 정돈을 잘하겠습니다. |
| 아빠 | |
| 엄마 | |
| 오빠/언니 | |
| 동생 | |

 **추천도서**

근면, 끈기, 리더십, 언어습관, 시간약속, 정직 등. 우리 친구들이 생활하며 알아가야 하는 인성을 동화로 읽고 알아보아요.

그런 편견은 버려!

글 홍준희, 그림 고상미, 출판사 주니어RHK

{ 책 소개 }

'편견'의 뜻을 찾아보면 '공정하지 못하고 치우친 생각'이라는 뜻이라고 한다. 심리학적으로는 특정 집단에 대해서 한쪽으로 치우친 의견이나 견해를 가지는 태도로 일반적으로 부정적인 정서와 평가를 동반한다고 한다. 또 골든 올포트는 편견은 충분한 근거도 없이 다른 사람을 나쁘게 보는 사람이라고 정의한다. 생각연필 독서논술 선생님으로서 나의 가장 큰 숙제는 '어떻게 하면 우리 아이들에게 책이 재미없다는 편견을 없애줄 수 있을까?' 하는 것이다. 학원에 오는 아이들을 보면 저학년의 경우, 엄마 손에 이끌려 아무것도 모르고 왔지만, 친구들과 책을 읽으며 책이 주는 즐거움을 조금씩 알아가는 것 같다. 하지만 고학년의 경우 책에 대해

강한 거부감을 나타내고 학원에 오는 것조차도 싫어한다.

　우리가 가지고 있는 편견은 생각보다 너무 많다. 남녀에 대한 편견, 피부색에 따른 편견, 직업에 대한 편견, 외모에 대한 편견, 장애에 대한 편견, 사춘기 학생이면 짜증을 내도 된다는 편견, 돈이 많으면 행복하다는 편견, 비싼 물건이면 다 좋다는 편견 등 일상에서 많은 편견이 강하게 자리 잡고 있다. 우리는 차별이나 부당한 대우를 받을 때 보통 내가 무엇을 잘못했을까를 생각한다고 한다. 하지만 어쩌면 상대방의 편견 때문일 거라고도 한다. 편견 없이 세상을 바라보고 편견들에 당당히 맞설 수 있는 지혜롭고 현명한 아이로 자라길 바라는 저자의 마음이 그대로 담긴 책이라고 생각한다. 동화책은 아이들이 읽는 책이라는 편견을 버리고, 부모님들도 꼭 읽어보길 추천한다.

　소미는 새학기 들어 특별 활동부로 독서 감상부에 들게 되었다. 독서 감상부에 들어온 아이들은 책 읽기에는 전혀 관심이 없다. 자신을 산토끼 선생님이라고 소개한 선생님은 성경책이나 백과사전보다도 두꺼운 책을 매주 읽어주시기 시작한다. 첫 시간, 책은 너무나 지루하고 보기만 해도 졸린다고 말하는 아이들에게 산토끼 선생님은 하얀 토끼, 검정 토끼 이야기를 들려준다. 선생님의 이야기를 들은 아이들은 하얀색은 좋고 검정색은 나쁘다고 생각하는 색깔에 대한 편견을 알게 된다. 준영이는 애견미용사가 꿈이지만, 치과의사가 되길 바라는 부모님 때문에 속이 상한다. 산토끼 선생님은 구두장이 이야기를 들려준다. 이 세상에 소중하지 않은 직업은 없기에 직업에 대한 편견을 갖지 말고, 다양한 선택의 기회를 가져보라고 한다. 그리고 내가 하고 싶은 일을 선택한다면, 최선을 다해 노력하고 최고가 되도록 노력해야 한다고 말해준다.

반에서 항상 1등인 지원이와 2등인 명주는 단짝이다. 하지만 명주의 절교 편
지를 받고 지원이는 눈물을 흘린다. 산토끼 선생님은 토끼들의 달리기 대회 이야
기를 들려주신다. 항상 1등 토끼는 1등을 해야 한다는 걱정에 잠도 못 자고 연습을
해 1등을 한다. 하지만 다른 토끼들은 1등의 기회조차 주어지지 않자 1등 토끼를
떠나기 시작한다. 1등 토끼 모습의 지원이. 글짓기 대회도 지원이를 뽑으려는 반
친구들은 소미의 도움으로 편견을 버리고 투표를 하게 된다.

돼릴리우스라는 별명을 가진 예은이는 응원단에 들어가고 싶지만, 형태와 남
자 친구들의 반대로 싸움까지 하게 된다. 산토끼 선생님은 뚱뚱 토끼의 달리기 이
야기를 들려주신다. 예은이는 날씬하고 예쁘진 않지만, 친구들에게 자신의 숨겨진
실력을 보여 주고 싶다고 용기를 낸다. 멋지게 응원단의 모습을 보여 준 예은이는
친구들의 박수를 받는다. 책의 즐거움을 알게 된 소미, 지원, 예은이는 나중에 셋
이 함께 도서관을 만들기로 약속한다.

### 《그런 편견은 버려!》에서 생각할 내용을 찾아보자.

책은 지루하고 재미없다는 소미. 산토끼 선생님은 책이 재미없다는 건 편견이
라고 말한다. 편견이 무엇이냐는 소미의 질문에 산토끼 선생님이 들려준 이야기는
로사 팍스의 실제 이야기를 적은 《사라 버스를 타다》라는 책이다. 하얀 토끼, 검은
토끼. 백인, 흑인. 하얀색, 검은색. 색깔로 만들어낸 편견은 언제부터 우리에게 스
며들어왔는지. 편견을 가지지 않는 방법에는 어떤 것들이 있는지 알아보자.

준영이의 꿈은 애견미용사이지만 부모님은 말도 안 되는 일이라며 치과의사

가 되길 바란다. 당연히 부모로써 내 아이가 좋은 직업으로 아무 걱정 없이 편하게 살기를 바랄 것이다. 나의 어릴 적 부모님이 바라는 꿈도 치과의사였다. 그래서 준영이가 더 이해되는 것일까? 부모님이 정해준 꿈으로 인해 아이들은 다른 꿈들에 대한 편견을 가지게 되고, 알아보려고도 하지 않게 된다는 걸 부모들이 알고 아이들의 다양한 꿈들을 응원해 주었으면 좋겠다. 서로의 꿈에 관해 이야기 나눠보자.

항상 1등 하는 지원이와 명주는 단짝이다. 1등이면 뭐든 잘할 거라는 편견으로 1등을 위한 부담감과 긴장감으로 지내는 지원. 만년 2등으로 1등이 되지 못한다는 좌절감으로 지내는 명주. 공평하게 세상을 보는 것이 편견을 깨는 하나의 방법이라는 걸 알려준다.

돼릴리우스라고 놀림을 받는 예은이. 응원단이 되고 싶지만, 뚱뚱하다는 이유로 남자 친구들은 반대한다. 뚱뚱한 아이는 유연하지 않을 거란 편견, 힘이 세서 친구들을 괴롭힐 거라는 편견, 마른 사람은 모두 얌전할 거라는 편견. 이런 편견들을 이기는 힘은 무엇이든 할 수 있다는 마음과 용기가 아닐까? 나는 용기 있는 사람인지 이야기 나눠보자.

## ✏️ 아이와 함께 교과서 연계하기

- 국어 4-2 나
- 8단원 - 생각하며 읽어요

'글쓴이의 의견이 적절한지 생각하며 글을 읽고 써 봅시다'라는 주제로 공부하는 국어 단원이에요. 《그런 편견은 버려!》에 나오는 사건들을 바탕으로 의견에 대해 찬성과 반대하는 적절한 근거를 써 보아요.

| 의 견 | 뒷받침 내용 | |
|---|---|---|
| 책 읽기는 지루하다. | 찬성 | |
| | 반대 | |
| 부모님이 정해준 직업을 가져야 한다. | 찬성 | |
| | 반대 | |
| 1등은 무조건 다 잘해야 한다. | 찬성 | |
| | 반대 | |
| 뚱뚱해도 응원단을 할 수 있다. | 찬성 | |
| | 반대 | |

 **추천도서**

공부밖에 몰랐던 진진은 자유와 생기가 가득한 꿈꾸는 집에서 진정한 꿈이 무엇인지 깨달았다고 하네요. 엄마가 바라는 특목고와 일류대가 아닌 자신이 바라는 꿈이 무엇인지 만나보아요.

# 흑기사 황보찬일

글 소중애, 그림 조윤주, 출판사 ㈜교학사

## { 책 소개 }

'착하다.' 언행이나 마음씨가 곱고 바르며 상냥하다는 뜻이라고 한다. 우리나라의 '착하다'를 영어로 번역하면 nice, good, sweet, kind-hearted, thoughtful 등 여러 가지 뜻으로 번역해야 한다고 한다. 부모가 아이들을 보고 말하는 '착하다'는 말을 잘 듣는다는 뜻일 것이다. 요즘은 착하다는 말을 좋아하지 않는다. 바보스럽다는 걸 좋게 포장한 말 같아서라고 한다. 착하기만 황보찬일. 흑기사를 자청했지만, 돌아오는 건 부려 먹기만 하는 아이들과 하인이라는 별명뿐이다. 이렇듯 착하기만 하면 살기 힘든 세상이라며 부모들은 아이들에게 강해지라고 강요한다.

나 역시 5학년인 우리 아들에게 착하기만 하면 안 되고 거짓말도 할 줄 알아야 하고, 싸움에서 지면 안 된다고 잔소리를 늘어놓는다. 잔소리 끝에 돌아온 아들의 한마디는 "엄마, 나는 엄마를 이해 못하겠어."이다. 그 소리를 듣고서야 정신을 차린다. 왜 착하면 세상을 살기 힘들까? 생각해 보면 착해서 세상을 살기 힘든 게 아니라 분별력과 능력 그 외의 다른 것들 때문에 문제가 생기는 것이다. 착한 것은 오히려 성공에 도움이 된다고 확신한다. 분별력. 옳고 그른 것을 판단하는 능력이다. 지금 만나는 사람을 판단하는 것, 돈은 어느 정도까지만 써야 한다는 것, 친구보다 가족의 소중함을 아는 것 등이다. 이렇게 자기 내면을 강하게 만들며 뚜렷한 가치관과 분별력을 키우는 힘이 필요할 것이다. 여기에 착함이 더해지면 아주 훌륭한 인성을 가진 사람일 될 것이다.

3학년 새 학기 첫날. 3학년 3반 교실에 세 명의 아이가 전학을 왔다. 말을 더듬는 경호, 인도에 계신 부모님과 떨어져 살게 된 공주병 연비, 그리고 충청도 사투리를 쓰는 황보찬일이다. 부모님과 떨어져 할머니와 시골에서 지내던 찬일이는 엄마 아빠와 살기 위해 서울로 올라왔다. 엄마는 그동안 찬일이와 떨어져 지낸 시간이 미안하기만 하다. 멋진 아이로 키우기 위해 학원에 등록시키고 새 옷을 사입히고 사투리를 쓰지 못하도록 한다. 급기야 사투리가 고쳐지지 않는다는 이유로 할머니와 통화도 하지 못하게 한다. 할머니와 즐겁게 시골 생활을 하던 찬일이는 시골에 계신 헬로 아저씨, 수다 아줌마, 좋다 형, 깐깐이 할아버지, 지화자 할머니 등 마을 분들이 그립기만 하다.

존경하는 인물을 발표하는 수업 시간. 찬일이는 헬로 아저씨를 존경하는 분이라고 발표한다. 발표를 들은 아이들은 헬로 아저씨처럼 필요한 사람이 되어보라고 말하고, 찬일이는 반에서 흑기사가 되었다. 자모회에 갔다가 찬일이가 반에서 흑기사, 하인이라는 별명을 가졌다는 말을 듣고 온 엄마는 속이 상한다, 찬일이에게 아이들을 도와주지 말 것을 당부한다. 찬일이는 친구들을 도와주지 않게 되고, 친구들은 찬일이에게 거짓말쟁이라고 부른다. 친아버지를 만나고 미국에서 돌아온 헬로 아저씨가 찬일이를 만나러 학교에 찾아온다. 헬로 아저씨를 만나 즐거운 시간을 보내고 집으로 돌아온 찬일이는, 학원을 빠진 것과 할머니에게 쓴 편지 때문에 엄마에게 혼이 난다. 그러다 편지에 가스 불이 붙어 큰불이 났지만, 시골에서 배운 지식을 이용해 불을 끈다. 어린아이였지만 어른 같았던 찬일이의 모습에 엄마는 깊이 반성하며 할머니를 만나러 시골로 떠난다. 시골에서 공부보다 더 많은 것을 가르쳐 준 할머니께 감사하는 마음을 전한다.

### 🐥 '흑기사 황보찬일'에서 생각할 내용을 찾아보자.

이유 없이 말을 더듬는 경호. 경호의 병문안을 갔다가 엄마에게 소리를 지르는 경호를 보고 의아해한다. 알고 보니 경호는 다투기만 하던 부모님이 이혼한다는 걸 알게 된 순간부터 말을 더듬기 시작했다고 한다. 2022년 이혼 통계자료를 보면 3쌍 중 한 쌍의 부부들이 이혼한다고 한다. 우리나라는 아시아 국가 중 1위이고, 세계 9위라고 하니 놀랍지 않을 수 없다. 이혼은 가족 구성원 모두에게 큰 상처를 남기고, 아이들의 성장 과정에 미치는 부정적 영향은 너무나 크다.

시골에서 전학 온 찬일이를 만만하게 생각하는 아이들. 찬일이의 친절을 이용해 흑기사. 하인으로 만들어 버린 아이들. 그런 찬일이를 보고 바보냐며 화를 내는 경호. 아이들의 입장이 되어 서로의 마음을 이야기 나눠보자.

어렸을 때 부모님께 버림을 받은 헬로 아저씨는 친아버지를 만나러 미국을 다녀왔다. 외모는 미국 사람이지만 영어를 하나도 못 하는 헬로 아저씨. 배우 신애라는 두 명의 아이를 공개입양한 사실을 방송에서 말했다. 입양은 아이에게 새로운 가족을 만들어 주는 아주 감사한 일이고, 쉬쉬하며 숨길 일이 아니라는 것을 알리고 싶었다고 한다. 현실 속에서 입양은 쉽지 않은 일이라고 생각한다. 입양에 관해 이야기 나눠보자.

## ✏️ 아이와 함께 교과서 연계하기

- 국어 3-2 나
- 7단원 – 글을 읽고 소개해요

'자신이 읽은 글을 다른 사람에게 소개해 봅시다'라는 주제로 공부하는 단원이에요. 국어 교과서에서는 책을 소개하는 여러 가지 방법을 알아보고 책을 친구들에게 소개하는 수업을 해요. 《흑기사 황보찬일》 중 소개하고 싶은 부분과 인상적인 부분, 그 까닭을 써 봅니다.

| | 소개하고 싶은 부분 | 인상적인 부분 | 까 닭 |
|---|---|---|---|
| 가 | 예시)<br>황보 찬일이 전학을 와서 친구들에게 자기소개를 하는 부분 | 사투리를 쓰지 않으려다가 말투가 이상해져서 반 친구들이 연변이나 북한에서 왔냐고 물어볼 때 | 충청도 사투리와 북한 말이 무엇이 다른지 실제로 들어보고 싶어서 |
| 나 | | | |
| 다 | | | |
| 라 | | | |

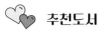 **추천도서**

소중애 작가는 38년간 초등학교에서 어린이들을 가르치다 퇴임하고 어린이들을 위해 글을 쓰고 있어요. 소중애 작가의 또 다른 책 기묘한 방 이야기 시리즈 중 《질투방》은 어떤 내용일까요? 함께 읽어요.

# 단톡방 가족

글 제성은, 그림 김민정, 출판사 마주별

{ 책 소개 }

"카톡"

"카톡"

카톡이 없었다면 어떻게 소통했을까? 싶을 정도로 많은 사람들이 카톡의 노예로 살아가고 있다. 통화를 하면 금방 끝날 질문들도 카톡으로 주고받는다. 하물며 바로 옆에 있으면서도 카톡으로 대화를 주고 받으며 즐거워한다. 둘만 주고받는 카톡에서 여러 사람이 함께하는 단톡이 생겨났고, 이제는 몇백 명의 사람들이 모이는 오픈 채팅방이 생겨났다. 나의 채팅 목록을 보아도 20~30개가 훌쩍 넘는 단톡들이 있다. 그 속에서 일상을 나누고 관심사들을 공유하기도 한다. 읽지 않는 글이

100개가 넘을 때면 스트레스로 다가오기도 한다. 하지만 카톡을 선호하는 이유는 시대의 변화 때문일 것이다. 바쁜 일상과 개인의 사생활을 중요시하는 현시대에 언제 어디서나 메시지 확인이 가능하고, 개인 정보 보호, 대화 기록 보존, 비대면 소통 등이 가능한 이유 때문일 것이다.

초등 4학년인 지유. 집 근처에서 채소가게를 하는 엄마, 아빠는 늘 바쁘고 지유보다 여섯 살 많은 언니 지원이는 특성화 고등학교 기숙사에서 생활하기 때문에 혼자 있는 시간이 많다. 지유는 자주 '고스트 룸'이라는 게임을 한다. 게임에서 지유는 레벨이 꽤 높은 편이다. 게임을 자주 하다 보니 친해진 사람들과 친구를 맺고 채팅을 하다가 지유 마음을 잘 이해해주는 사람들과 속 깊은 이야기까지 나누게 되었다. 게임 속 친구들은 지유에게 자신들을 언니, 오빠, 엄마, 아빠가 되어주겠다고 하며 '곤마유니 팸'이라는 단톡방을 만들었다.

지유는 현실과 너무 다른 게임 속 가족의 친절과 칭찬에 기분이 마냥 좋아서 점점 자신에 대해 많은 정보를 노출하게 되었다. 그런데 시간이 흐르면서 단톡방 가족은 지유에게 중요한 개인 정보를 요구하더니 급기야 돈을 요구한다. 지유는 그런 곤마유니가 조금 이상하다는 생각이 들었지만, 자신에게 다정한 단톡방 가족이 나쁜 사람은 아닐 것이라며 자신을 스스로 위로했다. 하지만 지유에게 접근한 사람들은 모두 자기 신분을 속이고 아이들을 대상으로 돈을 뺏는 나쁜 사람이라는 것을 친구 서윤이를 통해 알게 됐다. 그제야 정신을 차린 지유는 자신이 얼마나 위험한 행동을 했는지 깨닫고 충격을 받았다. 지유네 가족은 그동안 지유에게 일어났던 일에 대해 알고 지유와 함께 보내는 시간을 갖기로 했다.

**《단톡방 가족》에서 생각할 내용을 찾아보자.**

거의 매일 다투는 지유네 부모님. 지유는 부모님이 오늘은 무슨 이유로 싸우는지. 싸울 일은 왜 이렇게 많은지 궁금하다. 부모님이 다투는 집에서 성장한 아이들은 불안감이 아주 높다고 한다. 반대로 화목하고 안정적인 집안에서 자란 아이들은 자존감이 높다고 한다. 또한 화목한 분위기의 집에는 작은 일에도 서로 관심 갖고 대화를 많이 하는 특징이 있다고 한다. 화도 습관이 될 수가 있고 화로 인한 싸움도 습관이 되어버리기 전에 부모들도 아이들 앞에서 조심해야 한다.

학교 끝나고 집에 오면 혼자 있는 시간이 많은 지유는 자주 게임에 접속한다. 게임 속에서는 현실의 복잡한 문제를 잊을 수 있고 게임에 할애하는 시간이 많을수록 보상으로 주어지는 레벨도 높아지기 때문에 아이들이 쉽게 중독에 빠진다. 혼자 놀 줄 아는 아이가 사회성이 좋다고 한다. 어린 시절부터 부모들이 아이들에게 모든 것을 맞춰주기보다 아이와의 놀이에서 아이가 게임에서 져보기도 하고, 혼자 멍때리는 시간 등 다양한 경험이 필요하다고 한다. 혼자 멍때리는 시간은 지루한 시간을 잘 견뎌내는 힘이 생기기 때문이라고 한다. 아이들이 혼자만의 시간을 게임이 아니라 다른 것들로 채워나갈 수 있는 힘을 길러 주는 것이 부모의 역할이라 생각한다.

'곤마유니 팸'은 온라인 가족이기에 서로에 대해 정확한 정보를 모르는 상태로 만난 사람들이다. 온라인에서는 당사자가 말하는 대로 믿을 수밖에 없는 한계가 있다. 그럼에도 온라인상에서 만나는 사람들이 빠르게 친해지고 상대에 대해 믿음을 갖는 경우가 많다. 다른 사람을 함부로 믿는 것은 매우 위험한 일이라는 것을 어떻게 아이들이 잊지 않고 조심하게 할 수 있을지 방법을 고민해야 한다.

　도연이와 떡볶이 먹으러 갔다가 오히려 친구들에게 놀림거리가 된 지유는 속상해서 마음의 문을 꽁꽁 잠갔다. 서윤이가 지유와 친해지고 싶어서 말을 걸었지만, 지유는 서윤이의 마음을 알아채지 못했다. 친구를 얻으려면 마음의 문을 열어야 한다는 것을 서윤이와 이야기 나누면서 알게 된 도연이. 남에게 바라는 대로 내가 먼저 해 주어야 한다.

## ✏️ 아이와 함께 교과서 연계하기

- 국어 4-2 가
- 4단원 – 이야기 속 세상

'이야기의 구성 요소를 이해하며 글을 읽어봅시다'라는 주제로 공부하는 단원이에요. '단톡방 가족'을 읽고 사건의 흐름을 정리해 봅니다.

1. 지유가 외로움을 달래기 위해 한 행동을 말해 보세요.

2. 돈을 뺏길뻔 한 지유를 도와준 친구는 누구인지 말해 보세요.

3. 지유에게 일어난 일을 차례대로 정리해 보세요.

① 도연이와 떡볶이를 먹기로 한 날. 허겁지겁 떡볶이를 먹던 지유는 떡볶이를 토했다.

②

③

④

⑤

 **추천도서**

가족의 형태를 보면 대가족, 핵가족, 한부모가족, 다문화가족,
등 다양한 가족들이 있어요. 건우네 가족은 재혼 가족이에요.
건우의 이야기를 들어볼까요?

# 곤충 없이는 못 살아

글 한영식, 그림 한상언, 출판사 토토북

{ 책 소개 }

　　초등학교 5학년 아들과 3학년 딸은 곤충을 너무 좋아한다. 숲유치원을 다녀서 그런 것일까? 고민했던 시절도 있다. 우리나라에 있는 곤충 박물관은 몇 개일까? 도장 깨기를 하듯 전국의 곤충 박물관을 거의 다 다녔다. 반대로 엄마인 나는 곤충에 전혀 관심이 없다. 곤충, 벌레는 자연을 위해 소중하지만, 집을 더럽히고 징그러운 존재로만 생각했다. 그런 엄마의 반대에도 불구하고 아들은 장수풍뎅이, 사슴벌레, ○○거미 등 다양한 곤충들을 키우고 있다. 장수풍뎅이의 수명은 6~7개월이다. 죽은 장수풍뎅이를 묻으며 하염없이 우는 아들을 보고, 생명의 소중함을 느끼며 반성했던 기억이 있다. 과수원을 하시는 시아버지는 벌도 함께 키우신다.

벌이 꽃의 수정을 위해 꼭 필요하기 때문이라고 하셨다. 중요한 역할을 하는 벌이 지구 온난화로 죽어간다며 걱정 하시는 말을 들었다. 곤충은 우리에게 얼마나 소중한 존재일까? 곤충이 없어진다면 우리 인간도 살아갈 수가 없다고 한다. 그 이유를 알아보자.

　지구에서 발견된 곤충만 100만 종이고 지구에 살고 있지만 아직 발견되지 않은 곤충을 포함하면 300~500만 종이나 된다. 곤충은 대부분 3쌍의 다리와 1쌍의 더듬이를 가지고 있고, 머리, 가슴, 배 세 부분으로 나뉘어 있다. 곤충은 사람보다 훨씬 먼저 지구에서 살았다는 걸 화석을 통해 알 수 있다. 고생대의 곤충은 지금과는 다르게 엄청나게 컸다고 한다. 하지만 빙하기를 거치며 살아남기 위해 작아졌다고 한다.

　곤충은 생태계의 수호자이다. 곤충이 사라진다면 곤충을 먹는 두더지, 개구리, 두꺼비 같은 동물이 사라지고, 개구리 두꺼비를 먹는 뱀이 사라지고, 뱀이 사라지면, 독수리가 사라져 곤충을 먹지 않는 동물들까지 위험해 지기 때문이다. 곤충의 사체는 땅에 좋은 영양물질이 되어 식물의 번식을 도와주고, 식물은 우리가 호흡하는 산소를 만들어내기 때문이다. 곤충 대부분은 먹이를 찾아 돌아다니며 생활한다. 곤충은 딱딱한 갑옷을 입은 갑충, 곤충을 싫어하는 사람도 좋아하는 나비 무리, 윙윙 소리를 내는 벌, 피리 무리, 울음소리를 내는 매미, 고생대 석탄기 시대에 등장한 잠자리 무리, 물을 좋아하는 수서곤충 무리들이 있다.

　사람에게 도움을 주는 곤충을 익충이라고 한다. 대표적으로 꿀벌과 나비이다. 반대로 익충과 달리 사람들에게 해를 끼치는 해충도 있다. 앵 소리를 내며 우리를 귀찮게 하는 모기, 바퀴, 음식을 오염시키는 파리이다. 우리나라 역사책에서 곤충이 최초로 기록된 건 삼국사기이다. 대부분의 곤충 연구는 일제 강점기를 거치며 일본인들이 했지만, 한국인으로 대표적인 곤충연구자는 동물분류학을 연구한 조복성 선생과 세계적인 학자로 인정받은 나비 박사 석주명 박사가 있다. 곤충 중에는 사람들에게 이로운 자원 곤충이 있다. 동물의 사체와 배설물을 치워주는 송장벌레 쇠똥구리. 사람의 유전자 지도를 그리는 게놈프로젝트에 이바지한 초파리. 유전학 연구에 100년 이상 이용된 초파리는 사람의 질병을 일으키는 유전자의 70%를 가지고 있다. 잠자리의 정지비행과 순간적으로 방향 바꾸는 걸 보고 최첨단 전투기를 연구했고, 잠자리의 멈추지 않는 날갯짓을 보고 인공관절을 개발하는 데 활용되었다. 우리와 함께 살아온 소중한 곤충이 사라지고 있다. 곤충이 사라지는 건 지구가 우리에게 주는 경고라고 한다. 곤충이 살 수 없는 지구에선 사람도 살 수 없다. 환경을 살리기 위해 나부터 앞장서서 자연을 보전하자. 사라지는 곤충을 함께 보호하자!

### 《곤충 없이는 못 살아》에서 생각할 내용을 찾아보자.

　　요즘 애완 곤충이 인기가 많다. 가장 인기 있는 곤충은 장수풍뎅이와 사슴벌레이다. 사육함과 먹이 젤리, 톱밥까지 세트로 마트에서도 쉽게 구입할 수도 있다. 내가 키워 본 곤충들은 무엇인지, 키우며 배운 나만의 비법이 있다면 무엇인지 나눠보자.

　　곤충과 관련된 속담에는 여러 가지가 있다. 1. 꽃이 좋아야 나비가 모인다 → 상품이 좋아야 고객을 끌어 많이 팔 수 있다. 2. 뛰어 봐야 벼룩이지 → 아무리 잘해봐야 별거 없다. 3. 모기도 낯짝이 있지 → 염치없고 뻔뻔스럽다는 말 4. 메뚜기도 유월이 한철이다 → 제때를 만난 듯이 날뛰는 사람을 비유하는 말 5. 두꺼비 파리 잡아먹 듯 한다 → 아무것이나 닥치는 대로 널름널름 받아먹는다. 곤충과 관련된 속담을 알아보고, 서로 퀴즈를 내어 보자.

많은 곤충이 사라지고 있다. 2023년 기준. 곤충 포함 멸종위기종(야생동식물)은 우리나라 464종이라고 한다. 세계적으로 가장 많은 멸종위기종을 보이는 나라는 독일, 일본, 호주 순이고 독일의 경우 5,000여 종에 달한다고 한다. 이대로라면 지구상에 있는 모든 종이 사라지는 데 얼마 걸리지 않을 것이라고 한다. 자연을 살리고 멸종위기종들을 지키기 위해 우리가 할 수 있는 것들에 관해 이야기 나눠보자.

## 🖊 아이와 함께 교과서 연계하기

- 과학 3-1 여러 가지 곤충의 한살이
- 국어 3-1 가 5단원 – 중요한 내용을 적어요

'설명하는 말을 듣거나 글을 읽고 대강의 내용을 간추려 봅시다.'라는 주제로 공부하는 단원이에요. '곤충 없이는 못 살아'를 읽고 곤충에 대해 알아보고 내용을 정리해 보아요.

1. 곤충이란?
① 기거나 날아다니는 작은 동물을 벌레라고 해요.
② 벌레 무리 안에는 거미나 바퀴처럼 몸이 마디로 나눠진 동물을 절지동물이라고 해요.
예) 거미, 가재, 게, 지네

③ 곤충은 절지동물 중에 가장 수가 많은 무리예요.

　　예) 장수풍뎅이, 개미, 벌, 귀뚜라미, 모기, 잠자리, 바퀴

2. 곤충은 생김새는 어떻게 생겼나요?

3. 여러 곤충의 한살이를 비교해 보아요.

| 이 름 | 알 | 애벌레 | 번데기 | 어른벌레 |
| --- | --- | --- | --- | --- |
| 배추흰나비 | | | | |
| 장수풍뎅이 | | | | |
| 사마귀 | | | | |

보기)

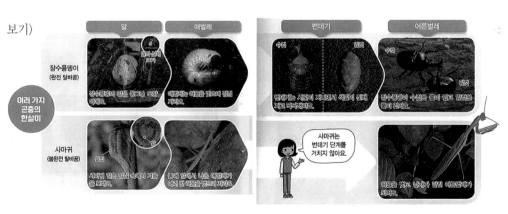

**추천도서**

토토 과학상자 시리즈는 어린이의 눈높이에 맞춰 생물, 지구과학, 물리, 화학 등 과학 분야의 모든 것을 알려준다고 해요. 어렵게만 느껴지는 과학원리 함께 읽어요.

빼앗긴 나라에서 기다리는
독립 김구의 봄

글 김혜영, 그림 윤정미, 출판사 스푼북

{ 책 소 개 }

　　중·고등학교 시절 내가 제일 좋아하는 과목은 한국사, 세계사였다. 좋아하는
만큼 성적도 좋았다. 심지어 좋아하는 선생님도 한국사 선생님이어서 중학교 시절
나의 꿈은 한국사 선생님이었다. 중학교 수학여행 때 독립기념관을 방문했다. 그곳
에서 본 일제강점기 독립운동가들이 고문당하는 모습과 사진 등 각종 전시물은 30
년이 지난 지금도 생생히 기억날 만큼 충격이었다. 김구 선생님과 독립운동가들의
일대기를 읽을 때면 무한한 존경심을 느낀다. 나라면 일제강점기에 일본에 맞서
무엇을 할 수 있었을까? 과연 독립운동가처럼 목숨 바쳐가며 일제에 맞설 수 있었
을까?

언제부터인가 국, 영, 수 등 중요 과목 때문에 한국사, 세계사, 윤리 등의 수업이 줄어들고 있다는 걸 알게 되었다. 지금은 우리 역사의 소중함을 알고 원래의 자리로 돌아왔지만, 참 안타까운 일이었다. 역사는 우리의 과거를 기록한 것으로, 우리가 현재에 이르게 된 이유와 성장의 흔적이다. 과거 역사의 교훈을 통해 더 나은 미래를 만들기 위해 노력해야 한다.

어린 창암의 꿈은 과거를 통해 관직에 나아가 나라를 위해 큰일을 하고 부모님께 효도하는 것이다. 하지만 부정부패가 만연한 과거시험을 보고 실망을 한다. 그때 양반, 상놈 구별하지 않고 평등한 세상을 꿈꾼다는 동학을 알게 되고, 이름을 창수로 개명한 뒤 동학운동에 뛰어든다. 명성황후가 살해되자 국모의 원수를 갚기 위해 일본군을 죽이고 감옥에 갇히게 된다. 고종과 사람들의 도움으로 탈옥을 한 창수는 이름을 김구로 바꾼다. 고향으로 돌아온 김구는 힘 있는 나라를 위해 아이들을 가르친다.

3.1운동이 일어나자, 일본군은 더 심하게 독립운동을 탄압했고, 해외로 떠나 상하이에 대한민국 임시정부를 세운다. 일본군은 수백 명의 군사를 이끌고 봉오동 계곡으로 쳐들어왔고 독립군은 이를 승리로 이끌었다. 이 전투가 청산리 대첩이다. 독립군의 수가 반으로 줄어든 어느날 일본에서 이봉창이라는 사람이 찾아와 일본 국왕을 죽이겠다고 한다. 이봉창 의거 후 채소 장수인 윤봉길이 찾아와 이봉창 의사와 같은 일을 하겠다고 한다. 윤봉길은 홍커우 공원에서 도시락 폭탄을 터트린다. 뿔뿔이 흩어진 동지들을 만난 날 일본군의 습격으로 김구와 독립운동 동지들은 총상을 입는다.

김구는 연합군, 학도병과 함께 한국광복군을 만들었고, 국내에 침투할 계획을 세운다. 한국광복군이 한국 출정을 앞둔 며칠 전 일본 히로시마와 나가사키에 원자 폭탄이 투하된다. 제2차 세계대전에서 일본이 항복했다는 소식이 들려온다. 그 소식에 김구는 우리 힘으로 얻은 광복이 아니어서 또 어떤 나라가 우리나라를 집어삼키려 할지 불안해한다. 미국은 대한민국 임시정부를 인정하지 않는다. 38선으로 나뉜 나라를 미국과 소련이 5년간 신탁통치를 한다는 결정을 듣고, 신탁통치 반대와 단독 정부 수립 반대를 외친다. 김구는 북한의 김일성을 만나러 갔지만 북한의 김일성은 통일 정부에 관심이 없다. 단독 정부 수립을 하려는 이승만 정부는 친일파와 손잡고 있다. 1948년 8월15일 이승만 대통령이 당선되며 대한민국 정부가 수립되었다. 친일파를 처단하라는 국민의 외침에 '반민족 행위 특별 조사 위원회'를 만들었지만, 이승만은 대통령의 자리를 빼앗길 걱정에 국민의 염원을 저버렸다. 나라를 위해 내가 마지막으로 할 수 있는 일을 고민하던 초여름 어느날 안두희 소위에 손에 김구는 죽음을 맞이한다.

### 🐤 《김구의 봄》에서 생각할 내용을 찾아보자.

창암은 상민의 자식이지만 양반집 자제들도 붙기 어렵다는 과거에 급제하여 집안을 다시 세울 결심으로 열심히 글 공부를 해 과거를 보러 갔다. 하지만 부정부패가 심한 과거 시험장을 목격한다. 조선시대에는 양천제를 바탕으로 양민과 천민으로 나뉘는 신분제도가 있었다. 양민은 다시 양반, 중인, 상민으로 나뉜다. 양반이 아니라면 아무리 뛰어나도 관직에 오르기가 어려웠다. 평등과는 정반대인 신분제도에 관해 이야기 나눠보자.

독립운동가들은 민족의 독립과 주권 회복, 탈식민지화를 위해 투쟁해 왔다. 김구도 일제강점기 당시 항일 투쟁으로 2차례 투옥했고, 이봉창, 윤봉길의 거사를 성사시켜 한국의 독립운동을 세계에 알렸다. 우리는 이들의 희생과 헌신 덕분에 오늘날의 자유를 누리고 있다. 우리나라의 독립을 위해 힘쓴 독립운동가들을 더 찾아보고 이야기 나눠보자.

김구는 일본이 패망하고 광복을 이루었지만, 이념을 내세워 친미파, 친소파 등으로 분리하려는 냉전 세력을 비판하면서 남북이 함께 민족통합을 통한 완전한 독립 국가를 모색했다. 민족과 인류의 현실을 고려하여 문화국가가 되기를 주장한 점도 높이 평가된다. 그러나 이승만과 친일파들이 정권을 독차지하는 것을 막기 위해 선거에 참여하길 권하지만, 김구는 끝까지 이를 거절했다. 김구의 선택에 대해 어떻게 생각하는가?

## 🖊 아이와 함께 교과서 연계하기

- 국어 4-2 나
- 6단원 - 본받고 싶은 인물을 찾아봐요

'전기문를 읽고 인물의 삶을 이해해 봅시다'라는 주제로 공부하는 단원이에요. 전기문은 인물이 살아온 과정을 역사적 사실에 근거해 쓴 글이에요. 《김구의 봄》에서 본받고 싶은 점과 자신의 미래 모습은 어떤 모습일지 상상해 봅시다.

|  시대 상황  |  어려움  |
| :---: | :---: |
| 일제강점기 주권 회복을 위해<br>독립운동가들과 항일 투쟁 운동을. | 독립운동으로 일본인을 죽여 감옥에 감.<br>독립을 위해 상하이에 대한민국 임시정부를 세움. |
| **어려움을 이겨내려는 노력** | **본받고 싶은 점** |
| 고향으로 내려와 아이들에게 글을 가르침.<br>임시정부를 만들고 이봉창, 윤봉길 거사를<br>성공으로 이끎 | 우리나라를 사랑하는 마음을 일깨워 줌.<br>나라의 독립을 위한 희생정신 |

1. 김구는 어려움을 딛고 나아가야 했는데 어떤 어려움이 있었나요?

2. 김구는 어려움을 이겨내기 위해 어떤 노력을 했나요?

3. 김구가 한 일을 보고 본받고 싶은 점은 무엇인가요?

4. 미래의 자기 모습은 어떤 모습일지 상상해 봅시다.

미래의 나는?

나는 _____을/를 할 것입니다.

왜냐하면 _____ 때문입니다.

**추천도서**

역사 속에서 대단했던 인물은 실패와 좌절의 시간을 이겨내고
소중한 꿈을 이룰 수 있었어요. 소중한 꿈을 어떻게 이룰 수
있었는지 함께 읽어요.

# 박소연 선생님의 추천 도서

## 박소연 선생님

국어 교육을 전공했고 12년 넘게 중고등학생들에게 국어를 가르쳤다. 아이들이 책을 읽고 글을 쓰면서 자기를 이해하고 사랑하게 되기를 바라는 독서논술지도사. 현재 서울 구로 항동과 천왕동에서 생각연필 독서논술 교습소를 운영하고 있으며, 생각연필 솔솔샘으로 활동하고 있다.

블로그 blog.naver.com/pakso6236
인스타 @think_solsol

살면서 공부하고 시험보고 일하는 걸 안 해보는 사람은 별로 없다. 그리고 대부분의 공부와 시험과 일은 읽고 쓰는 과정이다. 학업과 시험에서 읽고 쓰기가 중요한 건 당연하고, 회사일도 업무 관련 자료를 읽고 제안서, 보고서, 계획서 같은 것을 써야 할 때가 많다. 몸으로 일하는 육체 노동자라도 취업을 위해 이력서와 자기소개서는 써야 한다. 글 쓰는 일을 직업으로 하는 작가가 아니더라도 대부분의 사람들은 읽고 쓰는 일에서 완전히 벗어나 살아가기가 어렵다. 그래서 꾸준한 독서와 글쓰기는 생존을 위한 도구를 벼리는 일이다.

하지만 꾸준한 독서와 글쓰기를 하고 있는 사람은 정말 드물다. 나 역시 '꾸준히 해 왔다면 지금과는 다른 모습으로 살아갈 텐데'라는 생각을 가끔 한다. '만약'과 '후회'는 쓸데없는 걸 알지만, 아쉬움이 드는 건 어쩔 수 없다. 그나마 다행인 것은 지금에라도 그 중요성을 알고 독서와 글쓰기를 꾸준히 하려 한다는 점이다. 또 내 아이에게만큼은 읽고 쓰는 어른의 모습을 보여주고 있다는 것이다.

내가 이렇게 독서와 글쓰기의 필요성을 체감하게 된 건 오래 되지 않았다. 책 읽기의 즐거움을 알게 된 건 코로나 덕분이다. 2020년 코로나의 위세 때문에 밖에 잘 나가지 않다 보니 집에서 시간 보내기 가장 좋은 방법이 책읽기였다. 핸드폰 보는 걸 즐기지도 않았지만 목디스크 때문에 오래 못 보고, 우리집 TV는 케이블을 달지 않아 볼 게 없었다. 그래서 책을 봤다. 책을 사서 봐야 했다면 아마 많이 보지는 못 했을 것이다. 다행히도 내가 살고 있는 구로구는 어린이 도서관을 비롯해 구립 도서관과 작은 도서관이 많다. 게다가 도서관 통합 시스템이 다른 어떤 지자체보다도 잘 돼 있어서 내가 읽을 모든 책을 상호대차해서 집 앞 작은 도서관에서 받을 수 있었다. 우리 가족은 3명이니 1명당 5권씩 빌리면 2주 동안 15권을 볼 수 있었다. 내 책이 많을 때도 있고, 딸아이 책이 많을 때도 있었다. 또 가끔은 남편 책도 있었다. 그렇게 책을 읽다가 어느 순간부터 책에서 인상적이고 가슴을 치는 부분이 있으면 남겨 놓고 싶었다. 그래서 메모를 하기 시작했다. 그러다 내 느낌을 글로 쓰고 싶어졌다. 그러자 글을 좀 잘 쓰면 좋겠다는 마음이 들었다.

책 읽기 2년째 되던 해에 아이가 초등학교에 입학했다. 그때 결심했다. 내 아이는 꾸준히 읽고 쓰면서 자라도록 하겠다고 말이다. 그래서 자기 세계를 잘 구축한 어른으로 성장해 세상에 당당하게 자기 목소리를 낼 수 있도록 키우고 싶었다. 그런데 책 읽기는 이미 충분히 잘 하고 있었지만 아이의 글쓰기는 어떻게 해야 하나 고민이 됐다.

아이를 낳기 전까지 나는 12년 넘게 중고등학생들에게 국어를 가르쳤다. 사람들은 '국어' 하면 문학작품과 문법을 생각한다. 문학작품과 문법도 국어 교과에서 가르치기는 한다. 그런데 이건 국어 교육의 반밖에 안 된다. 나머지 반은 언어로서의 국어 사용 기능을 가르치는 일이다. 효과적인 의사소통을 위해 잘 말하고, 잘 듣고, 잘 읽고, 잘 쓰는 방법을 교육하는 것이다. 그러려면 수업에서도 실제 발화 상황과 독해하기, 글쓰기가 이루어져야 한다. 그리고 지도와 평가도 이때 이루어져야 한다. 하지만 다인원 교실과 성적과 서열을 매겨야 하는 학교 현장에서 언어 사용 기능에 대한 국어 교육은 제대로 이루어지기가 어렵다. 그래서 화법, 독서, 작문에 대한 이론을 전달하고 그 내용을 지필 평가로 보는 데 그친다. 나 역시도 그렇게 했다. 그러면서도 특히 글쓰기에 대해서는 실제 글쓰는 과정에서 어떻게 쓰는 방법을 지도할 수 있을까 늘 고민이었다. 지금 학교 현장에 계시는 국어 선생님들도 아마 나와 같은 고민을 하고 있을 것이다. 그래서 대입 논술 전형을 준비하는 학생들이 학교에서 해결이 안 되니 대입 논술 학원에 가야 하는 아이러니한 상황도 생겼다.

이런 생각들을 아이를 낳고 키우느라 한동안 잊고 있었다. 그러다 아이가 초등학교 들어가면서부터 글쓰기에 대한 고민이 다시 시작됐다. 국어 선생이었던 나도 아이의 글쓰기를 어떻게 가르쳐야 할지 답이 없었다. 근처 독서논술 학원을 찾아 봤더니 글쓰기는 제대로 안 하고 워크지 문제 풀이만 하고 있었다. 또 토론을 한다는데 초등학생들의 토론이 얼마나 내실이 있을지 믿을 수가 없었다. 이럴 때 생각연필을 만났다. 제대로 글쓰기를 가르치는 독서논술을 검색하다가 오애란 생각연필 대표님 블로그를 찾았고, 몰래 1년 넘게 블로그를 훔쳐 봤다. 그렇게 시작된 생각연필과의 인연으로 지금은 내가 천왕동과 항동에 생각연필 교실을 열고 있다.

많이 읽으면 쓰고 싶어진다고 한다. 그런데 나는 아직 많이 읽지를 않았는지 쓰고 싶다는 생각이 적극적으로 들지는 않는다. 이 책을 쓰는 일도 함께하는 선생님들이 계셔서 가능했지 혼자라면 절대 엄두도 내지 못했을 것이다. 글쓰기는 나에게 아직 어렵다. 생각연필에 오는 친구들도 나와 같겠지 싶어서 쓰기 싫어하는 아이들 마음도 이해가 된다.

그래서 아이들에게 건네는 책에 신경을 더 많이 쏟는다. 책 읽기가 즐거워야 글을 쓸 마음도 생길 테니까 아이들이 재밌어 할 책을 찾는다. 아이들마다 좋아하는 책이 다르다. 그래서 어떤 책을 좋아할까 고민하다가 책장 앞에 한참을 서 있을 때가 많다. 책 고르기에 깊어지는 고민만큼 아이들이 즐거워한다면 책장 앞에서의 서성임은 얼마든지 할 수 있다. 지금 소개할 책들도 이런 서성임으로 골랐다. 혹시라도 마음에 닿는 책이 있다면 오늘은 아이와 그 책을 함께 읽고 이야기 나누는 시간을 가져보는 건 어떨까?

# 어느 날 구두에게 생긴 일

글 황선미, 그림 신지수, 출판사 비룡소

{ 책 소개 }

어느 날 초등학교 4학년인 딸이 와서 내게 말한다.

"엄마, 나는 4학년 내내 쉬는 시간에 책만 보면서 지내야 하나 봐."

이게 무슨 소린가, 혹시 애가 따돌림을 당하나 싶어 이내 묻는다.

"응? 왜 쉬는 시간에 책만 보는데? 중간 놀이 시간이 30분이나 되잖아. 길기도 한데 같이 놀 친구가 없어?"

"응, 여태 단짝이었던 하늘이가 나한테는 말 한마디 안 걸고 빛나 무리들하고만 놀아."

딸의 얘기로는 반에 친구들을 쥐락펴락하는 센 여자애가 있다. 딸은 그 아이와 친하지 않을 뿐 아니라 친해지고 싶지도 않단다. 딸의 단짝이었던 하늘이는 딸과 노는 것보다 그 아이와 노는 걸 더 재밌어 하는 것 같다.

"그런데 너는 그 애가 왜 싫은 거야?"

"걔는 친구들한테 무례해. 자기 기분대로 막말하고 친구를 자기한테 필요한 도구처럼 생각해. 그래서 딱 싫어. 애들은 왜 걔 말에 휘둘리는지 모르겠어."

여기까지 듣고 한동안 내 딸이 외롭겠구나 싶어 걱정도 되고 마음이 쓰였다. 또 그 아이의 무례함과 막말에도 다른 친구들이 따르는 이유는 뭘까 하는 생각도 들었다. 책에 나오는 혜수 같은 아이일까?

4학년 쯤 되면 여자 아이들은 '무리짓기'를 한다. 무리의 중심에 있는 아이가 마음에 들지 않아도 혼자가 되기 싫어서 휩쓸리기도 한다. 가끔은 누군가를 따돌리기도 하고, 위악적인 행동도 한다. 하지만 딸은 이게 싫다고 하니 혼자인 걸 견뎌야 할 것 같다. 《어느 날 구두에게 생긴 일》의 주경이에게 정아, 명인, 우영이 같은 친구가 생긴 것처럼 마음을 나눌 친구가 생기기 전까지는 말이다.

주경이는 영어 학원 가는 게 싫다. 주경이에게 M초콜릿을 사오라고 당당히 요구하는 혜수와 미진이, 이 아이들을 만나야 하기 때문이다. 겉으로는 친해 보이지만, 주경이는 혜수에게 보이지 않는 괴롭힘을 당하고 있다. 그런데 김명인이 전학을 오면서 주경이를 향하던 괴롭힘이 명인이로 바뀐다. 혜수와 미진이는 명인이의 구두를 학교 복도에서 창밖으로 던지라고 주경이에게 시킨다. 나쁜 일이고 내키지 않았지만, 시키는 대로 하고만 주경이는 자신이 정말 찌질이같다. 혼자 저지른 일이 아니라고, 고작 신발인데 괜찮다고 아무리 주문을 외워도 괜찮아지지 않는다. 이렇게 마음이 외롭고 고달플 때 주경이가 찾아가는 곳이 '기역자 소풍' 잡화점이다. '기역자 소풍'은 큰 건물에 가려 햇빛도 잘 안 드는 골목 끝에 있다. 주경이는 이곳에 진열된 물건들도 좋지만, 가게 앞에 있는 '쉬어가는 자리'라는 등받이 의자가 더 좋다. 그리고 그 의자를 차지하고 있는 점박이 고양이도 마음에 든다. 괴롭힘의 피해자에서 갑자기 가해자가 되어버린 주경이는 너무 두렵다. 그리고 자신이 버렸던 구두가 명인이 엄마가 죽기 전에 명인이에게 선물한 거라는 사실을 알고는 죄책감에 감기 몸살을 앓는다. 결국 엄마에게 주경이는 모든 사실을 고백한다. 또 자신의 잘못과 사실을 밝히는 편지를 써서 명인, 정아, 우영, 선생님에게 보낸다. 편지를 보낸 뒤 학교에서 다시 만난 명인이와 정아는 학교 학예회 때 한 팀이 되자고 제안하고, 주경이는 더 이상 혼자가 아니라는 느낌을 받는다.

### 🐤 《어느 날 구두에게 생긴 일》에서 생각할 내용을 찾아보자.

혜수와 미진이가 M초콜릿을 사오라면 주경이는 거부하지 못하고 사 갈 정도로 보이지 않는 괴롭힘을 당하고 있다. 겉으로는 친해 보이지만, 그 괴롭힘이 은밀하고 집요하다. 학교에서 자주 일어나는 은따(은밀한 왕따)나 집단 따돌림에 동조하거나 방관하는 것이 왜 문제가 되는지 아이들과 이야기 나눠 보자.

주경이는 혜수와 미진이의 괴롭힘을 엄마에게 말하지 못했다. 그러다 명인이 구두에 대한 사연을 알게 되고 죄책감으로 감기 몸살을 앓으면서 엄마에게 고백하게 된다. 아이들은 잘못이나 고민이 있을 때 스스로 고립되면서 문제 상황에 더 깊이 빠진다. 이럴 때 어느 누구보다 부모가 자신의 편이 되어 문제를 함께 해결할 수 있다는 믿음을 가질 수 있도록 평소에 아이들과 일상에 대한 이야기를 자주 나누어야 한다.

주경이가 혜수와의 관계나 명인이 구두에 대한 이야기를 할 때 주경이 엄마는 끝까지 들어주었다. 그리고 눈물을 글썽이며 주경이를 안아 준다. 또 전학 가겠다는 주경이에게 최선을 다해 보자는 말을 건넨다. 만약 내가 주경이의 엄마라면 어떻게 했을까? 학교에 찾아가 담임과 상의할까? 학폭 문제로 가져갈까? 아이를 전학시킬까? 상대 아이를 전학 보낼까? 이때 중요한 건 내 아이가 위로받고 상처를 극복할 수 있는가이다.

주경, 명인, 정아, 우영이는 팀이 되어 학예회에서 멋진 공연을 하기로 한다. 그리고 주경이는 더 이상 혜수에게 신경쓰지 않게 된다. 혜수가 바뀐 것이 아니라 주경이 자신이 바뀐 것이다. 결국 나의 문제는 내가 해결해야 하고 내 자신이 가장 중요하다. 주위 상황에 휘말리지 않는 가장 좋은 방법은 자신의 마음과 목소리에 집중하는 것이다. 이는 누구에게나 그렇고 아이들에게도 마찬가지다.

### 🖊 아이와 함께 교과서 연계하기

- 국어 4-1
- 1단원 – 생각과 느낌을 나누어요

'시나 이야기를 읽고 생각이나 느낌을 나누어 봅시다.'라는 주제로 공부하는 단원이에요. 국어 교과서에서는 이야기를 읽고 인물의 말이나 행동에 대한 생각과 느낌을 정리해 보는 활동을 합니다. 이 활동과 연계해 《어느 날 구두에게 생긴 일》

에 나오는 인물들의 말이나 행동에 대해 내 생각이나 느낌을 써 봅니다.

|  | 인물의 말이나 행동 | 내 생각이나 느낌 |
|---|---|---|
| 주경 | 초콜릿 봉지를 꽉 쥐어도 봉지 속 초콜릿들은 얄밉게 손에 안 잡힌다. 동글동글한 알맹이들이 꼭 누구 같다. | |
| 할머니 | "주경아, 명인이랑 자매처럼 지내야 한다. 걔가 요즘 구두 땜에 좀 시무룩해. 엄마 선물이라서 더 그런단다." | |
| 명인 | "그거 버릴 때... 어땠어?" | |

 **추천도서**

문선이 작가의 《양파의 왕따일기》도 학교에서 일어나는 따돌림 문제를 다루고 있어요. 함께 읽어요.

# 내 마음 배송 완료

글 송방순, 그림 김진화, 출판사 논장

## { 책 소개 }

우리 집 앞에 택배 상자가 없는 날이 얼마나 될까? 요즘은 장을 보는 것도 마트에 가지 않고 인터넷으로 주문하고 있다. 그러니 집 앞 택배 상자는 거의 매일이다. 덕분에 컴퓨터 앞에 있거나 휴대폰을 보고 있는 시간은 더 많아졌다. 그리고 인터넷과 휴대폰이 안 되면 불안해지기도 한다.

택배 상자는 늘 집 앞에 넘치는데 마음은 그만큼 충만해지지 않는다. 이것저것 참 많이 사들이면서도 계속 사고 싶은 물건이 있다. 물건으로 마음의 허기를 다 채울 수는 없는 것 같다. 언제나 더 좋고 새로운 것이 나오니까.

화려한 쇼핑 세계에서 마음껏 물건만 살 수 있다면 엄마도 팔았던 송이. 그리고 TV 홈쇼핑과 인터넷 쇼핑에 빠진 송이 엄마. 이 두 사람은 외롭고 힘들다. 하지만 쇼핑으로는 그 마음을 달랠 수도 채울 수도 없었다.

매일 배달되는 택배 상자 때문에 송이는 엄마가 못마땅하다. 엄마는 TV 홈쇼핑을 보고 끝없이 물건을 시키기 때문이다. 장롱에 옷이 넘쳐나도, 뜯지도 않은 택배 상자가 쌓이는데도 계속 뭔가를 주문한다. 엄마는 작년에 아빠와 이혼하고 보험 회사 전화 상담원으로 일하고 있다. 그런 엄마가 저녁에 퇴근하고 와서 밥도 안 챙겨주고 홈쇼핑에 빠져 있다. 어떤 물건이든 없는 게 없는 저 홈쇼핑에, 송이는 엄마를 팔고 싶다.

엄마와 단둘이 살게 되면서 송이는 아무리 먹어도 배가 고프다. 학교 다녀와 혼자 컵라면에 물을 붓고 게임을 하거나 TV를 본다. 그러다 우연히 보게 된 홈쇼핑 채널에서 쇼핑호스트가 송이에게 말을 건다. 세상에서 제일 맛있는 음식을 알려주겠다면서 7D안경을 쓰고 쇼핑의 세계를 구경하자고 한다. 쇼핑 세계에서는 원하는 걸 생각하고 손에 든 리모컨을 누르기만 하면 원하는 물건이 있는 곳으로 갈 수 있다. 송이가 간 곳은 과자로 만든 동네, 다양한 요리가 있는 곳, 게임 공간이었다. 그리고 쇼핑 세계는 현실 세계와 달라서 시간이 전혀 흐르지 않았다. 쇼핑하는 동안엔 시간 가는 줄 모른다고 하는 말처럼.

환상처럼 마법처럼 쇼핑 세계를 만난 송이는 홈쇼핑에 엄마를 팔기도 하고 자신이 팔리기도 한다. 그리고 둘 다 불량 제품으로 반품된다. 다시 만난 엄마와 송이는 힘들고 외로웠던 마음을 서로 솔직하게 이야기한다. 그리고 서로 인정받는 엄마와 딸이 되자고 한다. 세상에는 완벽한 엄마도 완벽한 아이도 없으니까.

**《내마음 배송 완료》에서 생각할 내용을 찾아보자.**

이혼하고 송이를 혼자 키워야 하는 현실이 힘들었던 엄마는 홈쇼핑에 빠졌다. 그리고 엄마 없이 배고프고 심심했던 송이는 게임이 빠졌다. 무언가에 빠지는 중독의 이유는 결국 마음 둘 곳이 없는 현실에서 도망가기 위해서다. 중독된 행위의 이면에는 현실에 대한 절망감, 외로움, 두려움, 고단함이 있을 것이다. 언제나 그렇듯 마음을 들여야 보는 게 먼저다.

아무리 물건을 사도 사고픈 엄마와 아무리 먹어도 배고픈 송이. 두 사람은 마음이 고프다. 물건과 음식으로는 허기진 마음을 채울 수 없었다. 팔려갔다가 반품된 후 엄마와 송이는 힘든 마음을 서로 이야기하고 이해할 수 있었다. 마음이 고플 때 그 마음을 채울 수 있는 건 결국 사람이다. 사람이 있어 고픈 마음을 나누고 그 마음을 추스리기 때문이다.

송이는 엄마가 이혼하고 잠을 설칠 정도로 힘들었다는 이야기를 듣고 어른인데도 자기처럼 힘들어하고 무언가에 빠질 수 있다고 생각하니 이상했다. 그리고 엄마나 자기나 별 차이가 없다고 느낀다. 아이가 어른의 상황을 이해하고 마음에 공감하는 부분이다. 집안 형편이나 부모의 상황에 대해 자식에게는 잘 드러내지 않는 부모가 많을 것이다. 아이를 아직 미숙하다고 여기기 때문이다. 하지만 어른의 상황과 마음에 대해 아이와 이야기 나누는 것도 필요하다. 그러면서 아이는 자기 크기의 마음으로 느끼고 세상에 대한 이해를 더 넓혀 가기도 한다.

홈쇼핑의 쇼핑호스트는 매진이 임박했으니 당장 안 사면 손해라는 듯 사람 마음을 흔들었다. 송이가 보기에 엄마는 늘 그 말에 속아 물건을 샀다. 매진 임박은 대표적인 '불안 조장 마케팅'이다. 물건을 살 필요나 생각이 전혀 없었는데도 쇼핑호스트의 설명을 듣다가 충동 구매한 적이 누구나 한 번쯤은 있을 것이다. 소비자가 지갑을 열도록 만드는 게 마케터의 일이다. 하지만 소비자 입장에서는 유혹에 넘어가지 않는 절제가 필요하다.

## ✏️ 아이와 함께 교과서 연계하기

- 도덕 3-1
- 3단원 - 사랑이 가득한 우리집

'가족의 문제를 함께 풀어 가요.'라는 주제로 공부하는 단원이에요. 교과서에서는 가족의 속마음이 담긴 이야기를 읽고 가족이 행복해지려면 어떻게 해야 할지 3단계 문제 해결법을 활용해 탐구해 보는 수업을 해요. 수업 내용과 연관 지어 《내마음 배송 완료》의 엄마와 송이의 문제 상황과 해결 방법을 3단계 문제 해결법으로 정리해 봅시다. (책 참고 부분pp.107-110)

### ⚙ 1단계 문제 상황과 원인 파악하기

| 가족 | 지금 상황 | 원    인 |
|------|-----------|---------|
| 엄마 | 홈쇼핑과 인터넷 쇼핑에 빠져 있다 | |
| 송이 | 집에서 TV 만화만 보고 게임만 한다 | |

## ♣ 2단계 상대방 처지에서 생각해 보기

엄마의 마음은 어떨까

송이의 마음은 어떨까

## ♣ 3단계 문제를 해결하려고 노력하기

| | 문제를 해결하려면 어떻게 해야 할까요? |
|---|---|
| 엄마 | 예) 내팽개친 집안일 조금씩 시작하기 |
| 송이 | |

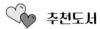 추천도서

강정연 작가가 쓴 《바빠 가족》은 각자 자신의 일에 빠져서 정작 필요한 게 무엇인지 잊고 사는 바쁜 가족에 대한 이야기예요. 이 가족에게 필요한 건 뭘까요?

# 욕 좀 하는 이유나

글 류재향, 그림 이덕화, 출판사 위즈덤하우스

{ 책 소개 }

욕을 한 번도 안 해 본 사람이 있을까? 아주 사소하게는 "아이~ 씨!"부터 걸
죽한 수준의 욕까지 누구나 해 봤을 욕. 나는 어떨 때 욕을 자주 하나 생각한다.
보통은 뭐가 잘 안 되고 짜증나고 화날 때 한다. 생각하고 이 욕을 해야지 하고 나
오는 게 아니다. 욕이 나오는 건 순간이다. 욕을 하고 나면 잠깐 속이 시원한 느낌
도 든다. 그래도 체면 차려야 할 자리에서는 절대로 하지 않을 것이 욕이다. 그리
고 아이 앞에서는 조심한다.

요즘 욕쟁이 10대들이 많다. 모든 문장에 'ㅂ신, ㅅ발, ㅈ나'가 한 세트다. 듣
고 있으면 말마다 욕이라 욕이 없으면 말을 못하지 않을까 싶다. 이들이 욕하는 이

유는 '세 보여서, 다 쓰니까, 스트레스 풀리니까'였다.

일시적으로 해방감을 주는 욕이라 해도 자주 쓰면 습관이 된다. 그리고 욕으로 세 보일 수는 있으나 욕으로 나를 지킬 수는 없다. 또 욕으로 감정을 순간적으로 표출할 수는 있으나 정교하게 표현할 수는 없다.

욕으로 단순화시키지 말고 내 감정을 다양한 감정 단어들로 표현해야 한다. 비트겐슈타인은 "내 언어의 한계가 곧 내 세계의 한계다."라고 했다. 그렇다면 욕으로 표출된 감정은 곧 품격을 잃은 내 세계인 것이다.


유나는 평소에 드세고 거칠다는 얘기를 듣는다. 욕도 좀 한다. 하지만 이런 유나가 좋아하는 애한테 고백했다가 욕쟁이라고 차였다. 정말 자존심 상하고 우울하다. 그래서 유나는 욕을 좀 끊어 보려고 한다.

그런데 하필이면 이럴 때 소미가 욕을 좀 가르쳐 달란다. 그것도 많이 쓰는 하찮은 욕 말고 좀 더 창의적인 욕으로 해 달라며 닭강정도 사주면서 부탁한다. 유나는 닭강정에 넘어간 건지, 소미의 간절한 눈빛에 넘어간 건지 욕을 발명해 보기로 한다.

소미가 욕이 필요한 이유는 영어로 욕하는 임호준에게 복수하기 위해서다. 영국에서 온 임호준은 학원 버스를 타면 소미에게 영어 욕을 한다. 그래서 유나는 임호준이 도저히 못 알아들을 한국말로 욕을 발명하기로 한다. 그런데 욕 발명 방법이 특이하다. 국어사전을 뒤진다. 욕은 아니어도 들으면 아주 기분 나쁠만한 말을 국어사전에서 찾아내서, 그 말들을 속사포처럼 쏟아붓기로 계획한다.

결국 유나는 소미를 대신해 임호준에게 창의적인 욕으로 복수하는 데 성공한다. 하지만 기분이 좋지 않다. 우선 자기가 대신 복수해 줬는데도 소미의 반응이 떨떠름했고, 임호준에게도 너무했나 싶었기 때문이다.

　　며칠 있다가 집으로 돌아오는 길에 유나는 임호준을 만난다. 그리고 임호준에게 한국에 와서 적응하기 힘들었던 상황과 욕을 하게 된 이유에 대해 듣게 된다. 임호준은 영어로 욕하면 애들이 좋아하고 따라했다면서 그게 멋있는 줄 알았다고 했다. 그리고 소미에게도 사과하고 싶다고 했다.

　　소미는 임호준에게 사과를 받고 욕쟁이 이유나도 개과천선하겠다고 결심한다. 그런데, 이번에는 욕을 가르쳐 달라며 1학년이 유나를 찾아왔다. 아! 욕 끊기로 했는데, 유나는 어떡할까나?

### 🐤 《욕 좀 하는 이유나》에서 생각할 내용을 찾아보자.

　　유나는 창의적인 욕을 찾기 위해 태권도 학원 욕쟁이 태구의 도움을 받으려 했다. 하지만 태구가 쏟아내는 욕을 듣고 머릿속에 쓰레기가 저장되는 기분이 들었다. 나에게 하는 욕이 아니라도, 욕은 들으면 기분 나쁘다. 욕이 나쁜 건 말로 하는 폭력이기 때문이다. 누가 폭력적으로 행동하는 걸 보면 불편하듯이 욕을 듣기만 해도 불편한 이유이다. 누가 욕하는 걸 들었을 때 기분이 어떤지, 왜 욕을 하면 안 되는지 아이와 이야기 나누어 보자.

　　영국에서 살다 온 임호준은 한국에 와서 적응하기 힘들었다. 학교도 낯설고 친구 사귀기도 어려웠다. 부모님은 일하느라 바쁘고 학교 끝나고는 혼자 학원 돌림이었다. 자신이 영어로 한 욕을 아이들이 신기해하고 좋아하는 것 같아서 자꾸 욕을 했던 임호준. 어쩌면 임호준은 자기 상황에 대한 불만과 외로움 때문에 욕을 했을 수도 있다. 욕은 가장 소심한 분노의 표출이다. 욕하는 아이가 있다면 욕하는 현상에만 치중할 게 아니라 욕을 내뱉는 아이의 내면을 살펴야 한다.

유나는 창의적인 욕을 만들기 위해 국어사전을 뒤진다. 사전을 훑으면서 자기가 모르는 단어가 정말 많아서 놀란다. 그리고 사전의 예시문을 보면서 이것저것 조합하고 응용하면 새로운 말을 만들기 좋다고 생각한다. 초등 3학년 1학기 국어 교과서에 국어사전 찾기가 나온다. 이때 사전을 찾는 법을 배운다. 하지만 배웠다고 해서 사전을 자주 들추지는 않는다. 단어의 뜻을 정확히 모르더라도 책의 문맥을 통해 의미를 이해하기도 하고, 잘 몰라도 일일이 찾아보지는 않기 때문이다. 그래도 사전은 찾아보는 게 좋다. 유나처럼 우리말 단어에 대한 새로움을 발견할 수도 있고 이미 알고 있는 단어라도 다양한 쓰임을 보면서 의미를 더 풍부하게 파악할 수 있기 때문이다.

## ✏️ 아이와 함께 교과서 연계하기

- 국어 3-1
- 7단원 – 반갑다, 국어사전

'국어사전을 활용하며 글을 읽어 봅시다.'라는 주제로 공부하는 단원이에요. 교과서에서는 뜻을 모르는 낱말을 찾아 그 뜻을 짐작한 뒤 직접 국어사전에서 찾아보는 활동을 해요. 교과서 내용과 연관지어 《욕 좀 하는 이유나》에서 모르는 단어를 찾아 다음과 같이 정리해 봅시다.

| 낱말 | 짐작한 뜻 | 국어사전에서 찾은 뜻 |
|---|---|---|
| 속사포 | | |
| 무뢰한 | | |
| 서까래 | | |
| 개과천선 | | |

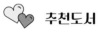 **추천도서**

서석영 작가가 쓴 《욕전쟁》은 욕을 못 하게 하려는 담임 선생님과 욕을 입에 달고 사는 반 아이들의 한 판 승부에 대한 이야기예요. 욕전쟁에서 승자는 누구일까요?

아빠 보내기

글 박미라, 그림 최정인, 출판사 시공주니어

## { 책 소개 }

2019년에 아버지가 돌아가셨다. 아버지는 평생 병원에 간 걸 손에 꼽을 정도로 건강했다. 그래서 병으로 갑자기 돌아가실 거라고는 생각하지 못했다. 아버지는 폐렴이었다. 감기몸살로 여겼다가 한 달 만에 쓰러지셨고, 중환자실에 입원한 지 십 일 만에 돌아가셨다.

사십 중반이 넘어도 부모를 잃는 일은 많이 슬펐다. 부모가 세상 전부인 어린 아이도 아니고 나에게도 지켜야 할 자식과 가족이 있으니 슬픔이 덜할 줄 알았다. 그런데 계속 눈물이 났다. 그렇게 많이 울었던 적이 있을까 싶다.

가족 모두 망연히 장례를 치렀고, 이후 아버지의 빈자리를 제일 힘들어 한 사람은 엄마였다. 혼자 있는 집이 쓸쓸해서, 아버지에게 잘 못해준 일이 생각나서 이런저런 이유로 엄마는 시도때도 없이 울었다. 결국 우울증 진단을 받았고 지금까지도 엄마는 우울증 약을 먹고 있다.

사이가 가까울수록, 간 사람의 부재에서 오는 공허함도 깊어진다. 가족의 죽음은 그래서 더 황망하다. 아버지와 가장 가까웠던 사람은 엄마였나보다. 가장 아버지를 그리워하고 슬퍼하는 사람이 엄마이기 때문이다.

그리고 아버지의 죽음으로 알게 되었다. 가까운 사람의 죽음은 죽은 이를 기억하는 사람들끼리 추모하고 정리하는 시간이 필요하다는 것을 말이다. 이건 장례식과는 별개다. 아버지 장례를 치르고 서너 달 뒤, 여동생들을 친정에서 만났다. 이날 엄마와 여동생들과 함께 맥주잔을 기울이며 아버지 이야기를 실컷 했다. 아버지를 기억하는 사람들끼리 그렇게 아버지를 떠나보냈다.


간암으로 3년을 투병하던 아빠가 죽었다. 민서와 엄마는 아빠의 빈자리가 허전하고 그래서 슬프다. 하지만 민서는 점차 일상을 찾고 슬픔이 누그러지는 걸 느낀다. 학교 친구들과 농담도 하고 게임 생각도 한다. 그런데 엄마는 시간이 갈수록 슬픔이 더 커지는 것 같다. 민서는 이런 엄마를 보면서 아빠에 대한 의리를 엄마만큼 지키지 못하는 것 같아 죄책감이 든다. 그리고 일찍 떠나버린 아빠가 밉기도 하다.

어느 날 밤, 엄마는 잠을 자지 못하고 새벽 3시에 공터 벤치에 앉아 있었다. 민서는 그걸 보고 엄마의 슬픔이 얼마나 큰지 느낀다. 그리고 엄마도 아빠처럼 떠나버리면 어떡하나 불안해진다. 또 어느 날의 엄마는 아빠의 셔츠를 빨아서 탈수도 하지 않은 채 베란다 창틀에 걸어 둔다. 바람에 흔들리는 옷을 보면서 아빠가 살아 움직이는 것 같다고 한다. 민서는 종일 아빠 생각만 하느라 이상한 행동을 하는 엄마가 밉고 화도 났다.

　그래도 7층 할머니가 민서네 사정을 잘 알고 따뜻하게 보살펴 주셔서 다행이다. 할머니는 젊었을 때 초등학교 선생님이었는데 지금은 가족 없이 혼자 살고 계신다. 5년 전에 할아버지가 암으로 돌아가시고 아들은 미국에서 공부를 하고 있다. 동병상련으로 할머니는 엄마의 슬픔을 누구보다도 잘 이해했다. 그리고 구멍 난 엄마의 마음을 어떻게 치료해야 할지도 알고 있었다. 할머니는 엄마와 함께 아파트 앞 공터에 텃밭을 일구기로 한다. 몸을 움직이면 활력도 생기고 슬픔도 잊을 수 있다는 생각이다. 그리고 민서는 엄마에게 밤마다 동요를 불러주기로 한다.

　어릴 때 엄마의 노래가 민서를 재웠던 것처럼 민서가 부르는 동요가 엄마를 재웠다. 잠을 잘 자는 덕분에 엄마는 얼굴색이 조금씩 밝아진다. 그리고 할머니와의 텃밭 일구기 덕분에 몸도 마음도 건강해지는 것 같다. 이제 아빠의 셔츠는 엄마의 텃밭 작업복이 되었다.

### 🐤 《아빠 보내기》에서 생각할 내용을 찾아보자.

　민서는 아빠가 죽고 너무 슬펐지만, 시간이 지나면서 아빠 생각을 점점 덜하게 된다. 게임이나 하고 좋아하는 남자애 생각이나 하는 자신이 정말 나쁜 애 같다. 아빠에 대한 의리를 지키지 못하는 것 같아 죄책감도 든다. 그 마음은 어떻게 설명할 수 없이 복잡하다. 민서처럼 아이들도 어쩔 수 없이 사랑하는 가족의 상실을 경험할 수 있다. 그럴 때 아이들이 느끼는 감정은 어떤 모습일까? 주인공 민서를 보면서 짐작해 본다. 처음에는 슬픔으로 가슴이 미어지더라도 점차 그 슬픔은 옅어지기 마련이다. 그리고 일상을 찾아가는 게 자연스러운 일이다. 하지만 아이들은 이야기 속 민서처럼 그 다양한 감정들을 소화하기도 설명하기도 어려울 것이다. 이런 아이에게 어떤 말을 건네야 할까?

민서는 7층 할머니를 찾아가 우울증에 걸린 엄마를 낫게 하려면 어떻게 해야 할지 묻는다. 그리고 자기가 엄마한테 해줄 수 있는 건 뭘까 고민도 한다. 아빠를 잃고 민서는 훌쩍 생각이 깊어졌다. 아이들도 시련이나 이별을 겪으면서 어른이 된다. 엄마에게 동요를 불러 주면서 민서는 엄마를 안아주고 있다고 느낀다. 죽음을 경험하기에는 아직 어린 것 같지만 아이도 부모를 위로할 만큼 마음이 자란 것이다.

7층 할머니 덕분에 민서와 엄마는 마음의 안정을 찾는다. 할머니는 5년 전 할아버지를 암으로 떠나보냈다. 그래서인지 엄마의 마음을 누구보다 잘 알고 있었고 민서와 엄마를 따뜻하게 챙긴다. 그러면서도 엄마의 변화를 재촉하지 않는다. 7층 할머니처럼 배려심 많고 따뜻한 이웃이 있으면 좋겠다. 결국 고장난 마음을 치유하는 건 사람의 위로가 아닐까. 우리는 때로 한없이 나약해지는 존재이고, 그럴 때 위로와 용기를 주는 이가 있다면 또 앞으로 나갈 힘을 낼 수 있을 것이다.

### ✏️ 아이와 함께 교과서 연계하기

- 국어 4-2
- 7단원 – 독서 감상문을 써요

'책을 읽고 자신의 생각이나 느낌이 잘 나타나도록 글을 써 봅시다.'라는 주제로 공부하는 단원이에요. 교과서에서는 감동받은 부분을 찾고 생각과 느낌이 드러나게 글을 쓰는 수업을 해요. 수업 내용과 연관지어 《아빠 보내기》에서 감동받은 부분을 찾고 그 까닭에 대해 정리해 보아요.

| | |
|---|---|
| 감동받은 부분은? | |
| 감동받은 부분의 장면은? | |
| 감동받은 까닭은? | |

 **추천도서**

문선이 작가가 쓴 《엄마의 마지막 선물》은 엄마를 떠나보내야 하는 이야기예요. 세상에서 가장 사랑하는 엄마가 세상을 떠난 뒤 엄마가 남긴 선물을 발견합니다. 엄마의 마지막 선물은 무엇일까요?

# 꼬르륵 식당

글 윤숙희, 그림 김무연, 출판사 미래엔아이세움

{ 책 소개 }

　먹는 일은 단지 허기를 채우는 게 아니라 다양한 정서를 동반하는 행위이다. 달거나 매운 걸 먹으면서 스트레스를 풀고, 일을 시작하기 전에 커피를 마시면서 시작을 잠깐 미루고 숨을 고른다. 그리고 어렸을 때 자주 먹었던 음식으로 엄마를 떠올리기도 한다. 또 힘들 때 누군가가 사주는 밥 한 끼가 마음을 토닥일 때도 있다. 생일에는 미역국이고, 운동 경기 중계를 볼 때는 치킨과 맥주다. 우리는 먹는 것으로 기분을 변화시키고 추억을 소환하며 위로와 행복을 느낀다.

　먹어도 먹어도 허기가 가시지 않을 때는 마음이 고픈 것이다. 풍요로운 세상이라고 하는데 아직도 배고픈 사람이 있고, 마음이 고픈 사람은 더 많아졌다. 따뜻한 음식과 위로가 더 많이 필요한 세상이다. 배 고파도 마음 고파도 갈 수 있는 꼬르륵 식당이 실제로도 있으면 좋겠다.

그런데 가만히 생각해 보면, 나는 이미 많은 꼬르륵 식당을 다녀왔다. 그동안 나와 맛있는 음식을 함께 먹고 위로와 격려를 건네준 이들이 나의 꼬르륵 식당이었다. 나도 누군가의 꼬르륵 식당이 되고 싶다. 오늘은 누구의 꼬르륵 식당이 되어 적당히 맵고 달달한 떡볶이를 함께 먹어 볼까?

"저와 함께 떡볶이 먹을 사람, 오세요!"


급식을 많이 먹어서 '먹방 돼지'라고 불리는 순하. 순하는 배가 고프다. 할머니가 병원에 입원해 있어서 햇살카드로 밥을 사먹어야 하는데 카드를 잃어버렸다. 배고프니까 구름은 솜사탕 같고 뜨거운 해도 달걀 프라이로 보인다. 그런데 공원 뒤쪽 숲에서 맛있는 냄새가 난다. 따라가 보니 꽃으로 꾸민 예쁜 푸드 트럭이 있다. 간판이 꼬르륵 식당이다. 들어가려면 출입문 X표시에 배꼽을 갖다 대야 한다. 배고픈 다람쥐나 고양이도 이 꼬르륵 식당의 손님이다. 돈이 없어도 되는 식당. 맛있게 먹고 방귀 한 번 뀌면 음식값이 되는 식당이다. 요리사 아줌마가 순하에게 차려준 음식은 할머니 손맛이 나는 된장국과 반찬이었다.

순하에 이어 '똑똑똑' 소리와 함께 들어온 손님은 순하네 반에 새로 전학온 보라. 엄마가 세상을 떠나기 전 보라는 엄마와 약속했다. '하루에 열 번 웃기'. 잘 웃고 밝아서 보라는 학교에서도 인기가 많았다. 힘든 집안 사정을 숨기기 위해서도 보라는 더 많이 웃는다. 아빠가 화물 트럭을 모느라 며칠씩 집을 비우면, 보라는 곰팡이 냄새 나는 지하방에서 말라붙은 밥으로 대충 때우며 혼자 지낸다. 꼬르륵 식당에서 보라가 먹은 건 크림빵이었다.

순하와 보라는 꽃차를 마시면서 마음을 터놓고 얘기한다. 순하는 아무것도 부족한 게 없어 보이는 보라가 자기처럼 배고픈 아이라는 사실이 놀랍다. 그리고 보라는 여태까지 한 번도 누구를 집에 초대한 적이 없었는데 순하를 초대하기로 한다.

그리고 '쾅쾅쾅쾅'. 마지막 손님은 재민이었다. 항상 비싼 옷에 비싼 학용품 자랑하는 재민이는 순하의 짝궁이다. 엄마는 의사에 아빠가 미국 연구소 과학자라는데, 늘 잘난 척이고 말하는 것도 재수없다. 그래서 반에서는 재민이가 남자 왕따다. 벌레를 좋아하는 재민이는 바퀴벌레를 필통에 담아 학교에 가져왔다가 4차원 돌아이라는 소리도 듣는다. 학교에서도 친구가 없고 집에서도 엄격하기만 한 엄마는 잔소리만 하고 늘 바쁘다. 재민이는 먹어도 먹어도 배가 고프다. 보라와 순하가 끓여준 라면을 먹고도 요리사 아줌마가 해준 초록 스테이크까지 다 먹는다.

세 친구는 모두 꼬르륵 식당에서 맛있게 먹은 음식 덕분인지 마음이 편안해지고 용기가 생긴다. 그리고 임신한 고양이 '바다'를 같이 돌보기로 한다.

## 《꼬르륵 식당》에서 생각할 내용을 찾아보자.

순하는 햇살카드를 찾으러 편의점에 갔다가 보라를 보고 당황한다. 급식을 못 먹는 방학에는 햇살카드로 끼니를 해결해야 한다. 하지만 가난한 아이라는 티를 내고 싶지는 않다. 결식 아동의 끼니를 해결해 주는 아동 급식 카드가 아이들에게 수치심을 남길 수 있음을 보여주는 장면이다. 가난은 죄가 아닌데도 부끄럽다. 소비가 미덕인 세상에서 남들만큼 못 쓰고 사는 사람들은 누가 뭐라 하지 않아도 자격지심을 느낀다. 하물며 아이들이다. 밥 먹는 일이 가난하다는 낙인이 되지 않도록 복지 혜택이 전달되는 방식도 좀 더 섬세해지면 좋겠다.

겉으로는 잘난 척해도 재민이는 외롭고 늘 화가 난다. 친구도 없고 집에서는 바쁜 엄마에게 혼나기만 한다. 번듯한 부모님에 집이 잘 살아도 마음이 채워지지 않는다. 그 마음의 허기가 분노와 지나친 자기 과시로 나타난다. 돈이나 지위가 없어서 내 아이에게 물려줄 자원이 부족하다고 생각하는 부모들이 많다. 하지만 아이의 내면은 돈이나 지위로 채워지는 게 아니다. 부모라면 누구나 내 아이는 정의롭고 배려심 있는 아이로 자라기를 바란다. 또 현실의 어려움에 쉽게 좌절하지 않고 의지가 강한 아이로 자랐으면 한다. 내 아이의 마음 속에 이런 긍정적인 가치가 가득 차도록 키우는 것이 진짜 부모의 역할이 아닐까.

꼬르륵 식당에서 순하는 할머니 냄새가 나는 된장국과 반찬을 먹었다. 또 보라는 웃음이 저절로 터지는 생크림 빵을 먹었다. 그리고 재민이가 먹은 건 화가 가라앉는 초록 빛깔 스테이크였다. 꼬르륵 식당은 손님에게 꼭 필요한 맞춤형 음식을 제공한다. 마치 영혼을 치유해 주는 소울(Soul) 푸드 같다. 오늘은 나와 가족의 소울 푸드가 뭔지 이야기해 보는 시간을 가져보는 것도 좋겠다. 뭘 먹으면 맛있고 좋은지, 요즘 힘든 일이 없는지 저녁을 먹으면서 도란도란 얘기해 보는 건 어떨까?

### ✏️ 아이와 함께 교과서 연계하기

• 국어 4-2

• 4단원 - 이야기 속 세상

'이야기의 구성 요소를 이해하며 글을 읽어 봅시다.'라는 주제로 공부하는 단원이에요. 교과서에서는 이야기의 구성 요소가 무엇인지 알아보는 활동을 해요. 교과서 활동과 연관지어 《꼬르륵 식당》의 구성 요소를 정리해 보세요.

| 인물 | 사 건 | 배 경 |
|---|---|---|
| 순하 | 순하는 잃어버린 햇살카드를 찾으려고 편의점에 갔다가 보라를 보고 당황한다. | 편의점 |
| 보라 | | |
| 재민 | | |
| | | |
| | | |

 **추천도서**

박미라 작가가 쓴 《이찬실 아줌마의 가구 찾기》는 새 집으로
이사하고 새 가구를 사들이면서 오래되고 낡은 가구들을 몽땅
내다버렸다가 다시 가구를 찾는 이야기예요. 새 집에 이사해도
이찬실 아줌마는 행복하지 않아요. 내다버린 낡은 가구들을 찾
으면 행복도 같이 올까요?

# 칠판에 딱 붙은 아이들

글 최은옥, 그림 서현, 출판사 비룡소

{ 책 소개 }

요즘 아이에게 많이 듣는 말은 "아니 엄마, 내 말은 그게 아니고⋯." 이다. 인정하고 싶지는 않지만, 아이한테는 내가 말이 안 통하는 사람이다. 아마도 얘기를 끝까지 듣지 않고 중간에 자르고는 내 생각을 냉큼 뱉어버리기 때문인 것 같다. 그리고 남편에게는 "어차피 당신 마음대로 할 건데 왜 물었어요?"라는 말을 많이 듣는다. 남편은 날더러 '답정녀'라고 한다.

애가 말할 때는 아직 어리니 판단력이 떨어지는 것 같고, 남편의 대답은 틀린 것 같다. 그러니 내가 불통이 맞다. 상대방 얘기를 들으려고 하지 않는 사람, 자기 생각만 옳다고 하는 사람이 바로 불통 아닌가. 고집도 세니까 나는 고집불통이다.

혼자 속으로는 생각한다. 말을 줄이고 잘 듣자. 말로 다 못하는 그 속마음을 헤아리자. 끊지 말고 끝까지 듣자. 하고 싶은 말이 있어도 다 하지 말고 좀 참자.

하지만 실천은 쉽지가 않다. 이대로 가다가는 벽에 붙는 날이 올지도 모르겠다. 나에게 말이 안 통한다는 사람들과 함께 말이다.


성이 모두 '박'이라서 기웅, 동훈, 민수는 반에서 세박자로 불린다. 그리고 셋이 친하기도 하다. 그런데 서로 찬바람이 쌩하고 불던 어느날 아침, 말도 안 되는 일이 벌어졌다. 세 박자의 손이 칠판에 딱 붙어 버렸다. 갑자기 희한한 일이 일어나자 사람들이 모였다.

그런데 대책회의 한다고 모인 자리에서 어른들의 모습이 어이없다. 왜 이런 일이 일어났는지 원인을 파악하는 과정에서부터 남 탓하기 바쁜 어른들이다. 교장 선생님은 담임 선생님이 자로 잰 듯이 아이들을 가르치지 않아서 이런 일이 일어났다고 한다. 그리고 칠판 납품 회사 사장, 학교 건설 회사 변호사, 119 대원도 서로 남 탓하기 바쁘다.

그나마 아이들이 시도한 방법이 기발하다. 참기름, 비누, 식용유, 샴푸, 린스, 세탁용 가루비누 같은 온갖 미끄러운 걸 들고 와서 칠판에 붙은 손을 떼어 보려고 한다. 결국 미끄러운 액체에 거품이 일고 아이들은 뒤엉켜 장난치고 논다. 손은 떨어지지 않았지만 가장 즐겁기는 했다.

어른들의 기가 막힌 방법도 있었다. 만능 박사님을 불러 조언을 구하기도 하고, 무당을 불러 굿을 하기도 했다. 신부님과 스님은 와서 기도를 한다. 그 와중에 방송국 리포터를 하는 동훈이 엄마는 특종으로 방송을 시도했다. 또 신종 바이러스가 원인인 것 같으니 보건 당국에서 관리하겠다면서 칠판에 붙은 아이들이 있는 교실을 격려하기도 했다.

결국 칠판에 붙은 손을 떨어지도록 한 건 세박자의 대화였다. 서로 오해해서 미워하던 마음을 터놓고 풀자 마법처럼 칠판에 붙었던 손이 떨어졌다. 세박자의 일이 있은 후 벽에 붙는 사람들이 전국에 속출한다. 그리고 얼굴만 마주치면 싸우던 기웅이 엄마 아빠도 벽에 손이 붙어버렸다. 기웅이는 식탁 의자 두 개를 엄마 아빠 옆으로 옮겼다. 얘기가 길어질 것 같았기 때문이다.

### 🐥 《칠판에 딱 붙은 아이들》에서 생각할 내용을 찾아보자.

칠판에 딱 붙은 손이 떨어진 건 서로 이야기하고 오해를 풀었기 때문이다. 그리고 마지막에 늘 싸우던 기웅이 엄마 아빠가 붙어 버렸다. 칠판에 붙는 마법은 대화가 필요한 사람들에게 일어나는 것 같다. 망치를 들고 있으면 모든 것이 못으로 보이듯 내 생각에 사로잡히면 상대의 말과 행동도 내 마음대로 재단하게 된다. 대화를 한답시고 내 망치로 상대의 말 에서 못만 찾아내 내리친다면 그런 대화는 하나마나다. 있는 그대로 서로를 바라보고 공감하는 대화가 필요하다.

기웅이는 맨날 싸우는 엄마 아빠 때문에 우울하다. 민수는 아빠가 씨름부를 하래서 하고는 있지만 합창부를 하고 싶다. 동훈이는 엄마가 일 때문에 늘 바빠도 미안해하며 물건 사주는 것보다 같이 시간 보내는 게 더 좋다. 부모도 한 인간으로 완벽할 수는 없지만, 아이들이 생각하는 부모의 모습이 어떨지 돌아보자.

칠판에 딱 붙은 아이들 때문에 대책 회의에 모인 어른들은 서로 자기 잘못이 아니라며 남 탓하기 바쁘다. 성숙한 어른의 모습은 아니다. 어떤 문제가 생기면 사람들은 대부분 누구 탓인지 먼저 생각한다. 왜냐하면 그게 가장 쉽고, 최소한 내가 책임지기는 싫기 때문이다. 내가 아닌 누군가에게 책임을 전가하고 비난을 받지 않기 위해서다. 성숙한 어른의 모습은 무엇일까?

## 🖉 아이와 함께 교과서 연계하기

- 국어 4-2
- 1단원 - 이어질 장면을 생각해요

'이어질 이야기를 상상해 봅시다.'라는 주제로 공부하는 단원이에요. 《칠판에 딱 붙은 아이들》의 이어질 이야기를 상상해 내용을 계획해 보세요.

중심 인물을 누구로 하고 싶나요?


중심인물에게 어떤 일이 생기나요?


중심인물은 그 일을 어떻게 해결하나요?

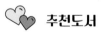 **추천도서**

배봉기 작가가 쓴 《나는 나》는 아빠에게 자기가 좋아하는 걸
용기있게 말하지 못해 힘든 윤수의 이야기예요. 윤수는 어떻게
자기 마음을 전할 수 있을까요?

# 도깨비 저택의 상속자

글 서은혜, 그림 정경아, 출판사 북멘토

{ 책 소개 }

한밤중에 자다 깨서 화장실에 가는 일이 때로는 무섭다. 그냥 캄캄한 어둠이 무서운 것이다. 뭔가가 있을 거라는 생각에 더 무서워진다. 그 뭔가가 귀신이 아닐까에 이르면 후다닥 불을 켜게 된다.

이런 무서움은 어렸을 때 더했다. 그래서 한밤에 오줌이 마려울 때는 엄마를 깨웠다. 뭐가 무섭냐는 엄마의 핀잔을 듣는 게 어둠과 귀신에 대한 공포보다는 훨씬 나았으니까.

그런데 귀신에 대한 공포와는 반대로, 도깨비는 우리집에도 있으면 좋겠다 싶었다. 희한하게 도깨비는 무섭지 않았다. 아마도 옛날 이야기 덕분인 것 같다. "금

나와라, 뚝딱! 은 나와라, 뚝딱!"하면 금은보화가 쏟아지는 도깨비 방망이도 좋았고, 쓰기만 하면 투명인간처럼 몸이 사라지는 도깨비 감투도 좋았다. 도깨비가 있으면 우리집도 부자가 될 수 있고, 투명인간이 될 수도 있을 것 같았다.

　　도깨비가 메밀묵, 막걸리, 이야기, 노래, 씨름, 장난을 좋아한다니 다른 귀신보다는 확실히 친근한 느낌이 들기는 한다. 하지만 잘생기고 멋진 도깨비로 이미지를 격상시킨 일등공신은 누가 뭐래도 드라마 〈도깨비〉의 주인공 공유가 아닐까.


　　보육원에 사는 보름이는 보육원 친구 준성이와 같이 김 원장에게 툭하면 혼나고 '반성의 방'에 갇힌다. 김 원장은 방송에 나갈 때만 인자한 척한다. 갇혀 있던 보름이는 김 원장에게 울트라 박치기를 날리고 도망친다. 하지만 김 원장에게 다시 붙잡히고 바로 그때 고양이 그림자를 한 남자가 찾아온다. 그는 까만 자동차를 타고 와서 보름이에게 도깨비 저택의 상속자가 되어 달라고 한다. 그리고 후원금을 요구하는 김 원장에게는 나뭇잎을 돈처럼 지불하고 보름이를 은행나무 저택으로 데려간다.

　　그곳에는 빗자루 도깨비, 달걀 도깨비, 외눈박이 도깨비, 김서방 도깨비(문지기 고양이)가 있다. 이들은 보름이를 보름 아가씨라고 부르면서 보름이의 특별한 능력에 대해 알려준다. 보름이는 그림자를 통해 본질을 꿰뚫어 보는 능력을 지녔다. 그래서 턱시도 입은 문지기 도깨비의 그림자에서 고양이를 보고, 은행나무 그림자에서 3층 저택을 볼 수 있었다.

　　도깨비 저택에 도착한 보름이는 일주일 뒤인 열한 번째 생일 전까지 도깨비 저택의 상속자가 될지를 결정해야 한다. 도깨비 저택의 상속자는 도깨비 추격꾼으로부터 도깨비들을 지키는 일을 한다.

딱히 갈 곳이 없었는 보름이는 일주일 간 도깨비 저택에서 지내면서 학교에 다닌다. 도깨비들은 학교에서 아이들에게 놀림과 괴롭힘을 당하는 보름이를 지켜 준다. 하지만 낮에 도깨비들이 출현한 일이 도깨비 추격꾼에게 들키는 빌미가 된다. 그리고 이제 위험에 빠진 도깨비들을 보름이가 구한다. 보름이는 도깨비 저택의 상속자가 되고 준성이와 신도영의 정체도 알게 된다. 보름이와 보육원에서 가장 친했던 준성이는 도깨비 추격꾼이었고, 수상한 전학생 신도영은 요물들을 잡아가는 저승사자였다.

### 🐤 《도깨비 저택의 상속자》에서 생각할 내용을 찾아보자.

도깨비는 우리나라 설화에서 아주 익숙한 대상이다. 민담 〈도깨비방망이〉, 〈혹부리 영감〉, 〈도깨비감투〉 등은 도깨비를 소재로 한 설화이다. 이런 이야기에서 도깨비는 재물이나 행운을 가져다 주기도 하고 악운과 심판을 내리기도 한다. 《도깨비 저택의 상속자》에서 도깨비는 어떤 역할일까?

보름이는 보육원에 살고 초라해 보여 학교 아이들의 놀림과 괴롭힘을 당한다. 아이들은 가난하고 만만해 보이면 비웃고 따돌려도 된다고 여긴다. 실제 학교에서 이런 일이 있다면 보름이 같은 아이가 느끼는 모멸감과 외로움은 말할 수 없이 클 것이다. 내 아이가 보름이를 놀리는 아이라면 어떻게 할 것인가? 부모로서 타인과 함께 앞으로 살아가야 할 내 아이에게 어떤 얘기를 해 줄 수 있을까?

김 원장은 방송에 소개될 때만 인자한 척했다. 그리고 보육원에서 가장 친했던 준성이는 구렁이 요물로 도깨비 추격꾼이었다. 또 날카로운 눈빛으로 쏘아보던 수상한 전학생 신도영은 요물을 잡아가는 저승사자였다. 이들은 겉모습만으로는 알 수 없었다. 말을 잘 해서, 옷을 잘 입어서, 좋은 학교를 나와서, 돈이 많아서 등의 눈에 보이는 요소들이 한 사람의 내면을 판단하는 기준이 될 수는 없다. 속모습이 눈에 딱 보이면 좋겠지만 그럴 리 없다. 겉모습에 속지 않고 속모습을 알려면 어떻게 해야 할까?

##  아이와 함께 교과서 연계하기

- 국어 4-1
- 2단원 - 내용을 간추려요

'글의 내용을 간추려 봅시다.'라는 주제로 공부하는 단원이에요. 교과서에는 이야기를 읽고 중요한 사건을 정리하는 활동이 있어요. 이 활동과 연관해 《도깨비 저택의 상속자》를 읽고 중요한 사건을 정리해 봅시다.

| | | |
|---|---|---|
| 1 | 시간: 밤<br><br>장소: | 사건: 보름이가 보육원을 탈출하는데 고양이 그림자를 한 남자가 옴. |
| 2 | 시간: 그날 밤<br><br>장소: 도깨비 저택 | 사건: |
| 3 | 시간: 아침<br><br>장소: | 사건: 수상한 전학생 신도영이 전학 옴. |

| | | |
|---|---|---|
| 4 | 시간: 체육시간 <br> 장소: 운동장 | 사건: |
| 5 | 시간: 밤 12시 <br> 장소: 학교 운동장 | 사건: |
| 6 | 시간: <br> 장소: | 사건: 준성이 도깨비 추격꾼의 정체를 드러내고 보름이와 도깨비들 그리고 도영이는 최후의 결투를 벌임. |

 **추천도서**

김원아 작가가 쓴 《섣달 그믐의 쫄깃한 밤》은 옛 이야기 《도깨비와 범벅장수》의 뒷이야기예요. 온유는 할아버지를 살리기 위해 조상 대대로 이어진 백 년의 계약을 이어받았어요. 그리고 도깨비들을 위한 마지막 떡 잔치를 치러야 해요. 온유의 떡 잔치는 성공할 수 있을까요?

# 책도둑 할머니

글 서석영, 그림 김성연, 출판사 바우솔

{ 책 소개 }

나는 가끔씩 온 집안을 뒤져서 보따리를 싸던 할머니의 모습을 기억한다. 전쟁이 났다고 피난을 가야 한다면서 장롱에 있던 옷을 몽땅 꺼내서 짐을 쌌다. 그렇게 정신이 오락가락 하시다가 또 말짱할 때도 있었다.

할머니가 정신이 흐려지기 전까지 할머니 사랑을 가장 많이 받았던 손녀는 나였다. 자식 아홉 을 둔 할머니에게는 이미 많은 손자손녀들이 있었다. 하지만 한 집에 살면서 탄생과 성장을 지켜본 손녀는 내가 처음이었고, 그래서 더 애정을 쏟으셨던 것 같다. 가끔 딴 자식들 집에 갔다가도 내가 보고 싶어서 빨리 돌아왔다고 하니, 나에 대한 사랑이 지극했던 것 같다. 아쉽게도 그렇게 사랑받았던 기억이 내게는 별로 남아 있지 않다. 대부분 여섯 살 이전이라 나에 대한 할머니 사랑은 다른 어른들의 이야기로 들었고 치매 걸린 할머니 모습 말고 다른 기억이 없다.

그 당시에 나는 할머니가 싫었다. 보따리나 싸고 제정신이 아닌 할머니가 이상했다. 그래서 맑은 정신으로 돌아온 할머니에게도 못되게 버릇없이 굴었다. 그때 할머니는 얼마나 서운했을까. 지금처럼 철이 들었다면 좀 더 할머니를 따뜻하게 대해 드렸을 텐데, 그때는 어렸다.

가장 쓸데없는 일이 손자손녀나 조카한테 들이는 정성이라고 했던가. 그럼에도 불구하고 손자녀가 너무 예뻐 어쩔 줄 모르는 할머니 할아버지도 많고, 조카가 사랑스러워서 지갑을 여는 삼촌 이모도 많다. 내리사랑이다.

《책 도둑 할머니》를 보니, 문득 우리 할머니 생각이 났다.


바람처럼 가볍고 자유로운 노년을 즐기던 박말년 여사에게 무거운 숙제가 주어졌다. 아들 내외가 일을 해서 손녀를 돌봐주게 생긴 것이다. 손녀 육아는 처음에는 우울증도 오고 갇혀 있는 듯 갑갑한 일이었다. 하지만 어느새 손녀와의 일상에 고물고물 재미를 느끼게 된다.

무엇보다도 박말년 여사가 푹 빠진 건 바로 선아에게 동화책을 읽어 주고 함께 보는 거였다. 게다가 책이 넘치게 많은 도서관을 찾는 재미도 알게 된다. 함께 읽을 책을 빌리러 도서관 가는 길은 손녀와 이야기 싹을 틔우는 시간이었고 읽을 책을 가득 빌려다 놓으면 쌀독에 쌀을 채워 놓은 것처럼 마음이 든든했다.

어느날, 아들 내외가 내려와 선아를 데려가겠다고 한다. 손녀를 보내기 싫었지만 제 부모 곁에 살아야 하는 건 당연한 일이니 보낼 수밖에. 하지만 손녀가 가버린 뒤, 박말년 여사는 그 허전함을 어찌할 수가 없었다. 모든 일에 의욕을 잃었다.

손녀의 흔적을 찾으며 시들부들해질 무렵, 갑자기 전기가 통하듯 박말년 여사는 벌떡 일어나 도서관에 간다. 도서관에서 선아와 함께 읽었던 책을 품에 안으니 선아의 냄새가 나는 것 같고 목소리도 들리는 것 같다. 그러다 순식간에 책을 옷 속에 숨겨 집으로 가져온다. 밤이면 밤마다 박말년 여사는 선아의 목소리를 듣고 말소리에 취해 행복한 밤을 보낸다. 하지만 아침에 일어나면 훔쳐온 책의 마법이 사라지고 만다. 그러니 박말년 여사는 도서관에서 손녀와 읽었던 책을 계속 가져올 수 밖에 없다. 꼬리가 길면 잡힌다고 했던가, 결국 들키고 만다. 책도둑으로 경찰서까지 가게 되고 이 일로 내려온 아들 내외는 냉정하기 짝이 없다. 서운함을 느낄 틈도 없이 너무 부끄러운 나머지 박말년 여사는 집으로 돌아와 두문불출한다. 선아와 함께 읽었던 책을 펼치면 책유령들이 자꾸 말을 건다. 자신들이 잊혀지기 전에 이야기를 써 달라고 하면서. 그렇게 자기 이야기를 쓰기 시작하면서 박말년 여사는 마음을 다독일 수 있었다. 그리고 쓴 글을 책으로 만들어 손녀 선아에게 부친다.

## 🐤 《책 도둑 할머니》에서 생각할 내용

손녀를 키우는 박말년 여사처럼 요즘 황혼육아를 하는 조부모들이 많다. 자식들이 부탁하면 힘든 상황을 알기에 차마 거절하지 못하고 맡게 되는 육아는 쉽지가 않다. 황혼육아를 하는 조부모들이 어렵고 힘든 점은 무엇일까?

박말년 여사는 선아에게 동화책을 읽어 주면서 책 읽기의 즐거움을 알게 된다. 그리고 선아와 책 이야기를 하는 시간이 행복했다. 아이와 함께 책읽기를 하면 어떤 점이 좋을까? 우선 책을 매개로 서로에게 온전히 집중할 수 있어서 좋다.

그리고 책 내용에 대한 이야기가 일상의 이야기로 자연스럽게 옮겨갈 수도 있어서 서로에 대한 이해와 공감력을 높인다.

박말년 여사는 책 속 주인공처럼 선아와 함께 푸대자루 같은 옷도 만들어 입고, 난생 처음 파스타를 만들어 보기도 한다. 책을 읽고 선아가 해 보자고 하는 일들이 엉뚱하게 여겨졌을 수도 있었을 텐데 함께 해준다. 보통의 엄마라면 아이의 이런 요구를 들어주기 힘들 것이다. 이런 것 말고도 할 일이 많으니까. 하지만 아이에게만 집중하기 힘든 바쁜 일과가 있어도 가끔은 박말년 여사처럼 아이의 엉뚱한 요구에 응답해 보는 것도 좋겠다.

자신의 이야기를 글로 쓰면서 박말년 여사는 마음을 다독였다. 아마도 그 글에는 선아를 돌보면서 느꼈던 행복, 떠나보낸 상실감, 책 도둑질을 했던 자신에 대한 수치심 등이 담겼을 것이다. 부정적인 감정을 억압하면 마음에 병이 든다. 그런데 이런 부정적인 감정을 가장 안전하게 표출할 수 있는 방법이 글쓰기가 아닐까? 글쓰기는 억압된 감정을 해소하면서 자신을 돌아보고 이해하는 과정이다.

### ✏️ 아이와 함께 교과서 연계하기

- 국어 4-2
- 2단원 - 마음을 전하는 글을 써요

'마음을 전하는 글을 써 봅시다.'라는 주제로 공부하는 단원이에요. 교과서에는 편지글을 읽고 글쓴이의 마음을 생각해 보거나 마음을 담아 편지 쓰는 활동을

해요. 이 활동과 연관해 '책 도둑 할머니'에서 박말년 여사의 입장이 되어 손녀 선
아에게 편지를 써 보세요.

**추천도서**

이옥수 작가가 쓴 《똥 싼 할머니》는 치매에 걸린 할머니를 돌
보는 어려움에 대한 이야기예요. 할머니는 새샘이가 어렸을 때
부모님을 대신해서 새샘이를 돌봐주셨어요. 그렇게 단정하고
따뜻했던 할머니가 치매에 걸려 이상한 행동을 합니다. 할머니
때문에 가족들은 모두 화가 난 것 같아요. 우리 사회에서 아이
돌봄만큼이나 중요한 문제가 노인 돌봄이죠. 새샘이와 가족들
은 할머니 돌봄을 어떻게 해 나갈까요?

## 탄탄동 사거리 만복전파사

글 김려령, 그림 조승연, 출판사 문학동네

{ 책 소개 }

　　오래된 것이 아름다운 것은 시간을 품었기 때문이라는 어느 작가의 말이 생각난다. 하지만 나는 새 것의 깔끔함과 쾌적함이 좋다. 그래서 오래되고 낡은 걸 버리는 일도 잘한다. 그런데도 내가 못 버리는 게 있다. 아이가 삐뚤빼뚤한 글씨로 써준 카드, 유치원과 학교에서 아이가 가져온 작품, 학생이나 지인에게 받은 키드니 편지. 이것늘은 정리하려고 했다가 다시 위치나 공간을 달리하면서 보관하게 된다. 아마도 그 안에 담긴 마음과 손길이 느껴져서인 것 같다.

　　없어지는 게 아쉬울 때는 그 대상에 사람의 마음이 깃들어 있는 경우가 많다. 탄탄동 사거리의 만복전파사도 그동안 고쳐진 물건만큼이나 사연과 이야기가 많은 곳이라 간판을 내리는 일이 많이 아쉬웠다.

오래된 것이 품은 시간 안에는 마음과 사연이 담겼을 것이다. 그러니 아름다운 마음과 사연을 담은 오래된 것이라면 아름다울 수밖에. 이런 건 버리기가 쉽지 않다. 새것이 좋지만 오래된 것을 지켜야 할 때도 있다.

트럭 타고, 휴가 간다고요?

순주네 '만복전파사'는 곧 문을 닫는다. 장사가 안 돼서 손님보다 건물 주인이 더 자주 찾아왔고, 엄마는 아르바이트로 전단지를 돌리기도 했다. 순주네 엄마 아빠는 시골 별장으로 여름 휴가를 가는 것처럼 하고 시골 빈집을 보러 간다. 순주는 이 사실을 눈치 빠르게 알아차린다. 그리고 시골과 시골집이 모두 마음에 들지 않는다. 그래도 부모님에게 그런 내색을 할 수는 없다. 너무 우울하다.

부모님이 장보러 읍내 간 사이에 동생 진주가 굴뚝 위로 사라진다. 순주는 진주를 찾으러 굴뚝 위로 올라간다. 그리고 만난 곳이 산타마을이다. 이곳에 사는 산타는 고물을 고쳐서 새 장난감으로 만든다. 이걸 아이들에게 선물한다. 산타와 헤어지고 굴뚝을 내려온 그날 저녁, 순주네는 동네 사람들과 잔치를 벌인다. 이사를 축하하기 위해서다. 순주는 이제 굴뚝위 산타마을이 있고 따뜻한 동네 사람들이 있는 이곳에 살아도 괜찮을 것 같다.

안녕 안녕, 만복전파사

할아버지가 직접 빨간 페인트로 쓴 '만복전파사' 간판을 떼어내야 한다. 전파사 물건들을 정리하다가 순주는 유동이에게 선물로 주려고 노란색 카세트를 챙긴다. 동네는 재개발될 거라 유동이네 수선집도 이사 준비가 한창이다. 순주와 유동이는 노란색 카세트를 가지고 이사 나간 빈집에서 논다. 그러다 버려진 괘종시계 종소리를 듣고 옛 이야기 속으로 들어간다. 그리고 자린고비를 만난다. 구두쇠 자린고비에게는 한돌이라는 손자가 있었다. 한돌이는 자린고비 할아버지와 다르다. 몰래 가난한 집에 양식을 갖다 주기도 하고 인색한 할아버지를 설득하기도 한다. 결국 자린고비는 카세트에 우연히 녹음된 한돌이의 걱정하는 목소리를 듣고 자신의 환갑날 동네 사람들에게 인심을 쓰기로 했다. 한편 순주와 유동이는 집으로 돌아갈 방법을 찾고 있다. 그런데 같은 방에서 자고 있던 행색 초라한 선비가 자린고비를 벌 주러 온 암행어사라는 걸 알게 된다. 이어 유동이가 카세트를 마패처럼 들고 "암행어사 출두요!"라고 외치자 둘은 다시 현재로 돌아온다.

## 🐤 《탄탄동 사거리 만복전파사》에서 생각할 내용

순주네 '만복전파사'는 장사가 잘 안 된다. 물건을 고쳐 쓰는 사람이 줄어들었기 때문이다. 예전에는 어느 동네든 하나 쯤 있었던 전파사. 요즘은 거의 찾아보기 어렵다. 새 물건을 사고 고장난 물건을 버리는 게 쉬워진 세상이다. 돈만 주면 새 것을 쉽게 취하는 요즘 세상이 좋기만 한 걸까?

굴뚝 위 산타마을에 다녀오고, 저녁에 동네 사람들과 이사 축하 잔치를 할 때 순주는 이 동네에 살아도 좋겠다고 생각한다. 아무 것도 없는 시골 동네로 오는 게 정말 우울했던 순주의 마음은 왜 변했을까? "이번에도 참 예쁜 가족이 왔어. 이 집 기운이 좋아서 그런지 좋은 사람들만 오네."라는 동네 사람들의 말은 왜 따뜻하게 느껴질까?

시골 동네에 이사온 타지인을 배려하고 진심으로 반기는 마음이 있어야 건넬 수 있는 칭찬이기 때문일 것이다.

굴뚝 위 산타마을에서 산타의 집은 꼭 만복전파사를 옮겨 놓은 것 같다. 산타는 고물을 고쳐서 새 장난감을 만든 후 아이들에게 선물을 준다. 그런데 요즘 아이들은 산타를 믿지 않아서 트리의 전구 불빛이 흐리다. 고물을 고쳐서 쓰던 시대의 순수한 마음이 사라지고 있는 현실을 흐린 전구 불빛으로 표현한 것이 아닐까?

짐 정리를 도와주러 온 할머니는 전파사 단골이었다. 할머니는 "영감님이 덕을 쌓고 가서 순주네는 어딜 가도 잘 살 거야. 신세 진 사람 많았어."라고 말한다. 또 자린고비가 평생 아끼고 모은 재물을 나중에는 어려운 사람들을 위해 다 썼다는 말도 한다. 가진 것을 나누고 베푸는 삶의 가치에 대해 생각해 보자. 가진 것이 많아야만 나눌 수 있을까? 나 혼자만 잘 살면 행복할까?

## ✏️ 아이와 함께 교과서 연계하기

- 국어 4-2
- 4단원 – 이야기 속 세상

'이야기의 구성 요소를 이해하며 글을 읽어 봅시다.'라는 주제로 공부하는 단원이에요. 이야기의 구성 요소인 인물, 사건, 배경 파악하기, 인물의 성격 파악하기, 사건의 흐름 파악하기 등의 활동을 해요. 이런 활동과 연관해《탄탄동 사거리 만복전파사》의 이야기 구성 요소를 생각그물로 정리해 봅시다.

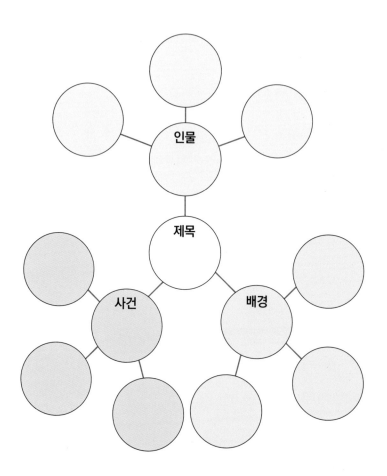

### 추천도서

이수용 작가가 쓴 《기기묘묘 고물 자판기》는 고물 자판기에서 뽑은 물건이 내가 바라는 걸 할 수 있게 해 줘요. 하지만 바라는 대로 되었다고 다 좋은 게 아니에요. 자판기에서 뽑은 물건이 나를 더 힘들게 할 수도 있답니다. 원하는 게 있나요? 고물 자판기로 오세요.

# 게임 중독자 최일구

글 한봉지, 그림 이승연, 출판사 리젬

{ 책 소개 }

밤에 자다가 깨서 눈을 설핏 뜨면 어김없이 남편이 있는 쪽에서 푸르스름한 빛이 새어 나오고 있다.

"여태 자지 않고 뭐하고 있는 거야! 안 자?"

짜증 섞인 내 목소리에 남편은 슬그머니 휴대폰을 끄고 자려는 척한다. 그 밤에 잠도 안 자고 휴대폰으로 하는 일이 엄청나게 생산적인 일이 아닐 거라는 생각에 화르르 화가 치민다.

요즘 누구나 가지고 있는 스마트폰 덕분에 어디를 가나 고개 숙이고 화면에 집중해 있는 사람들을 본다. 애고 어른이고 마찬가지다. 그렇게 자세를 구기고 앉아 있으면 어깨도 머리도 아플 만한데, 그 지속력이 정말 놀랍다. 그런데 이런 모습이 우리 남편과 똑같다. 남편은 손에 스마트폰만 쥐어 주면 몇 날 며칠이고 독방에 가두어도 아무렇지 않게 잘 지낼 사람이다. 틈만 나면 스마트폰을 보는 남편이나 요즘 사람들 모두 중독이다.

스마트폰에 빠진 사람들만 탓할 일은 아니다. 실시간으로 뜨는 콘텐츠들이 우리 혼을 쏙 빼놓을 만큼 흥미롭다. 그래서 어지간한 자제력으로도 멈추는 게 쉽지 않다. 하지만 스스로 절제하려는 노력은 필요하다. 스마트폰에서 찾는 정보와 콘텐츠만으로 우리 삶의 의미와 능동성을 구현하기는 어렵기 때문이다.

일구는 체육 시간에 뜀틀을 넘을 때도 게임 상황과 착각할 정도로 게임 중독이다. 정작 자신은 게임을 좋아할 뿐 중독이라고 생각하지 않는다. 하지만 시간만 나면 게임이고, 게임을 하기 위해서라면 거짓말도 서슴지 않는다. 친구 영미에게도 학원 선생님께 거짓말을 해 달라고 부탁하기도 한다. 게임을 하러 얼마나 다녔으면 동네 피시방의 내부 환경이나 피시 상태를 꿰고 있다. 일요일 아침에도 게임을 하러 피시방에 갔다가 게임 친구 깔창시대가 유치원생인 걸 알았다. 게임 친구들은 대부분 나이를 속이고 일구 자신도 고등학생이라고 속였지만, 깔창시대가 유치원생이라는 사실은 좀 충격이다.

일구는 게임에 빠져서 학교 친구들과도 어울리지 못하고 체험학습 준비물도 못 챙긴다. 벌레 박물관에 가져갈 관찰 노트를 안 챙겨 가서 문방구에서 돈도 안 내고 노트를 가져온다. 그리고 일구 옷에서 나는 담배 냄새 때문에 담임 선생님께 피시방에서 게임한 것도 들통이 나고 엄마 모시고 오라는 말을 듣는다. 설상가상으로 교감 선생님과 문방구 아저씨가 도둑을 잡으러 교실에 오기까지 한다.

그날 오후 학교가 끝나고 일구는 교실에 남아 곰곰이 생각한다. 이 모든 일이 게임을 하면서 벌어진 일이었다는 생각에 이르자 일구는 이제 게임을 그만하겠다고 결심한다. 다행히 게임을 하지 않아도 일구 곁에는 마음을 헤아리고 배려해 주는 담임 선생님과 친구들이 있었다. 그리고 문방구 아저씨에게도 노트값을 갚으러 간다.

## 《게임 중독자 최일구》에서 생각할 내용

일구는 삼각 김밥 중독자나 인형 중독자라는 말은 없는데 왜 자기만 게임 중독자라고 부르는지 모르겠다고 한다. 자기는 게임을 좋아할 뿐 중독이 아니라고 하는데, 이런 아이가 있다면 어떤 말을 해 줘야 할까?

요즘 아이들에게 스마트폰 사용은 숨쉬는 공기처럼 자연스럽다. 학원 돌림을 하는 아이들은 조금이라도 틈이 나면 스마트폰을 본다. 게임을 하든 쇼츠 영상을 보든 스마트폰에서 시선을 떼지 않는다. 스마트폰 사용을 스스로 절제할 수 있어야 하는데 아이들에게는 쉽지 않다. 스마트폰 사용을 절제할 수 있는 방법에 대해 아이와 이야기 나눠 보자.

중독은 원하지 않는 습관이다. 어떤 행위이든 멈추지 못하고 조절할 능력이 없으면 중독이다. 마이클 그립스는 중독의 원인을 두 가지로 보았다. 첫째는 관계의 부재에서 오는 공허함이고 둘째는 삶의 의미, 목적, 방향의 상실에서 오는 공허함이다. 이렇게 보면 결국 중독을 벗어날 수 있는 방법은 건강한 삶을 회복하는 것

이다. 일구도 담임 선생님의 배려와 친구들과의 관계 회복 덕분에 게임을 끊겠다는
결심을 더 굳건히 할 수 있었다.

 **아이와 함께 교과서 연계하기**

- 국어 3-1
- 10단원 - 문학의 향기

'재미나 감동을 느낀 부분을 찾으며 작품을 감상해 봅시다.'라는 주제로 공부
하는 단원이에요. 재미나 감동을 느낀 부분을 생각하며 시와 소설 읽기, 만화 영화
를 보고 재미와 감동 표현하기, 비슷한 경험 떠올려 보기 등의 활동을 해요. 이런
활동과 연관해《게임 중독자 최일구》에서 재미나 감동을 느낀 부분을 찾고 그 까
닭을 정리해 봅시다.

| | 재미나 감동을 느낀 부분 | 재미나 감동을 느낀 까닭 |
|---|---|---|
| 1 | | |
| 2 | | |
| 3 | | |
| 4 | | |

**추천도서**

고정욱 작가가 쓴 《스마트폰 전쟁》은 스마트폰을 학교에서 사용하지 못하도록 하는 교장 선생님과 아이들의 한판 승부에 대한 이야기예요. 유진, 용관, 장식이는 스마트폰 사용의 장단점에 대해 생각하기도 하고, 스마트폰 사용 절제앱 '절대로'를 만들기도 합니다. 아이들은 교장선생님을 설득할 수 있을까요?

# 가짜 뉴스를 시작하겠습니다

글 김경옥, 그림 주성희, 출판사 내일을 여는 책

{ 책 소개 }

흔히 '부러우면 지는 거다'라고 한다. 이러면 나는 늘 지고 살았다. 부러운 사람이 정말 많았기 때문이다.

똑똑한 사람, 사회적으로 영향을 끼치고 성공한 사람, 외모가 수려한 사람, 집안 배경이 빵빵한 사람, 가족이 화목한 사람, 돈이 많은 사람, 글을 잘 쓰는 사람, 말을 잘 하는 사람, 피아노를 잘 치는 사람 등.

그런데 이런 부러움이 아이를 낳고 많이 사라졌다. 저런 조건들을 내가 다 가져서 그런 게 아니다. 내가 낳은 아이를 누군가와의 비교 없이 온전히 사랑하게 되었기 때문이다. 아이를 통해 세상 유일한 존재로 사람을 바라보게 되어서다. 세상을 아이라는 필터로 새롭게 보게 된 것이다.

내 아이가 저런 조건들을 가지지 않았어도 나는 아이를 사랑하고 앞으로도 사랑할 것이다. 마찬가지로 사람은 누구나 이 세상 유일한 존재이고 다 다르니까. 그러니까 이런 다양성이 존중받는 세상이 되면 좋겠다. 조건과 기준으로 평가하는 세상 말고.

아이에게도 스스로를 누구와도 비교불가한 소중한 존재로 여길 수 있도록 마음을 키워주고 싶다. 그러면 누군가를 질투할 일도 상대에 대한 악의적인 가짜 뉴스를 퍼트릴 일도 없을 테니까 말이다.


주디는 친구 사귀기가 늘 어려운데, 같은 반 진미는 친구들 사이에서 인기가 많다. 이런 진미에게 주디는 질투가 난다. 그래서 친구 잘 사귀는 방법을 인터넷에서 검색해 보기도 한다. 인터넷에서 우연히 남수의 유튜브 방송을 보다가 주디는 자기도 1인 방송을 해 보기로 결심한다. 채널 이름은 '주디의 생생 뉴스'. 옛날에 아나운서가 꿈이었던 엄마의 도움도 받는다. 엄마는 엄마들의 단톡방에 주디의 유튜브 방송을 자랑하기도 한다.

하지만 처음에 친구들의 관심을 받으며 인기가 많았던 주디의 방송도 그 인기가 시들해진다. 또 방송을 할수록 아이디어도 고갈되는 것 같았다. 주디는 자기 방송의 인기를 다시 올리고 싶었다. 그래서 사실 확인이 안 된 뉴스를 방송하기 시작한다. '동네 분식집의 위생 상태 불량, 케이크에서 손톱 모양 이물질이 나온 진미 빵집'과 같은 가짜 뉴스 때문에 분식집이나 진미 빵집은 큰 어려움을 겪는다. 그리고 가짜 뉴스에서 시작된 소문은 부풀려지기 시작한다. 진미에 대한 질투심 때문에 시작한 방송이 가짜 뉴스의 원천이 되어 아이들에게 퍼져나간다. 그러자 주디 반 아이들은 뉴스의 사실 여부를 확인하기 시작한다. 주디는 그제서야 사실이 아닌 부분은 아니라고 밝히고 진미에게 사과도 한다. 하지만 이미 왜곡되기 시작한 가짜 뉴스는 사그라들지 않고 유튜브에서 계속 출현한다.

## 🐤 《가짜 뉴스를 시작하겠습니다》에서 생각할 내용

주디는 자기보다 친구가 많고 인기있는 진미에게 질투를 느낀다. 그래서 이물질이 나왔던 초코 케이크를 진미네 빵집에서 만든 것처럼 가짜 뉴스를 방송하기까지 했다. 나에게 없는 것을 가진 사람을 부러워하다가 배 아프고 그 사람이 밉기까지 한 감정이 질투다. 이런 감정은 가까운 사람에게 더 느낀다. 질투하고 시기하면 그 누구보다 내가 괴롭다. 이럴 때 어떻게 해야 할까? 아이들에게도 주디처럼 질투할 일이 있을 것이다. 만약 내 아이라면 어떤 이야기를 해줄 수 있을까? 누군가를 부러워하는 마음은 자연스러운 감정이다. 하지만 내가 가지지 못한 것이 아니라 나의 장점에 집중할 수 있도록 격려하는 것이 필요할 것 같다. 누구에게나 그 사람만의 장점이 있고, 이 세상에 완벽한 사람은 없을 테니까.

주디는 어린이 신문이나 남수의 유튜브 채널에서 기사 거리를 찾아 취재도 하지 않은 채 자신의 생생 뉴스에 올렸다. 요즘 소셜 미디어를 통해 가짜 뉴스가 확산되고 있다. 또 너무 빠르게 퍼지기 때문에 사실 확인을 하기도 어렵다. 그리고 사용자 선호도에 따라 콘텐츠를 추천해 주는 편향된 알고리즘 때문에 가짜 뉴스에 노출될 가능성도 더 많아졌다. 이렇게 잘못된 정보가 입력된 사람들끼리 서로 싸우기도 한다. 가짜든 진짜든 정보가 넘쳐나는 시대다. 그래서 정보의 출처, 관점의 편향성, 언어 표현의 적절성 등을 따져보고 신뢰할 수 있는 정보를 가려내야 한다.

주디의 생생 뉴스 때문에 학교 앞 분식점과 진미네 빵집은 장사에 타격을 입었다. 그리고 반 아이들은 양쪽으로 갈라져 싸우기도 한다. 가짜 뉴스는 사회적으로 갈등과 분열을 가져오고, 경제적 피해를 끼칠 수도 있다. 또 누군가의 명예를 실추시키기도 한다. 가짜 뉴스로 인한 피해 사례를 찾아보자.

## ✏️ 아이와 함께 교과서 연계하기

- 국어 3-1
- 6단원 – 일이 일어난 까닭

'원인과 결과를 생각하며 경험을 이야기해 봅시다.'라는 주제로 공부하는 단원이에요. 교과서 활동과 관련해 '가짜 뉴스를 시작하겠습니다.'의 내용을 원인과 결과로 정리해 봅시다.

| | 원　인 | 결　과 |
|---|---|---|
| 1 | 주디가 진미처럼 인기를 끌고 싶었다. | 주디는 '주디의 생생 뉴스' 방송을 하기로 했다. |
| 2 | | 그래서 진미와 아이들은 딸꾹 뉴스 노래를 했다. |
| 3 | | 아이들이 초코빵이 진미네 빵이라고 생각했다. |
| 4 | 진미네 빵집 얘기는 한마디도 하지 않았지만 진미네 빵집을 떠올리도록 했던 자신의 의도를 아이들이 알아차린 것 같았다. | 주디는 트리케라톱스 노래가 아이들 입에서 불릴 때마다 마음이 불편했다. |

1. 주디는 진미처럼 인기를 끌고 싶었기 때문에 '주디의 생생 뉴스' 방송을 하기로 했다.

2. _____. 그래서 진미와 아이들은 딸꾹 뉴스 노래를 했다.

3. _____ 때문에 아이들이 초코빵이 진미네 빵이라고 생각했다.

4. 주디는 트리케라톱스 노래가 아이들 입에서 불릴 때마다 마음이 불편했다. 왜냐하면 _____ 때문이다.

---

 **추천도서**

전은지 작가가 쓴 《일등학원 준비반 준비반》에서 주인공 수아는 전학생 바다를 질투합니다. 왜냐하면 바다가 예쁘고 날씬한 데다 옷도 세련되고 공부까지 잘하기 때문이에요. 그래서 바다가 일진이었다는 헛소문이 부풀려지도록 단톡방에 바다의 흉터 사진을 올립니다. 바다에 대한 소문은 어떻게 퍼져나갈까요? 그리고 수아는 어떻게 될까요?

# 바르게 벌고 값있게 써야지, 참 기업가 유일한

글 이지현, 그림 정승희, 출판사 우리교육

## { 책 소개 }

　우리집에서 차로 한 15분 정도 거리에 유한대학교가 있다. 유한대학교는 유한양행 창업자인 유일한이 세운 학교다. 유일한은 유한양행에서 번 재산을 죽을 때 모두 사회에 환원했다. 옛날 집집마다 상비약으로 하나씩 가지고 있었던 안티푸라민 연고를 바로 이 유한양행에서 만들었다. 그 당시는 연고조차 흔치 않았던 시절이었다. 그런 시절에 유일한은 기업의 소유와 경영을 분리하고, 기업의 이익이 사회로 돌아갈 수 있도록 애썼다.

　아이가 학교 체험학습으로 유한대학교에 다녀온 적이 있었다. 3학년 때였는데, 돌아와서 내게 이렇게 얘기했다.

"엄마, 오늘 유한대학교에 갔는데, 그 대학교를 세운 사람이 약 만드는 회사를 했대. 그런데 회사를 해서 번 돈을 다 기부했다는데? 학교 안에 그 사람 기념관이 있었어."

아마도 대학교 안에 있는 유일한 기념관에 갔다가 그곳에서 들었던 내용이었을 것이다.

요즘 우리가 알 만한 대기업들은 대부분 윤리 경영을 내세우고 있다. 하지만, 기업 총수가 비리로 검찰 조사를 받는 일이 별로 이상하지 않은 것이 또한 현실이다. 그래서인지 우리나라 사람들이 부자나 기업가들을 보는 시선이 곱지 않을 때가 많다. 유일한처럼 투명 경영과 윤리 경영을 실천하는 기업가들이 많아진다면 부자에 대한 부정적 인식도 바뀔 것이다.

유일한 이야기를 읽으면서 이런 위인의 이야기를 아이에게도 많이 읽혀야겠다는 생각이 들었다. 위인들은 힘든 상황에 처했을 때 현실의 조건에 타협하지 않고 자신의 뜻을 지키는 사람들이다. 그래서 이런 위인의 삶의 태도를 아이가 보고 배우기를 원한다. 아이는 부모의 뒷모습을 보고 자란다고 하는데 나의 뒷모습이 가끔 자신이 없을 때가 있다. 하지만 어떡하겠나. 나를 완벽하게 바꿀 수 없으니, 이렇게 위인의 삶을 읽는 나의 뒷모습이라도 보게 해야지 싶다. 그래서 내가 위인의 삶에 감동받고 배우고 싶은 마음을 느끼듯, 아이도 그러면 좋겠다.

유일한은 1895년 평양에서 태어났다. 유일한의 아버지는 기독교 신자로 개화와 신학문에 관심이 많았고, 이런 아버지 덕분에 유일한은 9살에 혼자 미국으로 유학을 떠난다. 하지만 미국에서의 삶은 녹록치 않았다. 혼자 모든 것을 책임져야 했던 일형(개명 전 유일한 이름)은 구두닦이, 식당 종업원 같은 일도 하면서 공부한다. 일형은 일과 공부를 병행하면서도 운동도 잘해 미식축구 선수로 활동하고 장학금도 받는다. 그리고 발음도 쓰기도 어려운 일형이라는 이름은 일한으로 바꾼다.

1916년 미시간 대학에 입학하면서 일한은 미국에 있는 중국인들에게 중국 물건을 팔아 장사를 하면서 학비를 번다. 그리고 한중학생회라는 모임에서 의대에 다니고 있는 여학생 호미리를 만났는데, 이 호미리와 뒤에 결혼한다. 1919년 필라델피아 '한인 자유 대회'에서 독립만세를 부르고 서재필 박사도 만난다.

대학 졸업 후에는 숙주나물 통조림을 만들어 파는 '라초이 식품 회사'를 세우는데 크게 성공한다. 그러나 항상 조국으로 돌아가겠다고 생각했던 유일한은 1926년 귀국해 유한양행을 설립한다. 가난과 질병에 시달리는 민족을 위한 사업을 펼치면서 어떤 어려움에도 정직하고 투명하게 기업을 운영했다. 그 공로를 인정받아 나라에서 주는 훈장과 상을 여러 번 받았다.

유일한은 독립운동가이면서 교육가이기도 했다. 태평양 전쟁 당시 일본에 맞서기 위해 미국 정보 기관 OSS 비밀 요원 특수 훈련도 받았고, 광복 후에는 인재를 기르기 위해 유한공업고등학교도 세운다.

노년의 유일한의 즐거움은 유한공고에 들러 학교를 살피는 일이었다. 그러다 유한공고 4회 졸업식을 마지막으로 한 달 뒤 세상을 떠났다. 이후 유언장이 공개되었는데, 모든 재산은 '한국 사회 및 교육 원조 신탁기금'으로 기증하는 것으로 되어 있었다.

### 《바르게 벌고 값있게 써야지, 참 기업가 유일한》에서 생각할 내용

유일한은 9살에 혼자 미국에 공부하러 갔고, 이후 집안 형편이 기울어 경제적 지원을 제대로 받을 수 없었다. 그런데도 포기하지 않고 신문 배달이나 구두닦이처럼 자신이 돈을 벌 수 있는 일을 하면서 학업을 지속했다. 그리고 일본이 유한양행 사업을 방해해 미국에 피신해 있을 때도 시간을 그냥 보내지 않고 캘리포니아 대학에서 경영학 석사를 땄다. 또 이승만 정부의 미움을 받아 입국 거부 되었을 때도 스탠퍼드 대학에서 박사 학위를 받았다. 문제나 제약 조건이 생겼을 때 우리는 대부분 해결 방법을 찾고 제약 조건을 없앨 수 있는 방법을 고민한다. 그리고 해결이 안 되면 더 이상 진행하지 못하고 멈춰 버린다. 이럴 때 유일한처럼 당장 해결이 안 되더라도 지금 자신이 할 수 있는 일을 해야 한다. 문제는 있지만 그럼에도 불구하고 내가 할 수 있는 일을 하는 것, 이것이 힘든 상황을 버티는 방법이다.

유일한은 대학을 다니면서 돈을 벌기 위해 중국 사람들에게 중국 물건을 팔았다. 중국인들도 자신처럼 고향을 그리워하는 마음이 있을 거라 생각했기 때문이다. 그리고 중국 음식에 많이 쓰이는 숙주나물이 잘 상한다는 단점을 생각하고 숙주나물 통조림 사업을 했다. 돈을 잘 쓰지 않는 중국인들은 고향을 떠올리게 하는 중국 물건에는 지갑을 열었고 숙주나물 통조림 역시 중국 식당을 중심으로 잘 팔렸다. 유일한은 미국에 살고 있는 중국인들을 살폈고, 그들이 원하는 것과 필요한 것을 찾아서 돈을 벌 수 있었다. 어떤 일에서든 성공하려면 주변을 잘 관찰해야 한다. 그리고 필요한 요소가 무엇인지 파악해야 한다.

유한양행은 투명 경영과 성실 납세를 경영의 제1원칙으로 세우며 '정직, 성실, 신용'을 기업 슬로건으로 삼았다. 그리고 정치자금을 요구하는 권력에 타협하지 않아, 보복성 세무 조사를 받았지만 1원도 탈세하지 않은 사실이 알려지면서 오히려 모범 납세 기업으로 선정되어 표창을 받기도 했다. 평소에도 유일한은 기업의 이익은 그 기업을 키워준 사회에 돌려 주어야 한다고 말했다. 그래서 평소 그의 신념대로 사후 모든 재산을 공익 재단에 기부했다. 유일한과 유한양행의 사례는 기업이 이유 추구에만 몰두하지 않고 사회적 책임을 다하고 사회와 공존하는 모습을 보여준다. 오늘날 우리 사회의 기업과 기업가의 역할과 책임에 대해 생각하게 된다.

## ✏️ 아이와 함께 교과서 연계하기

- 국어 4-2
- 6단원 – 본받고 싶은 인물을 찾아 봐요

전기문을 읽고 인물의 삶을 이해해 보는 단원이에요. 교과서 활동과 관련해 전기문의 특성을 살려 《바르게 벌고 값있게 써야지, 참 기업가 유일한》의 내용을 요약해 봅시다.

| 전기문의 특성 | 내　용 |
| --- | --- |
| 인물이 살았던<br>시대 상황 | • 유일한이 살았던 시대적 배경은... |

| | |
|---|---|
| 인물이 한 일 | • 1926년 미국에서 귀국해 유한양행을 설립했다.<br><br>•<br><br>•<br><br>• |
| 짐작할 수 있는<br>인물의 가치관 | • 일제강점기 조국의 가난하고 비참한 모습을 보면서... |

 **추천도서**

이상권 작가가 쓴 《새를 보면 나도 날고 싶어》는 새 박사 원병오에 대한 이야기예요. 원병오 선생님은 여섯 살 때부터 아버지와 새 공부를 시작한 뒤 온갖 어려움에도 새 연구를 멈추지 않았어요. 그리고 '북방쇠찌르레기' 다리에 가락지를 달아 날려 보내고는 북한에 있는 아버지와 연락이 닿기도 해요. 평생 새를 연구한 원병오 선생님의 삶은 어땠을까요?

# 지구온난화와 탄소배출권

글 스트로베리, 그림 문수민, 출판사 뭉치

{ 책 소개 }

　　11월 중순인데 이래도 되나 싶을 정도로 따뜻했다. 수능을 볼 때쯤은 항상 추웠다. 그런데 달라졌다. 11월인데도 단풍이 지지 않는다. 앞으로 날씨가 어떻게 되려고 이러나 걱정이 된다. 나는 환경 문제에 그다지 관심이 많지 않았던 사람인데도 말이다.

　　지구 환경을 위해 재활용 쓰레기를 분리배출 하는 것이 요즘은 자연스러운 일이 되었다. 그리고 플라스틱이나 비닐은 대표적인 재활용 쓰레기다. 그런데 이렇게 모은 플라스틱 재활용률이 10%정도밖에 안 된다니 이래가지고서야 어떻게 지구를 지킬 수 있겠나 싶다. 물건을 사고 사용하는 것 자체가 지구에 쓰레기를 만드는 일이라는 생각이 든다. 하지만 이런 생각은 잠시뿐이고 나는 여전히 인터넷으로 새벽 배송시킨 물건을 기다리고 있다.

　나름대로 쓰레기 분리배출을 엄격하게 할 때도 있지만, 개인이 환경을 지키겠다고 이렇게 해봐야 얼마나 효과가 있을까 문득 회의가 들 때도 있다. 전지구적으로 만들어지는 엄청난 물건들과 그 물건이 생산되기까지 뿜어내는 탄소를 다 어찌할 것인가.

　그럼에도 내 아이가 살아가야 할 지구라는 데에까지 생각이 미치면 당장 내가 할 수 있는 거라도 해야지 하고 마음 먹는다. 지금의 작은 실천이 기후재앙의 임계점에 도달하는 시간을 조금이라도 늦출 수 있을 거라는 소박한 희망을 가지고 오늘도 좀 더 쓰레기를 잘 버려보기로 한다.


　평소보다 예민한 엄마 때문에 세강이는 아침밥을 먹는 둥 마는 둥 하고 학교에 갔다. 그리고 학교에서는 과학 선생님이 우리가 에너지를 쓸 때마다 나오는 탄소가 지진이나 폭풍우, 해일 같은 자연재해를 일으킨다고 알려 주신다. 또 이 탄소를 줄이기로 약속한 것이 탄소배출권인데, 탄소배출권에 대해 조사해 오라는 숙제를 내셨다.

　아침에 엄마가 예민했던 이유는 외할머니가 많이 편찮으셔서 중환자실에 계시기 때문이었다. 세강이는 외할머니가 있는 병원에 갔다가 환경 다큐멘터리를 찍는 외삼촌을 만났다. 그래서 탄소배출권에 대해 물어본다. 외삼촌은 환경과 관련된 영상을 보여주고 탄소배출권이 무엇인지 쉽게 설명해 준다. 세강이는 사람들이 너무나 쉽게 많은 양의 탄소를 배출하고 있고, 탄소가 지구온난화를 일으키는 온실가스라는 사실을 알게 된다.

　　외삼촌의 권유로 윤찬, 인정이와 함께 세강이는 '저탄소 녹색생활' 행사에 참여한다. 행사를 통해 우리가 먹고 생활하면서 직접 또는 간접적으로 발생시키는 온실가스의 총량을 '탄소발자국'이라고 한다는 것도 처음 알게 된다. 체험을 통해 세강이와 친구들은 탄소가 어느 때 얼마나 배출되는지, 탄소를 줄이기 위해 어떤 노력들이 이루어지고 있는지 알 수 있었다.

　　과학 숙제를 하려고 세강이네 집에 윤찬이와 인정이가 왔다. 세강이는 분리수거한 폐기물 쓰레기를 연료나 에너지를 생산하는 폐기물 에너지에 대해 조사했다. 윤찬이는 식품 운반으로 발생하는 푸드 마일리지에 대해 조사했다. 그리고 인정이는 탄소 사용을 줄이는 에너지 절약 방법을 조사했다. 조사 발표하는 날, 세강 윤찬 인정이는 발표 잘한 상으로 화분을 선물로 받는다. 그리고 지구의 탄소를 흡수하는 나무와 숲의 중요성과 탄소를 흡수하는데 몇 그루의 나무가 필요한지 알게 된다.

## 🐤 《지구온난화와 탄소배출권》에서 생각할 내용

　　온실가스는 모두 탄소 화합물이다. 석탄, 석유와 같은 화석연료를 태우면 생긴다. 인류가 에너지를 얻기 위해 화석연료를 본격적으로 사용한 시기는 바로 산업혁명이다. 지구 온도는 산업화 이후 100여 년간 급격히 상승했다. 이렇게 올라간 지구 온도는 '해수면 상승, 해일, 홍수, 산불, 해안가 침수, 가뭄'과 같은 다양한 자연재해를 일으킨다. 뿐만 아니라 온난화가 극심해지면 지구에 빙하기가 올 수도 있다. 영화 〈설국열차〉는 바로 이 빙하기를 배경으로 한다. 지구에 대류가 제대로 일어나지 않아 극단적인 더위와 추위가 오는 상황이다. 앞으로 〈설국열차〉와 같은 극단적인 기후재앙이 오지 않으리라는 보장이 없다. 당장 온실가스를 줄여야 하는데, 이를 위해 불편함을 감수하는 게 쉽지 않다. 생활 속에서 좀 불편하더라도 지구를 지키기 위해 실천할 수 있는 방법을 생각해 보자.

가까운 곳에서 생산된 농산물을 먹는 것이 좋은 이유는 무엇일까? 푸드 마일리지란 식품의 수송량에 생산지에서 소비자까지의 수송거리를 곱한 것으로 식품 수송으로 발생하는 환경 부담의 정도를 수치로 나타낸 것이다. 푸드 마일리지가 적을수록 탄소 배출이 적다. 가까운 곳에서 생산된 농산물을 먹는 것이 지역 경제에도 도움을 주고, 환경에도 좋다. 그리고 건강에도 좋다.

탄소배출을 줄이기 위해 생활 속에서 우리가 실천할 수 있는 것은 무엇일까? 쓰레기 분리수거 철저히 하기, 새 물건 되도록 하지 않기, 우리 농산물 먹기, 나무와 숲 가꾸기, 대중교통 이용하기, 냉난방 온도 적절히 하기, 물건이나 자원 아끼기 등이다. 누구나 이 중에 한 가지는 실천할 수 있지 않을까?

## 🖊 아이와 함께 교과서 연계하기

- 과학 3-1
- 5단원 - 지구의 모습

지구의 모습과 특징에 대해 공부하는 단원이에요. 교과서에서는 지구를 위해 할 일을 만화로 표현하는 창의 융합 활동이 있어요. 《지구온난화와 탄소발자국》의 내용을 참고해 내용을 정리하고 만화로 표현해 보아요.

1. 책 내용을 바탕으로 지구의 문제점을 조사해 봅시다.

- 
- 
- 
- 
- 

2. 지구를 위해 우리가 할 수 있는 일에는 어떤 것들이 있을까요?

- 
- 
- 
- 
- 
-

3. 우리가 할 수 있는 일을 만화로 표현해 보세요.

 **추천도서**

장성익 작가가 쓴 《탄소 중립이 뭐예요?》는 뜨거운 지구를 구하려면 탄소 중립을 꼭 이루어야 하는데, 탄소 중립, 대체 무엇이고 왜 중요한지에 대해 알려주는 과학책이에요. 이 책에서 말하는 탄소 중립을 실천하고 지구를 살리는 길은 어떤 것일까요?

# 이연옥 선생님의 추천 도서

## 이연옥 선생님

오랜 직장생활 후 책을 통해 '나다운 삶'을 살고 있는 독서
지도사.
일산 후곡마을에서 생각연필 독서논술 교습소를 운영하며,
아이들이 독서와 글쓰기로 주체적인 삶을 살도록 돕는 데
사명감을 갖고 있다.
블로그 https://m.blog.naver.com/with_thinkpencil

나는 어릴 적 글을 깨치는 속도가 참
느린 아이였다.
'아버지가 방에 들어가십니다.'
'아버지 가방에 들어가십니다.'
글자가 어려워 띄어 읽기도 잘 못했다.
그러다 보니 초등학생 때 국어 시간이 가장
두렵고 재미가 없었다. 왜냐하면 당시 담임
선생님이 교과서를 매번 소리 내 읽게 했기 때문이다. 늘 내가 읽을 차례가 올까 긴
장해 식은땀까지 흘렸던 기억이 난다. 고영욱 작가가 쓴《고양이에게 책을 읽어줘》
동화에 나오는 주인공 흥덕이처럼 같은 반 친구들 앞에서 책을 더듬더듬 읽었다.
그렇게 시간이 흘러 학창 시절 내내 언어보다 수학을 좋아했고, 고등학교도
이과, 대학교도 공학으로 진학했다. 성인이 되어 취업하고 직장 또한 숫자를 업으
로 하는 금융회사를 다니게 되었다. 이과 성향 사람들이 걷는 지극히 당연한 순서였
다. 사회 초년생 때는 스트레스를 받으면 〈수학의 정석〉 문제집을 풀며 그 스트레스
를 해소했다. 수학 문제를 풀면서 느끼는 희열로 사회생활 스트레스를 확 날려버렸
다. 이쯤 되면 이렇게 이과 성향이 강했던 사람이 '어떻게 독서 논술을 지도하지?'하

고 궁금해질 것이다.

　　대학 졸업 후 직장 생활을 17년 정도 했다. 어릴 적 겪은 책 울렁증 여파로 성인이 되어서도 책을 멀리했다. 책은 거의 읽지 않았고 회사 일에 나의 모든 에너지를 쏟아붓는 워커홀릭의 직장인이었다. 직장을 다니며 많은 회의를 진행해야 했고, 수많은 프레젠테이션 발표 기회가 주어졌다. 그러면서 함께 일하는 사람들 중 눈에 띄는 사람들을 많이 만나게 되었고 그들을 관찰했다. 직장에서나 직장 밖에서 만나는 사람 중 생각이나 대화 방식이 참 지혜롭고 현명하다 싶은 분들의 공통점이 '책을 많이 읽는 것'이라는 걸 깨달았다. 일 욕심이 많은 나는 그들의 그런 특징이 신기했다. 그 이후부터였을까? '독서에 대한 갈증'이 생겼다. 정확히는 책을 읽고 싶다가 아니라 '나도 내 생각을 좀 더 잘 정리해 표현하고 싶다.'라는 마음이었다. 내가 주목하면 그것만 눈에 들어온다는 '바더-마인호프' 현상처럼 각종 매스컴에서 '책을 통해 인생이 바뀌었다.'라는 사람들을 보게 되었다. '정말 책으로 인생을 바꿀 수 있을까? 나도 그렇게 될 수 있을까?' 이런 생각을 하면서도 바쁘게 돌아가는 회사 일에 파묻혀 '책을 읽는 일'은 잊게 되었다. 그러던 중 번아웃이 왔고 연차가 쌓이고 인정받으며 주요 역할을 맡을수록 알 수 없는 '갈증'이 커졌다. 그 갈증의 실체가 무엇인지도 모른 채 답답한 마음이 계속되던 때 결심했다. '책을 읽자. 인생이 바뀔 만큼 책을 읽자.' 그동안 직장 생활을 하면서 성과를 통한 성장을 지향했다면 이제는 '내 인생 자체로의 성장을 위해 살자.'라고 결심했다.

　　당시 다니던 금융회사가 여의도에 있어 퇴근 후 곧바로 회사 앞 국회 도서관으로 달려갔다. 그리고 도서관 문을 닫을 때까지 매일 1권씩 책을 읽었다. 꾸준한 독서를 해본 적 없던 내가 책을 읽으려니 여간 어려운 일이 아니었다. 한 페이지를 30분째 읽거나, 머리에 들어오지 않아 졸리기도 하고 말이다. 어떻게 책을 읽어야 할지 난감했다. 독서하는 방법을 몰랐다. 그래서 시작한 게 독서법과 관련된 책을 여러 권 읽으며 나만의 독서법을 찾아 나갔다. 그렇게 나만의 방법을 찾고 나니 어느 순간 1일 1독을 하게 되었다. 직장을 다니며 1일 1독은 쉬운 일이 아니었지만 매일 책을 통해 느끼는 감정과 깨달음으로 제2의 인생이 시작된 것 같아 점차 독서에 빠져들게 됐다.

그 후 내 삶이 정말 많이 바뀌었다. 가장 먼저 삶을 대하는 태도가 달라졌고 하는 일에서도 성과가 더 크게 났으며, 만나는 사람도 바뀌었다. 그래서 주변 사람들에게 "독서하세요.", "혼자 어려우면 독서 모임에 가세요."라며 독서를 권하는 독서 전도사가 되었다. 직장을 다니는 것이 내 인생의 전부였던 나는 몇 년 사이 다른 모습이 되었고, 시간이 지날수록 내가 원하는 삶을 구체적으로 설계해 나갔다. 그리고 지금 이렇게 그 삶을 살고자 한 걸음 한 걸음 나아가고 있다.

'책 읽는 즐거움'을 알게 되고 '책의 소중함'을 잘 알기에 어린 시절 나와 같이 독서를 어려워하는 아이들에게 책 읽기의 즐거움을 알려주고 싶어서 독서지도사가 되었다. 내가 수업하고 있는 생각연필 독서논술 일산후곡교실에는 책 읽기를 좋아하고 잘 읽는 아이들도 있고 책 읽기를 어려워하는 아이들도 있다. 책을 잘 읽는 아이들과 책 내용에 관해 이야기 나누며 좀 더 깊이 있는 대화를 하는 게 즐겁다. 또 책 읽기를 어려워하는 아이들에게는 내 경험을 바탕으로 아이들에게 '독서의 재미'를 느낄 수 있게끔 해주려 노력한다. 감정을 이입해서 읽는 '독서의 재미' 그리고 책을 읽고 '느낀 생각을 표현하는 글' 이 두 가지에 아이들이 성취감을 느끼고 성장할 수 있도록 돕는 게 '독서 논술'을 가르치는 나의 사명이다.

'생각연필'을 알게 되고 오애란 대표님을 만나 여러 원장님과 함께 독서 논술로 아이들을 가르치는 일을 하는 게 얼마나 즐거운 일인지 다시금 느낀다. 이 책을 쓰면서 아이들과 함께 읽고 쓰며 즐거웠던 기억이 하나하나 떠올랐다. 그 기쁨을 함께 나누고 싶다.

# 고양이 해결사 깜냥 3
## (태권도의 고수가 되어라!)

글 홍민정, 그림 김재희, 출판사 창비

{ 책 소개 }

"야, 나 태권도에서 10만 포인트 받았다."

"우와, 왜? 어떻게 받았어?"

"내가 친구 데려갔거든."

얼마 전 독서논술 수업을 앞두고 한 아이가 친구에게 이렇게 얘기하는 데 나
도 모르게 피식 웃음이 났다. 생각해 보니 나도 어릴 적 친구를 따라 태권도를 시
작했기 때문이다. 그 친구는 나를 데려가고 뭘 받았을까 생각하니 또 웃음이 난다.
별생각 없이 시작한 운동이었지만 꽤 오랫동안 했었다. 태극마크가 붙여진 흰 도복
과 허리에 묶는 띠까지 첫 시작부터 설렘 가득했던 태권도. 그렇게 태권도 매력에

푹 빠져서 대회도 나가며 유단자가 되었다. 그 후 학교에서 반 친구들이 나에게 붙인 별명이 '태권 소녀'였다. 오랜 시간이 지난 지금, 태권도 품새는 기억나지 않지만, 품새를 외우며 연습하던 나의 모습은 나름 진지했던 기억이 난다. 이렇듯 어떤 일을 할 때 우연한 기회로 시작해 그 일에 몰두하는 경우가 있다. 《고양이 해결사 깜냥 3》에서 고양이 깜냥 또한 우연히 태권도 도장에 갔다 태권도 사범이 되는데, 이 책은 아이들이 흔히 배우는 '태권도'를 소재로 한 내용이라 더욱 공감하며 읽을 수 있을 거다.

고양이 해결사 깜냥 시리즈의 세 번째 이야기다. 주인공 고양이 깜냥은 학교 앞 길거리에 버려진 태권도 광고지를 주워 태권도장에 간다. 광고지를 주워 오면 선물로 태권도복을 주는데, 깜냥은 도복 사이즈가 맞지 않아 받을 수 없다. 그런 깜냥은 태권도 사범에게 도복 대신 흰 띠를 받고, 태권도 일을 도우며 도장에서 일어나는 일들을 해결해 준다. 먼저, 태권도를 좋아하지만, 공부 때문에 그만두는 나은이가 태권도를 계속할 수 있게 도운 깜냥. 또 태권도 겨루기를 하던 민재와 현우가 신경전을 벌여 싸우자, 깜냥이 중재해 준 일. 그리고 1층 만둣집에 도둑이 들었을 때 깜냥이 사범, 아이들과 함께 도둑을 잡는 데 도움을 준 일. 이렇게 태권도 일을 도와준 해결사 깜냥에게 태권도 사범은 고마운 마음을 담아 태권도복과 깜냥의 이름이 새겨진 띠를 선물하고, 깜냥은 고양이 태권도 사범이 되는 이야기다.

### 🐤 《고양이 해결사 깜냥 3》에서 생각할 내용을 찾아보자.

학교 담장 밑에서 낮잠을 자던 고양이 깜냥은 바람에 날아온 광고지 문구를 보고 태권도로 향한다. '광고지를 가져오면 선물을 준다.'는 문구였다. 길바닥에 버려진 광고지를 주워 태권도장에 간 깜냥은 그곳에서 사범을 도와 일을 하게 된다. 아이들이 태권도 또는 다른 운동을 시작하는 계기가 다양할 거다. 깜냥처럼 선물을 준다고 해서, 그리고 친구를 따라 운동을 시작하기도 하고, 운동복(도복)이 멋있어 보여서 시작하기도 할 것이다. 운동(또는 다른 어떤 것)을 배운 적 있다면 어떤 계기로 시작하게 되었는지 지난 경험을 떠올려 보자.

태권도를 계속 배우고 싶어 하는 나은이는 부모님이 "공부해야 하니 그만둬." 라고 해서 마지막 수업을 하게 된다. 그 사연을 들은 깜냥은 나은이가 추억을 간직할 수 있도록 운동하는 모습을 사진과 동영상으로 찍어 준다. 그 후 나은이의 부모님이 사진과 영상을 보고 나은이가 태권도를 좋아하는 모습에 계속 배워도 좋다고 허락하게 된다. 학생이라면 특히 고학년이 될수록 학습을 위한 공부에 할애하는 시간이 많아지며 운동, 취미를 위한 활동을 포기해야 할 상황으로 고민하게 된다. 해야 할 일과 좋아하는 일의 균형을 잘 맞출 방법은 없을까?

태권도장이 있는 건물의 '1층 만둣집'에 도둑이 들었을 때 깜냥과 사범, 태권도장 아이들의 도움으로 도둑을 잡는다. 사범은 '약한 사람을 돕고 훌륭한 사람이 되기 위해 태권도를 배운다.'와 같이 '태권도를 배우는 목적'을 아이들이 잘 따라줘서 자랑스럽다. 아이들이 운동을 배울 때 단순히 체력 증진뿐 아니라 마음 수행도 함께 따라야 한다는 것을 알면 좋겠다.

태권도 사범은 태권도장 일을 도와준 깜냥에게 고마움의 표시로 태권도복을 선물한다. 평소 갖고 싶었던 도복, 그리고 '깜냥'이라고 자신의 이름이 새겨진 띠를 선물 받은 깜냥은 행복해한다. 태권도를 배워본 적 있거나 배우는 아이들과 이야기 나누면 띠 색깔에 대해 많이들 얘기한다. 자신은 어떤 색깔 띠가 있다며 잔뜩 으스대는 모습을 볼 수 있다. 띠 하나로 작은 성취감을 느끼는 아이들이 그저 예쁘기만 하다.

### 🖊 아이와 함께 교과서 연계하기

- 국어 3학년 1학기
- 4단원 – 내 마음을 편지에 담아

《고양이 해결사 깜냥 3》을 읽고 등장인물에게 어떤 이야기로 편지를 쓸지 생각해 보고 마음을 담은 편지를 써 보세요.

#### ‡ 1단계: 주요 에피소드를 생각하며 편지의 주제 정하기

| 등장 인물 | 주요 에피소드 | 편지에 쓸 이야기(주제) | 전달할 마음 |
|---|---|---|---|
| 깜냥 | 우연히 태권도장 광고지를 보고 선물을 받으러 갔던 태권도장! 그곳에서 일을 하게 되며 고양이 사범이 된 깜냥. | 예시) 주제-선물 | 예시) 처음 선물을 받지 못해 안타까운 마음. 나중에 선물을 받아서 기쁜 마음 |
| 나은 | 공부를 해야 해 좋아하는 태권도를 하러 다닐 수 없게 된 나은이! 나인이 부모님께서 나은이가 태권도를 즐기는 모습을 보신 후 태권도장을 더 다닐 수 있게 된 일. | | |

| 민재<br>또는<br>현우 | 태권도 겨루기를 할 때 딱지 내기를 하며 겨루기가 아니라 싸움을 했던 일. |
|---|---|
| 1층<br>만둣집<br>사장님 | 4층 태권도장 아이들을 시끄럽다고 평소에 못마땅해했지만, 도둑이 들었을 때 태권도장 아이들의 도움으로 도둑을 잡고 고마워한 일. |

## ♯ 2단계: 한 가지 주제로 편지 쓰기

| 주제 | 예시) 선물 |
|---|---|
| **편지 쓰는 순서** | **편지 내용** |
| 1 받는 사람 | 예시) 깜냥에게 |
| 2 첫인사 | 예시) 안녕? 나는 태권도를 배우고 있는 OO초등학교 3학년 OOO이야. |
| 3 할 말 | 예시) 깜냥아, 처음에 태권도장에 갔을 때 어떤 선물일 거라 기대했었니? 많이 기대했을 텐데 못 받아서 안타까웠어. 그래도 네가 태권도 일을 잘 도와서 나중에 사범님께 사복을 선물 받았잖아? 그때 정말 기분 좋았을 것 같아 나도 기뻤단다. 나 역시 태권도복을 처음 받았을 때 정말 신났거든. |
| 4 끝인사 | 예시) 그럼, 선물로 받은 멋진 태권도복 입고 다음에 나와 겨루기 한판 하는 날이 오길 기다릴게. 잘 지내렴. 안녕! |
| 5 쓴 날짜 | 예시) 2024년 12월 1일 |
| 6 쓴 사람 | 예시) OO이가 |

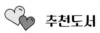 **추천도서**

사랑스럽고 귀여운 고양이 해결사 깜냥이 시리즈가 7권까지 출간되었다. 아파트 경비원이 된 깜냥 1부터 캠핑하는 고양이 깜냥 7까지 아이들에게 공감과 재미, 감동을 하게 해 주는 유쾌한 이야기다.

# 천 원은 너무해!

글 전은지, 그림 김재희, 출판사 책읽는 곰

## { 책 소개 }

　　어릴 적 학교 수업을 마치면 친구들과 학교 앞 문구점에 가서 불량식품을 사 먹는 게 큰 즐거움이었다. 넷플릭스 드라마 〈오징어 게임〉으로 인기가 많아진 간식, 달고나! 어릴 적에는 달고나, 그러니까 '뽑기'를 사 먹기 위해 엄마에게 '백 원만'을 입에 달고 살았던 거 같다. 그러다 돈이 없으면 달고나를 직접 만들어 먹겠다며 집에 있던 스테인리스 그릇을 홀랑 태워 먹었다. 엄마에게 혼날까 봐 태운 그릇을 숨겨 놓곤 했던 추억이 있다. 그때는 매일 먹어도 질리지 않을 만큼 좋았던 추억의 간식이다. 그렇게 군것질을 할 수 있는 학교 앞 문구점이 나 때는 어린이들의 핫플레이스였다. 독서논술 수업을 할 때면 아이들이 종종 "저희 수업 끝나고 다이소 가기로 했어요.", "친구랑 편의점에서 만나기로 했어요."라며 신나서 얘기하는 걸 봐서는 요즘은 다이소와 편의점, 무인 아이스크림 가게 등이 문구점을 대체하는 듯하다. 이처럼 아이들도 친구와 어울리기 위해 '소비'는 사회생활의 중요한 매개체가 된다. 그렇기에 많은 학부모가 아이들의 올바른 소비와 경제관념을 가르치기 위해 용돈을 주게 되는데, '언제부터, 얼마를 줘야 하는지'가 늘 고민이다. 참고하자면 하나은행의 '2021년 하반기 금융 플랫폼 이용 데이터'를 분석한 결과 월평균 용돈으로 초등 저학년은 1만 7,500원, 초등 고학년은 2만 2,300원, 중학생은 4만 원이라고 한다. 이 책《천 원은 너무해!》를 통해 학부모는 '용돈 사용을 가르치는 방법', 아이는 '용돈 관리 방법'을 알게 되리라 기대해 본다.

"이제 수아도 용돈 받을 때가 된 것 같아."

갑작스러운 엄마의 용돈 선언에 이제 초등학교 3학년인 수아는 당황스럽기만 하다. 필요한 게 있으면 그때마다 엄마에게 돈을 달라고 했던 수아인데, 이제는 일주일에 1,000원! 엄마는 정해진 돈만 주겠다고 하기 때문이다. 수아에게 일주일에 1,000원은 너무 적은 돈이다. 매일 사 먹던 비타민 사탕이 300원이고, 사고 싶은 음식 지우개 세트도 300원, 진짜 사고 싶은 메모지 수첩은 1,300원, 오색 볼펜이 500원이기 때문이다. 일주일 내내 간식을 사 먹지 않고 돈을 모아야 수첩을 살 수 있는 수아는 비타민 사탕을 사느라, 지우개를 사느라 실패하고 만다. 수아는 엄마에게 1,000원이 넘는 비싼 물품은 엄마 돈으로 사달라고 졸라보는데 엄마의 의지는 꺾이지 않는다. 엄마는 간식을 잘 챙겨줄 테니 불량식품을 사 먹지 말고 돈을 모아서 필요한 것을 사라고 한다.

하는 수 없이 수아는 차근차근 사고 싶은 물건 리스트를 작성하고 그중에 사지 않아도 될 물건을 지워 나가며 꼭 필요한 것을 간추린다. 그렇게 계획적인 용돈 사용을 시작하게 되는데, 문제는 금요일이다. 금요일마다 학교 앞 문구점에서 할인을 하는 바람에 계획에도 없던 것을 사버리고 마는 거다. 그 후 엄마가 제시한 해결책은 매주 월요일 용돈 1,000원을 받으면 미리 300원을 떼어 모아 놓고, 나머지 700원으로 일주일을 지내는 거다. 그렇게 매주 모은 300원으로 원하는 것들을 하나씩 사는 전략이다. 드디어 용돈을 계획적으로 쓰는 방법을 알게 된 수아! 수아는 드디어 원하던 메모지 수첩을 사게 될까?

## 🐥 《천원은 너무해!》에서 생각할 내용을 찾아보자.

"우리 아이 용돈, 언제부터 줘야 할까요?" 인터넷 육아 카페에 심심치 않게 올라오는 질문이다. 이 책의 주인공 수아는 초등학교 3학년이 되자 엄마에게 '돈을 규모 있게 쓰라'며 용돈을 받게 된다. '돈을 규모 있게 쓴다'는 건 용돈을 낭비하지 않고 계획적으로 잘 사용한다는 의미다. 처음 용돈을 받는 아이라면 먼저 이 책에서 수아가 했던 방법처럼 '필요 물품 목록'을 적어 보면 좋겠다. 그래야 다음 단계로 '용돈 사용 계획'을 세워볼 수 있을 거다.

수아가 받는 일주일 용돈 1,000원으로는 평소 갖고 싶던 1,300원짜리 메모지 수첩을 사기에 턱없이 부족하다. 그렇다고 일주일 내내 간식도 사 먹지 않고 다음 주까지 버틸 자신도 없다. "방법이 없을까?" 고민하던 수아에게 엄마가 '저축'의 방법을 알려준다. 매주 용돈 1,000원에서 700원으로 일주일을 쓰고, 300원씩 따로 모아뒀다 한 달 후에 사고 싶은 메모지를 사는 방법 말이다. 아이에게 용돈을 주기 시작했다면 저금통을 함께 선물해 보면 어떨까? 언제까지 얼마를 모아서 어떻게 쓸지 아이와 함께 계획을 세워보면서 말이다.

수아는 엄마와 함께 시장에 가서 장을 보는데 엄마가 물건을 사는 기준이 이상하게만 느껴진다. 열무 한 단에 2,500원, 가지 세 개에 2,000원이면 더 싼 가지를 사야 하는데 열무를 사니까 말이다. 엄마가 열무를 고른 이유는 가지는 한 끼 반찬거리지만 열무는 두 끼를 먹을 수 있어 더 가치가 있기 때문이다. 이를 통해 수아는 엄마의 장 보는 기준이 가격이 높다고 무조건 비싼 게 아니라 얼마나 쓸모가 있는지에 따라 비쌀 수도 있고 쌀 수도 있다는 걸 깨닫게 된다. 수아와 수아 엄마처럼 우리 아이와 함께 장을 보러 가서 '물건을 고를 때의 가치판단'을 알려주면 어떨까?

용돈을 열심히 모아서 갖고 싶던 메모지 수첩을 산 수아는 감격스러워한다. 그리고 수아는 용돈 기입장에 다음 용돈 계획을 미리 세워 용돈을 규모 있게 쓰려고 한다. 이를 본 엄마는 용돈 관리에 성공한 기념으로 수아에게 귀여운 지갑을 선물한다. 아이가 스스로 무언가를 해 냈을 때 느끼는 성취감은 실로 어마어마할 거다. 또 이렇게 미션을 해냈을 때 보상이 따라준다면 다음 단계로 나아갈 충분한 동기 부여가 될 거다. 우리 아이에게 작은 일부터 하나씩 미션을 줘보자. 일을 해냈을 때는 충분한 보상을 주며 아이가 작은 성취감을 반복적으로 느끼고 긍정적인 방향으로 자라도록 말이다.

### ✏️ 아이와 함께 교과서 연계하기

- 국어 3학년 2학기
- 3단원 - 자신의 경험을 글로 써요

《천 원은 너무해!》 내용 중 한 장면을 보고, 인물의 경험과 자신의 경험을 비교하여 자신의 생각이나 느낌을 표현할 수 있도록 한다.

〈그림-50페이지〉

Q. 수아에게 일어난 일은 무엇일까요?

예시) 수아가 용돈을 받은 월요일에 햄버거 지우개를 샀다.
　　　햄버거 지우개를 사는 바람에 메모지 수첩을 사기에 돈이 부족했다.

Q. 수아는 어떤 기분일까요?


Q. 이와 같은 일이 '나'에게 생겼다면 어떻게 할 것인지 써 보세요.

추천도서

용돈 받는 것을 늦추고 싶던 《천 원은 너무해!》의 수아와 반대로 용돈을 받고 싶은 《내 용돈 돌려줘!》의 주인공 사랑이! 그런데 사랑이는 막상 용돈을 받게 되자 어떻게 써야 할지 막막해한다. 사랑이는 용돈을 어떻게 쓰게 될까?

# 부풀어 용기 껌

글 정희용, 그림 김미연, 출판사 잇츠북어린이

{ 책 소개 }

어린 시절에 풍선 껌을 정말 좋아했던 1인이다. 오죽하면 아이스크림도 막대기가 껌으로 되어있던 '껌바'만 먹었겠는가. 열심히 씹은 풍선은 크게 불고, 세게 불어 터트리는 재미가 있었다. 그 후로 학창 시절에 '잠 깨는 껌', 성인이 되어서는 '자일리톨 껌'을 많이 씹었다. 그런데 최근에는 껌을 마지막으로 씹은 게 언제인지 가물가물할 만큼 잘 씹지는 않는다. 요즘은 껌 소비가 줄어서 아이들도 껌보다 젤리, 캐러멜 등을 더 많이 먹는 듯하다. 내가 어렸을 때가 '껌 전성기'의 절정이지 않았을까? 껌의 전성기는 껌 종이를 모아오면 추첨을 통해 자동차를 경품으로 주던 1970년대를 거쳐, 1980년대 '껌이라면 역시 OO껌'이라는 CF 광고 속 CM송으로 껌 브랜드가 각인되며 확실히 자리를 잡고, 2000년대 자일리톨 껌 출시로 전성기를 이어갔다. 그러다 2010년대 들어 껌을 씹는 사람이 주는 추세라 한다. 그렇게 껌의 인기가 대단했던 나의 어린 시절, 껌 한 통 값은 100원대였다. 껌값이라는 말처럼 당시 어린 학생의 주머니 사정을 해결해 줄 최고의 간식이 바로 껌이었던 거다. 어린 마음에 껌을 잘 씹는 모습이 왠지 멋있어 보이고 껌을 씹으면 어른이 된 것 같았다. 그래서일까, 《부풀어 용기 껌》을 읽으며 그때 그 시절이 생각나, 주인공 박용기의 행동에 공감하게 되고 응원하며 읽었다.

　　야구를 좋아하는 주인공 박용기. 이름만 용기고 사실 용기가 없다. 용기는 가장 좋아하는 야구 선수가 "껌을 씹으면 집중이 더 잘 되고 긴장도 풀린다."라고 했던 말 때문에 껌을 씹기 시작한다. 친구가 없는 용기는 껌을 씹다 보니 심심하지 않고 입이 계속 바빠 좋다. 그렇게 늘 껌을 씹는 용기는 야구를 좋아하면서도 친구들이 하는 야구를 구경만 하고 같이 하자는 말은 못 한다. 그런 소심한 용기는 덩치 큰 강우에게 놀림당하기 일쑤다. 그러던 어느 날 용기가 강우의 괴롭힘에 화가 나 강우의 신발에 씹던 껌을 뱉어 복수를 한다. 이후 학교 수업을 마치고 슈퍼에 간 박용기는 자신의 이름과 같은 '용기 껌'을 발견하고 신기해하며 사 먹는다. 그런데 그때 슈퍼 앞에서 양말에 껌이 붙어 화가 난 강우를 만나고 만다. 도망치고 싶던 박용기는 강우 앞에서 자신의 의지와 상관없이 '껌을 뱉은 범인'이 자신이라고 밝히고 사과하며 '용기 껌'의 효력을 알게 된다.

　　그 후 강우의 괴롭힘이 심해지던 어느 날 용기는 강우가 고학년 형들에게 돈을 뜯기며 괴롭힘당하는 걸 목격하게 된다. 자신을 괴롭히던 친구가 똑같이 당하니 그냥 지나칠 수도 있을 텐데 용기는 괴로웠던 자기 모습이 떠올라 강우를 도와준다. 용기 껌의 효능에 박용기의 진짜 용기가 더해져 고학년 형들을 멋지게 물리치면서 말이다. 그 일이 있고 난 후 박용기는 용기 껌 없이도 스스로 용기를 내 두려움을 극복하며 친구들에게 다가가는 이야기다.

### 🐤 《부풀어 용기 껌》에서 생각할 내용을 찾아보자.

용기는 맨날 자신을 괴롭히던 강우의 신발에 껌을 뱉는다. 그리고 용기가 강우에게 먼저 '껌 뱉은 일'을 고백하고 사과하며, 그 일이 반 친구들에게 알려져 화젯거리가 된다. 친구들이 용기가 잘못을 인정하고 먼저 사과했다는 사실에 대단하다며 치켜세워 준 것이다. '내 잘못을 인정한다는 것'은 쉬워 보이지만 쉽지만은 않다. 잘못을 인정한다면 마음은 후련해지겠지만 주변 사람들의 실망과 비난, 그런 것들이 두렵기 때문에 쉽지 않은 거다. 이 장면을 통해 '자신의 잘못'을 '인정했을 때'와 '인정하지 않았을 때' 각각 어떤 마음일지, 또 어떤 영향이 있을지 생각해 보면 좋겠다.

용기는 자신에 대해 이상한 헛소문을 퍼트리는 강우가 밉다. 그런데 용기는 강우가 하굣길에 나쁜 형들에게 붙잡혀 돈을 빼앗기는 모습을 보고 강우를 도와준다. 자신을 괴롭히던 강우가 당하는 모습을 보고 그냥 지나칠 법도 한데, 용기는 강우의 모습에서 괴롭힘당하던 자기 모습이 생각나 강우를 구해낸다. 나를 괴롭히던 아이가 있다면 대부분은 똑같이 당해봤으면 좋겠다고 생각하게 될 거다. 그런데 막상 그 상황이 되면 내가 당했던 괴로움이 떠올라 마냥 통쾌하지 않은 거다. 학교 폭력을 소재로 한 드라마 〈더 글로리〉에서 주인공 문동은이 통쾌한 복수를 했지만

"이 복수가 끝나면 문동은씨는 행복해집니까?"라고 말한 씁쓸한 대사처럼 말이다.

용기가 존경하는 야구 선수가 '용기는 스스로 두려움을 이겨 내는 것'이라고 인터뷰하는 것을 보게 된다. 그렇게 인터뷰를 감명 깊게 본 박용기는 다음날 학교에 가서 교탁으로 나가 아이들에게 용기를 내 말 한다. "점심시간에 같이 야구할 사람 있냐?"라며 용기 껌을 씹지 않은 채 친구를 사귀기 위해 먼저 손을 내밀어 본다. 아이들은 저마다 두려워하는 것이 한 가지쯤 있을 거다. 내가 가르치고 있는 아이 중에 한번은 이런 일이 있었다. 글쓰기 수업 과정 중에 아이들이 쓴 글을 발표하는 시간이 있는데, 첫 수업을 하던 초등학교 2학년 아이가 "저는 발표를 못 해요." 하며 부끄러워하는 거다. 한 아이가 부끄러워하니 너도나도 할 것 없이 다들 "저도요." 하는 상황이 되었다. 그때 "여기 우리밖에 없어! 선생님이 비밀로 해줄게! 다른 사람은 아무도 못 들으니까 괜찮아!"라고 아이들을 다독이며 발표를 시작했다. 참 신기한 게 발표를 시작한 아이들은 언제 그랬냐는 듯 즐겁고 씩씩하게 하는 거다. 발표를 시작하는 게 어렵지만 막상 하면 글에 집중해 친구들 시선을 느끼지 못할 만큼 두려움과 부끄러움이 없어지는 게 아닐까 싶다. 이처럼 우리 아이는 어떤 일을 할 때 두려웠는지 그리고 막상 그 일을 해냈을 때 어떤 기분이었는지 이야기 나눠보면 어떨까?

##  아이와 함께 교과서 연계하기

- 국어 3학년 2학기
- 8단원 – 글의 흐름을 생각해요

《부풀어 용기 껌》을 읽고 사건이 일어났을 때 주인공 박용기가 한 일을 정리해 보세요.

| 시 간 | 한 일 |
|---|---|
| 학교 복도에서 강우가 친구들에게 "박용기를 놀려먹는 게 재미있다."고 말하는 걸 들었을 때 | |
| 용기가 별별 슈퍼 앞에서 껌 붙은 양말로 화가 난 강우를 만났을 때 | |
| 용기가 학교 수업을 마치고 집으로 갈 때 골목길에서 강우가 고학년 형들에게 괴롭힘당하는 모습을 목격했을 때 | |
| 용기가 보라의 의자에 '껌을 붙여 놓은 범인'이 '강우'라는 사실을 알았을 때 | |

**추천도서**

우연히 학교 화장실에서 잠드는 바람에, 늦은 저녁 학교에서
발생한 사건을 목격한 주인공 동호. 동호가 사건의 증인으로
나서게 되면서 평소 좋아하던 지킴이 할아버지가 범인으로 몰
려 억울해지고 괴롭기만 하다. 동호가 목격한 건 지킴이 할아
버지가 아닌데 말이다. 결국 동호는 교장 선생님을 찾아가 자
신이 가짜 증인임을 고백하고 진짜 범인의 존재는 비밀에 부
치는데. 깜짝 놀랄 반전의 범인은 누구일까?

# 내 이름은 플라스틱

글 정명숙, 그림 이경국, 출판사 아주좋은날

{ 책 소개 }

NIE 신문 수업을 만들면서 활용할 영상 자료를 찾아보던 어느 날, 평소 좋아하는 가수의 예능 프로그램이 추천 영상으로 떠서 보게 되었다. '무인도 생활' 콘셉트의 리얼리티 예능으로 제작진이 제공하는 세 가지 물품을 제외하고 자급자족으로 무인도에 적응하는 흥미로운 이야기였다. 그런데 영상을 보며 재미보다는 놀라고 안타까운 마음이 앞섰다. 출연자가 섬을 둘러보며 집을 짓고 음식을 해 먹을만한 도구를 찾는데, 해변에 버려진 쓰레기들이 너무 많았기 때문이다.

"여기 쓰레기들, 다 떠밀려온 쓰레기잖아요."

"밧줄. 밧줄. 밧줄."

"밧줄은 정말 셀 수 없이 많네."

밧줄, 통발, 슬리퍼, 플라스틱 바가지, 냄비, 비닐, 천, 은박지, 파이프 등 종류도 다양하고 양도 셀 수 없이 많았다. 그 모습을 보고 있자니 '우리 가족이 먹는 해산물은 괜찮을까?' 괜히 꺼림칙했다. 또 바다에 살고 있는 생물들에게 그저 미안한 마음이었다. 편리하게 쓰고 버린 플라스틱과 수많은 일회용 용품. '무의식적'으로 쓰지 말고 '의식적'으로 사용량을 줄이고 재활용해야겠다고 생각하며 우리 아이들에게 꼭 읽히는 책이 바로 《내 이름은 플라스틱》이다.

부유한 집의 허세돌은 부족함 없는 생활을 해서인지 물건을 잘 아껴 쓰지 않는다. 반면 달동네의 낡은 집에 할머니와 함께 사는 손재주는 물건을 아끼며 오래도록 쓴다. 이렇게 두 친구의 서로 다른 '소비 방식'을 통해 '나의 소비 습관'을 돌아보게 하는 이야기다.

허세돌은 한동안 갖고 놀던 장난감 '카봇'이 낡고 싫증 나자 분리수거함에 버린다. 버림받은 카봇은 울음을 터뜨렸고, 주변에 있던 페트병들이 "비싼 장난감은 인기가 많아서 새 주인이 나타날 거야."라며 위로한다. 그리고 그 말이 끝나자마자 허세돌과 같은 반 친구 손재주가 나타나 카봇을 데려간다. 뭐든 잘 고치는 손재주는 카봇의 바퀴만 새것으로 갈아 끼워서 더 근사하게 만든다. 신이 난 손재주는 카봇을 학교에 가져가는데, 이를 본 허세돌이 '자신이 버린 것'이라며 다시 빼앗고 만다.

그 후 학교에서 '재활용품 만들기 대회'가 열리고, 손재주는 분리수거함에서 주운 페트병으로 로봇을 만들어 '페봇'이라 부른다. 손재주는 페봇으로 대회에서 상을 받고 아이들에게 인기스타로 떠오르며 다들 페트병에 관심을 두게 된다. 아이들은 과학 수업을 통해 '플라스틱의 종류와 사용'을 배우고 버려진 플라스틱이 바다로 흘러들어 섬을 이루고 그로 인해 동물들이 피해 보는 '환경 문제'도 알게 된다. 수업을 들은 손재주는 페봇에게 "우리는 가족이고 절대 버리지 않겠다."며 페봇을 안아주는 교육적인 이야기다.

## 《내 이름은 플라스틱》에서 생각할 내용을 찾아보자.

　　재활용 분리수거장에 버려진 페트병들은 "재활용 공장에 가더라도 다시 페트병으로 만들어지는 건 10퍼센트밖에 안 된다."라며 자신의 처지를 슬퍼한다. 실제 국제협력개발기구(OECD)에서 2022년 발표한 〈글로벌 플라스틱 전망〉에 따르면 2019년 기준 전 세계의 플라스틱 재활용률은 9%에 불과하다고 한다. 나머지 91%는 매립(50%), 소각(19%), 폐기(관리되지 않고 버려짐, 22%) 된다는 거다. 국내는 어떨까? 환경부는 2021년 기준 국내 플라스틱 재활용률이 73%에 달한다고 하지만, 국제환경단체 그린피스의 보고서에 따르면 27% 수치로 차이를 보인다. 이는 환경부의 집계 기준이 '수거율'이고, 그린피스의 집계 기준은 '실질적 재활용률'로 다르기 때문이다. 즉, 분리수거 참여율은 높지만 제대로 된 분리수거를 하지 않아 실제 재활용되는 양이 현격히 줄어든다는 거다. 이왕 참여하는 분리수거, 우리 아이와 함께 제대로 된 방법을 알고 실천해 보면 어떨까?

　　손재주는 학교에서 재활용품 만들기 대회 날 페트병 3개로 멋진 페트병 로봇(페봇)을 만들어 학교 대표로 본선에 나간다. 그 후 아이디어를 사겠다는 특허업체에 상금도 받는다. 재활용품으로 로봇 외에 또 어떤 것을 만들 수 있을까? 인터넷 검색 사이트에 '페트병 재활용 만들기'라고 검색하면 기발하고 재미있는 아이디어들이 쏟아진다. 우리 아이와 함께 하나씩 만들어 보고 사용해 보면 어떨까? 한 단계 더 나아가 아이가 새로운 것을 창작할 수 있도록 상상력을 자극해 보면서 말이다.

우리 주변에는 플라스틱 제품이 너무도 많다. 아이들이 쓰는 필통, 샤프, 볼펜, 지우개부터 일생 생활용품뿐 아니라 전문 분야의 인공 심장과 관절, 치아 임플란트 등 다양한 분야에 플라스틱이 쓰이고 있다. 아이와 함께 생활에 이용되는 플라스틱 제품을 얼마나 많이 그리고 자주 사용하는지 함께 알아보자.

주인공 손재주네 집에는 오래된 물품이 많다. 그냥 많은 정도가 아니라 정말 아껴 쓴다. 손재주가 만든 페봇이 '망가진 바가지'를 고쳐 쓴 거를 보고 "손재주네 집에 사는 플라스틱은 무척 행복할 것 같다."라며 감동한다. 내 주변에는 '아끼며 오래 쓰고 있는 제품'이 얼마나 될까? 국제환경단체 그린피스의 〈2023 플라스틱 대한민국 2.0〉 보고서에 따르면 코로나19 팬데믹을 거치며 '쓰고 버리는' 문화가 확산하고, 일회용 플라스틱의 사용량이 급격히 증가했다고 한다. 코로나 이전인 2017년과 이후인 2020년의 일회용 플라스틱 사용량을 비교하면, 페트병은 49억 개에서 56억 개로 증가하였으며 이는 지구를 14바퀴 돌 수 있는 양이라고 한다. 또 일회용 비닐봉지는 235억 개에서 276억 개로 증가하였고, 이는 서울 면적의 13.3배를 덮을 정도라 한다. 무심코 쓰고 버리는 일회용품들. 우리는 일상생활에서 얼마나 쓰고 버리는지 한번 생각해 볼 문제다.

**아이와 함께 교과서 연계하기**

- 도덕 3학년 2학기
- 4단원 - 아껴 쓰는 우리

《내 이름은 플라스틱》을 읽고 '플라스틱 사용 줄이기' 및 '올바른 재활용'을 위해 자신이 실천할 방법에는 무엇이 있는지 생각해 보자.

| 아껴 쓰는 우리 | | 6가지 실천 방법 |
| --- | --- | --- |
| 아껴 씁니다.<br>나눠 씁니다<br>바꿔 씁니다.<br>다시 씁니다. | 가정에서 | 1. 예시) 엄마, 아빠 도와서 분리수거 잘하기 |
| | | 2. |
| | | 3. |
| | 학교에서 | 4. 예시) 우유 마실 때 빨대 사용하지 않기 |
| | | 5. |
| | | 6. |

 **추천도서**

실제 환경문제로 힘들었던 브라질의 도시 꾸리찌바. 도시를 계획적으로 개발하며 '숨 쉬는 생태도시'가 된 이야기를 주인공 환이와 도시계획가인 환이 아빠의 여행기 형식으로 풀어냈다. 이 책을 통해 다양한 재활용 방식을 알 수 있어 좋다.

# 절대 딱지

글 최은영, 그림 김다정, 출판사 개암나무

{ 책 소개 }

《절대 딱지》의 '절대 딱지'는 아파트 후문 출입을 위한 입주민 카드다. 이 책을 읽으며 올해 부모님 이사 문제로 한창 부동산을 통해 집을 보러 다녔던 일이 떠올랐다. 한번은 연식이 오래된 아파트와 새 아파트가 섞여 있던 동네를 보러 갔을 때였다. 오래된 아파트 단지의 정문, 후문, 쪽문은 출입이 자유로워 이동이 편했다. 그러던 중 오래된 아파트 단지 사이에 놓인 새 아파트를 가로질러 집을 보러 가려는 데 모든 문에 출입 카드를 찍어야 이동이 가능한 펜스가 쳐져 있어 당황스러웠다. 아파트 단지를 통과해 가면 5분이면 갈 수 있는 거리를 아파트 단지 외부를 한 바퀴 돌아 20분이 소요되며 무척 지쳤던 기억이 있다.

이처럼 아파트 단지에 외부인 출입을 통제하는 펜스와 스크린도어가 설치된 곳을 주변에 볼 수 있는데, 이런 현상은 강남 재건축 아파트를 시작으로 현재는 전국 새 아파트에 확산하여 가는 추세라고 한다. 안전사고 예방과 입주민 보호를 위한 것이라고 하지만 더불어 사는 삶에 대한 개념이 흐려지는 것 같아 개인적으로 매우 아쉽기는 하다. 특히 이에 따라 공공보행통로를 막는 불법을 저지르기도 하고 아이들이 빨리 갈 수 있는 통학로를 차단해 수십 분을 돌아가야 하는 불편을 겪는다는 뉴스를 볼 때면 더욱 씁쓸함을 감출 수 없다. 이 책을 읽기 전 제목《절대 딱지》를 보고 엄청 튼튼한 딱지인가 생각했는데, '아파트 후문 출입 카드'라는 것을 알게 되고 '절대 딱지'가 어떤 의미일지 궁금해하며 읽었다. 아이들은 왜 아파트 출입 카드를 '절대 딱지'라고 불렀을까?

같은 아파트에 살고 유치원 때부터 친했던 선표와 혁우는 각종 대회, 시합에서 자주 경쟁 상대가 되며 사이가 소원해진다. 어느 날 혁우는 4학년 대표로 교육청에서 주관하는 '과학 발명품 경진 대회'를 나가게 된다. 그 기념으로 친구들에게 떡볶이를 사겠다며 단체 톡 방에 얘기했다는데 절친 선표는 받은 문자가 없다. 자신을 빼고 따로 톡 방을 만들었다고 생각한 선표는 혁우와 사이가 멀어지게 된다. 그 사이 임대 아파트에 이사 온 성화가 전학을 와 선표와 짝이 된다. 선표는 짝꿍 성화에게 학교를 소개해 주고 얘기 나누다 보니 착하고 좋은 애라고 느껴져 친구가 된다. 그런데 성화가 임대 아파트에 산다는 걸 안 선표의 엄마는 선표에게 성화와 어울리지 말라고 한다. 하지만 선표는 "가난은 친구를 사귀지 못할 이유가 아니다."라며 편견 없이 성화와 어울린다. 성화도 그런 상황을 알면서 주눅 들지 않는다. 그리고 똑똑한 성화는 혁우가 준비해 온 '과학 발명품 작품'에 아이디어를 보태 혁우와 함께 한 조로 대회에 나가게 된다. 하지만 혁우는 성화가 아이들의 관심을 받는 게 싫다. 결국 혁우는 엄마가 "임대 아파트 사는 아이랑 어울리지 말라."고 했다는 핑계를 대며 성화와 같이 대회에 나가는 것을 거부한다.

그런 와중에 선표와 혁우가 살고 있는 새 아파트 부녀회에서는 '임대 아파트 주민들'이 새 아파트를 드나들지 못하도록 후문에 '출입문'을 세우고 '출입 카드'로만 왔다 갔다 할 수 있게 해버린다. 선표는 착하고 똑똑한 성화가 단지 임대 아파트에 산다는 이유로 어울리지 못하게 하고 후문에 철문을 세운 게 못마땅하다. 그래서 선표는 성화가 혁우와 함께 과학 발명품 대회에 참가하고 친하게 지낼 수 있게 도와준다. 결국 어느새 친구가 된 선표, 성화, 혁우. 셋은 더 이상 의미 없는 '아파트 후문 출입 카드'를 걸고 딱지치기를 한다. 그게 바로 절대 딱지! 그렇게 '어디에 사는지'는 중요하지 않고 서로에게 '함께 할 수 있는 친구'가 되어 주는 이야기다.

### 《절대 딱지》에서 생각할 내용을 찾아보자.

선표가 살고 있는 새 아파트 후문에 철문이 생기며 출입을 위해서는 딱지 같은 카드를 찍어야 문이 열린다. 원래는 자유롭게 다닐 수 있는 통로였는데 후문 쪽에 임대 아파트가 들어서면서 설치했다. 임대 아파트에 살고 있는 아이들이 새 아파트 놀이터에 와서 놀고, 사람들이 아파트 단지를 통과해 이동하는 게 못마땅했기 때문이다. 요즘은 임대 아파트 때문이 아니더라도 외부인 출입을 막기 위해 펜스를 친 아파트들이 많아졌다. 보안과 안전을 위한 기능도 있지만 남과 나를 구분하는 대표적인 집단이기주의 중 하나로 꼽히기도 한다. 우리 아이와 함께 아파트 단지에 펜스를 설치해 외부인 출입을 차단해 놓는다면 어떤 장단점이 있을지 이야기 나눠 보면 좋겠다.

선표네 엄마는 선표와 함께 어울리는 성화가 똑똑하다고 좋아했지만 임대 아파트에 사는 것을 알고 난 후 놀지 못하게 한다. 선표는 그런 엄마에게 가난하게 살았지만, 세계적으로 존경받는 인물을 검색해 보여준다. 아이와 함께 부유한 환경이 아님에도 훌륭한 사람이 된 인물을 찾아보고 이야기 나눠 보면 어떨까?

학교에서 과학 발명품 경진 대회에 나가게 된 혁우는 성화와 함께 한 조로 나가게 되자 선생님께 싫다고 얘기한다. 이유를 묻자, 엄마가 임대 아파트에 사는 아이와 어울리지 말라고 해서 성화와 함께 나가기 싫다는 거다. 과학 발명품 경진 대회에 참가하기 위한 조건에 경제력은 해당하지 않는다. 그럼에도 어른들의 잘못된 생각으로 아이에게 선입견을 품게 하고 타당한 이유도 없이 편 가르기를 해 버렸다.

혁우가 선표에게 "성화가 왜 그렇게 좋으냐?"라고 물어보자, 선표는 "성화가 착하고 똑똑하기도 하지만 무엇보다도 기죽지 않고 누가 뭐라고 하든 당당해서 좋다."고 말한다. 어른들의 이기심에도 불구하고 선표는 자기 생각대로 당당하게 친구를 사귄다. 성화 또한 상처받지 않고 자신의 집안 사정을 밝히며 진정한 친구를 사귄다. 이 책을 읽으며 '진정한 친구'란 무엇일지 생각하게 되는 대목이다. 또 이쯤 되면 우리 아이가 친하게 지내는 친구는 어떤 아이일지 그리고 어떤 이유로 친해졌는지 궁금해진다.

## 아이와 함께 교과서 연계하기

- 도덕 3학년 1학기
- 1단원 – 나와 너, 우리 함께

《절대 딱지》를 읽고 진정한 친구에 대해 생각해 보세요.

| 생각 질문 | 나의 생각 |
|---|---|
| 어떤 친구가 좋은 친구라고 생각하나요? 이유는? | 예시) 나한테 친절하게 대해주는 친구. 왜냐하면 불친절한 친구는 내가 묻는 말에 대답을 잘 하지 않아 기분이 나쁘기 때문이다. |
| 나는 친구들에게 좋은 친구라고 생각하나요? 이유는? | |
| 친구들과 사이좋게 지내기 위해서 어떻게 해야 할까요? | |

 ### 추천도서

아이들 대부분이 체크카드를 들고 다니는 게 부러운 서진이. 그런 서진이에게 드디어 카드가 생긴다. 그런데 절친인 유림이에게 떡볶이를 사려고 했지만, 결제가 되지 않는다. 서진이의 카드는 아동 급식카드로 쓸 수 있는 사용처와 살 수 있는 물건이 제한되어 있었기 때문이다. 서진이가 아동 급식카드 사용법을 알게 되며 새로운 친구 소리도 사귀고, 유림이에게 떡볶이도 사며 '아동 급식카드에 대한 편견 없이' 우정을 쌓는 따뜻한 이야기이다.

마음을 잇는 30센티

글 고정욱, 그림 박세영, 출판사 연초록

{ 책 소개 }

"지금도 수백 명의 사람이 '의대생이 죽고 자폐인이 살면 국가적 손실'이라는 글에 '좋아요'를 누릅니다. 그게 우리가 짊어진 이 장애의 무게입니다."

2022년 '우영우 신드롬'을 낳았던 드라마 〈이상한 변호사 우영우〉의 명대사다. 우영우가 '중증 자폐 동생이 의대생 형을 죽였다는 오해를 받는 사건'을 맡으며 이렇게 얘기한다. 장애와 비장애를 구분 짓고 그 삶의 가치가 다르다고 여기는 우리 사회의 시선을 여실히 드러내 줬던 장면이라 씁쓸했던 기억이 있다. 나 역시 '우영우 열풍'에 동참했던 시청자로 이 드라마에 푹 빠졌던 이유가 '장애에 대한 관점'이 기존과 달랐기 때문이다. 장애를 '동정의 대상', '극복해야 할 대상'이 아닌 '남들과 조금 다르지만, 동등한 사회의 일원'으로 보여주었던 드라마였다. 덕분에 드라마는 국내뿐 아니라 해외까지 대중의 공감을 얻고 장애에 대한 인식의 변화를 불러왔다. 하지만 변화의 시작은 오래가지 못한 느낌이다. 뉴스에서 흘러나오는 장애인에 대한 차별 기사와 장애인을 배려하지 않는 시설물을 보면 '여전히 갈 길이 멀다'라는 생각이 들기 때문이다. 이 책《마음을 잇는 30센티》는 실제 '그림으로 소통'하는 자폐 장애인 한부열 화가의 이야기를 모티브로 한 동화다. 이 책을 통해 조금이나마 장애 인식의 변화를 이어가 보길 희망해 본다.

학교 앞 문구점을 운영하는 주인공 시원이네. 시원이는 엄마 대신 문구점을 지키다 이상한 손님을 맞는다. 30센티미터 자 20개를 사 가는 아줌마. 뭘 하길래 자가 20개나 필요한지 궁금한 시원이처럼 독자의 궁금증을 일으키며 이야기가 시작된다.

4학년 2학기 개학 날 장애가 있는 부열이가 시원이네 반에 새로 전학을 온다. 선생님이 아이들에게 "부열이와 함께 통합 수업을 할 거다."라고 소개하자, 아이들은 "장애인은 장애인끼리 있는 게 더 좋지 않나요?"라고 묻는다. 이에 선생님은 "장애인들도 비장애인들과 함께 살면서 다양한 만남을 가져야 행복할 수 있다."고 답하며 2학기를 함께 시작한다. 시원이는 부열이와 가깝게 지내고 싶지만, 소통이 어렵다. 부열이는 눈을 맞추지 않고 대답도 하지 않으며 자기만의 섬에 갇힌 듯했기 때문이다. 그러다 부열이는 미술 시간에 시원이네 문구점에서 사 간 30센티 자로 독특하게 그림을 그려 아이들에게 주목을 받는다. 네모난 얼굴, 겹쳐 그린 얼굴, 앞에서는 보이지 않는 뒷모습까지 함께 그리는 그림은 무척 기발하다.

그러던 어느 날 가을 체험 학습으로 시원이네 반은 식물원에 가게 되고, 이동

중 부열이를 잃어버려 반 아이들이 부열이를 찾아다니는 소동을 벌인다. 부열이를 찾아낸 건 평소 부열이의 행동을 살펴보며 특징을 알고 있던 시원이다. 시원이가 부열이를 찾았을 때 부열이는 땅바닥에 새 그림을 그리고 있었다. 그 모습을 본 시원이는 부열이가 소통은 어렵지만 주변에 관심과 호기심이 많고 그걸 그림으로 표현하는 게 아닌가 싶은 생각을 한다. 그 생각은 학교에서 개최한 예술제 때 부열이가 제출한 그림을 보고 다시 한번 느낀다. 제출한 그림이 식물원을 배경으로 부열이가 한쪽에서 새를 구경하고 다른 쪽에서는 아이들이 여기저기 부열이를 찾아다니는 장면이었기 때문이다.

이후 별일 없이 부열이와 아이들이 서로 적응해 가나 싶을 즈음 문제가 생긴다. 시원이의 단짝이었던 병호가 부열이한테만 잘해주는 시원이에게 질투를 느끼고 부열이와 다투게 된 거다. 병호가 부열이의 그림을 찢어 부열이가 발작을 일으키고 병원에 입원하게 된다. 부열이가 한동안 학교에 나오지 못하자 아이들은 부열이를 응원할 방법을 찾는다. 그러다 시원이의 아이디어로 아이들은 학교에서 부열이의 개인 전시회를 열어주고, 이를 통해 사람들의 마음과 마음을 잇는 방법을 알게 되는 따뜻한 이야기다.

## 🐥 《마음을 잇는 30센티》에서 생각할 내용을 찾아보자.

시원이네 반 아이들은 부열이가 30센티미터 자로 그림을 그리는 게 익숙하지 않아, 남다른 그림을 보며 불편함을 느낀다. 〈이상한 변호사 우영우〉 드라마 제목에서의 '이상한'이란 단어가 이 장면을 대변하는 거 같다. 아이들은 6살 전후로 고정관념을 배우기 시작하고, 10살 전후가 되면 이에 따른 차별을 인지할 수 있다는 연구 결과들이 있다. 이처럼 고정관념이 형성되는 시기의 아이들에게 내 생각과 '다른 것'은 '틀린 것'이 아니라, 또 다른 시선으로 보는 '관점의 차이'임을 인식시켜 줄 필요가 있다.

아이들은 학교에서 체험 학습장을 갈 때 "부열이와 같이 가면 불편하니 데려가지 말자."는 의견을 많이 내놓았다. 하지만 '장애인 차별 금지법'으로 부열이를 데려가지 않는 것은 위법이라 데려가야 했다. 보건복지부에서 실시한 2023년 장애인 실태조사 결과에 따르면 후천적 원인에 의한 장애 발생이 88.1% 비중을 차지한다. 이와 같이 누구나 불의의 사고와 질병으로 장애를 겪을 수 있는 '미래의 나'일 수 있음을 생각해 봐야겠다. 그런데 최근(2024년 8월) 지방의 한 발달장애인 주간보호센터에서는 일반 화장실 부족으로 비장애인들의 불편함이 계속되자, 장애인 화장실을 일반 화장실로 개조해 사용한 일이 발각되었다. '현재의 나'만 생각하며, 이렇게 비장애인의 불편을 해소하기 위해 장애인의 차별과 희생을 강요해서는 안 될 것이다.

부열이는 세상에 호기심과 관심이 많지만, 사람들과 어떻게 소통해야 하는지 몰라 엉뚱한 행동을 보인다. 그 대신에 하고 싶은 이야기를 그림으로 전달한다. 우리가 생각하는 '소통'은 어떤 걸까? 보통은 '소통'하면 '언어'를 떠올릴 거다. 그런데 미국 캘리포니아대학 심리학과 앨버트 메라비언 교수가 발표한 이론 '7-38-55법칙'에 따르면 커뮤니케이션에서 언어는 7%, 음성은 38%, 표정이 55%를 차지한다고 한다. 그만큼 비언어적 소통도 중요하다는 거다. 이처럼 누군가와 소통할 때 다양한 방식으로 마음을 열고 소통해나간다면 보다 따뜻한 세상을 만들 수 있지 않을까?

　　시원이와 아이들은 아픈 부열이를 응원하기 위해 선생님의 도움을 받아 부열이의 개인 전시회를 열어 준다. 부열이도 퇴원해 30센티미터 자로 그림을 그리는 퍼포먼스를 보여주며 대성황을 이뤘다. 그리고 처음으로 부열이가 고맙다고 인사를 해 전시회장에 감동과 흥분의 물결이 퍼져 나갔다. 칭찬받고 신이 난 부열이는 〈안아 줘요〉라는 제목의 그림을 들고 "안아 줘요, 안아 줘요!"를 외쳐서 보는 사람들이 웃음을 터뜨렸는데, 그때 시원이는 '사람들 사이의 거리'가 부열이의 '30센티미터 자만큼'이라는 것을 깨닫는다. 손만 내밀면 안아 줄 수 있는 정말 가까운 거리 말이다. 요즘 현대인들은 '각자도생(各自圖生)'의 시대를 살아가고 있다. 코로나19가 유행하던 시기에 '타인과 거리 두기'를 했던 것처럼 타인에 대한 무관심 속에 제각기 살길을 도모하는 거다. 삭막한 현대사회에 마음과 마음을 잇는 데는 고작 30센티밖에 안 되는 가까운 거리라는 것을 다시 한번 생각해 보면 좋겠다.

### ✏️ 아이와 함께 교과서 연계하기

- 국어 4학년 1학기
- 10단원 – 인물의 마음을 알아봐요

《마음을 잇는 30센티》 내용 중 인상 깊은 장면을 찾아보고, 그 때의 등장인물의 마음을 이해하며 책을 읽는다.

| 인상 깊은 장면 | 등장인물의 마음 |
|---|---|
| **가** 반 아이들이 체험 학습 때 식물원에 가서 길을 잃은 부열이를 찾기 위해 여기저기 흩어져 부열이를 부르는 장면 | 예시) 반 아이들: 장애가 있는 친구가 사라져 많이 놀라고 걱정되었을 거다.<br>부열이: 친구들이 자신을 찾아줘서 고마웠을 거다. |
| **나** 예술기획사 아저씨가 예술제 전시장에서 시원이의 숭례문 작품을 보고 시원이에게 조언을 해주는 장면 | |
| **다** 병호가 교실에서 부열이와 다퉜을 때 발작하는 부열이를 보고 겁이나 울음을 터뜨린 장면 | |
| **라** 시원가 방과 후 아이들과 모여 부열이의 개인 전시회 추진 회의를 하면서 적극적으로 참여하는 병호와 화해하는 장면 | |
| **마** 부열이가 개인 전시회 때 전시장에서 병호가 만든 티셔츠가 마음에 들어 병호를 보며 미소 짓는 장면 | |

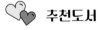 **추천도서**

《이상하지도 아프지도 않은 아이》 책의 저자는 태어날 때 의료사고로 시각장애인이 되었지만, 열심히 공부해 변호사가 된 김예원 작가다. 인권 변호사인 저자가 장애 인권을 주제로 쓴 동화로 장애인을 깊이 이해할 수 있다.

불만 왕 뽑기 대회

글 정복현, 그림 이갑규, 출판사 리틀씨앤톡

{ 책 소개 }

《불만 왕 뽑기 대회》를 읽으며 옛 TV 프로그램이 생각났다. 1998년부터 99
년까지 방송했던 SBS 〈기쁜 우리 토요일〉의 간판 코너였던 '영파워 가슴을 열어
라!'이다. 이 프로그램은 중·고등학생들이 학교 옥상에 올라 자신의 고민이나 불
만을 외치는 형식이다. 당시 '누구나 한 번쯤 생각해 봤을 법한 고민'에 시청자들
의 공감을 샀다. 또 '생각지도 못한 불만'에 웃음을 터뜨리기도 했고, '나였다면 하
지 못할 얘기'를 대신 외쳐주는 아이들을 보며 대리만족을 느끼는 시청자가 많았
다. 이 방송에 출연한 학생들 다수는 문제가 해결되지 않더라도 자신의 고민, 걱정
등을 이야기하는 것만으로도 감정이 해소돼 만족하는 것 같았다. 그때의 학생들 모

습이 《불만 왕 뽑기 대회》의 등장인물과 오버랩 돼 책을 읽으며 웃음이 났다. 실은 아이들을 가르치다 보니 이런 상황을 자주 겪는다. 내가 가르치고 있는 아이들도 교습소에 오자마자 있었던 일을 토로하기 바쁜 때가 있다. 그럴 때면 그저 "아이고, 그랬구나."라고 공감하며 들어준다. 그러면 이야기를 들어주는 일이 별것 아닌데도 아이들 표정이 더 밝아지는 걸 느낄 수 있다.

학교 수업 시작 전에 자유롭게 노는 다른 반과 달리 책을 읽어야 하는 콩자(이름 '나공자'를 세게 발음해 붙인 별명) 선생님네 반 아이들은 불만을 토로하기에 바쁘다. 결국 한 아이의 제안으로 '불만 왕'을 뽑기로 하며 이야기가 시작된다. 대회에 참가한 아이는 하고 싶은 걸 못 하고 하기 싫은 걸 억지로 해야 해 불만인 은중이, 반장으로 뽑아 놓고 반장 탓을 하거나 반장 말을 듣지 않아 불만인 반장 하민이, 남들 눈에는 안 보이는 게 자신의 눈에는 잘 보여서 신경 쓰게 되는 게 불만인 한나, 동생이 귀엽지만 밉기도 해 괴로운 유찬이, 자신의 마음에 꼭 드는 친구가 없는 게 불만인 수림이까지 총 다섯 명이다. 아이들의 불만을 들은 반 친구들은 '나도 너와 같다'라고 공감을 하기도 하고, '그건 불만이 안 된다'라며 위로를 하기도 한다. 또 '잘하고 있다'며 응원도 한다. 그렇게 불만 왕 뽑기 대회를 통해 아이들은 혼자만 끙끙 앓던 불만을 친구들에게 털어놓으며 공감, 위로, 격려를 얻는 이야기다.

### 🐤 《불만 왕 뽑기 대회》에서 생각할 내용을 찾아보자.

학급 반장인 하민이는 아이들이 "반장이 그것도 못해?", "반장이 돼 가지고 왜 그래?", "반장이면 다야?" 하며 반장 탓을 하거나 반장 역할을 강요하는 거에

괴로움이 컸다. 새 학기가 되면 내가 지도하고 있는 교습소 아이들에게 '반장 선거'
에 나가는지 묻곤 하는데 한번은 고학년 아이가 "아니요. 안 나가는데요. 반장 되
면 할 일이 너무 많아져요."라고 나가지 않는 이유를 얘기하는 거다. 이처럼 학급
에서 반장 또는 다른 어떤 역할을 맡는 것에 대해 아이마다 맡고 싶은지 아닌지
의견이 나뉘곤 한다. 이 책을 읽으며 학교에서 역할을 맡으면 어떤 점이 좋은지,
나쁜지 함께 이야기 나눠보고, 역할을 맡은 학생과 그렇지 않은 학생이 서로를 어
떻게 도와야 할지 생각해 보면 좋겠다.


　　주변 일에 관심이 많고 관찰력이 좋은 한나는 평소 반갑게 인사 나누던 아파
트 경비 아저씨가 주민으로부터 갑질 당하는 모습을 목격하게 된다. 그 후 경비 아
저씨가 극단적 선택을 하려 했다는 소식을 들은 한나는 이 일을 방관하는 어른들
을 대신해 용기 내 언론사에 제보하며 진실을 알린다. 이 장면을 보며 지난 24년
5월에 화제가 되었던 뉴스 〈로블록스 5.18 역사 왜곡 게임〉이 떠올랐다. 초등학교
6학년 학생이 '5.18 역사 왜곡 게임'을 언론에 제보한 사건이다. 이 학생은 게임 플
랫폼 업체 '로블록스'에 해당 게임을 신고했지만 아무런 제지 조치가 이뤄지지 않
자 '사태의 심각성'을 언론에 제보해 '다른 초등학생들'이 이 게임을 하지 못하게 막
았다. 내가 만약 한나였다면, 그리고 게임을 신고한 학생이었다면, 어떻게 했을까?
이 일을 통해 어린아이라 할지라도 사회의 일원으로서 주변에 관심을 둔다면 정의
로운 일에 참여할 수 있음을 알게 해준다.


　　수림이는 친구가 실수하면 이해하기보다 친구와의 관계를 끊는다. 그리고 새
로운 친구를 사귀며 자기 마음에 드는 친구 찾기를 계속해 나간다. 수림이가 친구

를 사귈 때 친구의 단점보다 장점을 봤다면 어땠을까? 더 좋은 관계를 유지할 수 있지 않았을까? 사람은 누구나 장단점을 갖고 있으니 말이다. 우리 아이와 함께 '나를 좋아하는 친구들은 나의 어떤 점을 좋아하는지' 그리고 '나는 내 친구들의 어떤 점이 좋은지'를 이야기해 보자.

 **아이와 함께 교과서 연계하기**

- 국어 4학년 1학기
- 10단원 - 인물의 마음을 알아봐요

《불만 왕 뽑기 대회》를 읽고 인물의 마음을 짐작해 봐요.

| 인물 | 상 황 | 인물의 행동이나 말 | 인물의 마음 |
|---|---|---|---|
| 은중 | 아빠 몰래 키우던 누에를 들켰을 때 | 예시) "아빠! 잘못했어요. 다시는 아빠 허락 없이 안 키울게요." | 이제 곧 누에고치가 되는데 들켜서 억울하고 슬픈 마음 |
| 하민 | 반장인 하민이가 반규칙을 어긴 찬우 이름을 칠판에 적자, 찬우가 "반장이면 다 야?" 소리 지르며 지우라고 했을 때 | | |
| 한나 | 평소 반갑게 인사하던 아파트 경비 아저씨가 아파트 주민에게 괴롭힘당하는 모습을 목격했을 때 | | |

| 유찬 | 부모님이 동생 세찬이만 예뻐해 질투했는데, 세찬이가 몸이 약하게 태어나 신경 쓴 사실을 알았을 때 |
| --- | --- |
| 수림 | 수림이는 미서와 친해진 후 또 자신의 마음에 안 들자 절교를 선언하는데, 그때 미서가 도리어 수림이의 잘못을 꼬치꼬치 따졌을 때 |

 **추천도서**

나에게 불만인 일이 누군가에게는 부러운 일이 되기도 한다. 《4학년 5반 불평쟁이들》은 안 좋기만 할 것 같은 일에 대해 좋은 면으로 생각해 볼 수 있다는 것을 알게 하는 이야기다.

# 거상 김만덕

글 민병덕, 그림 윤종태, 출판사 살림어린이

{ 책 소 개 }

"선생님, 저 애들 주려고 젤리 가져왔어요."

"선생님, 이번에도 애들하고 같이 먹으려고 초콜릿 가져왔어요."

"선생님, 오늘은 이거 가져왔어요."

두어 달 전부터 한 아이가 수업을 올 때 친구들에게 줄 간식을 가져왔다. 한두 번 그러다 말 거로 생각했는데 여전하다. 간식뿐 아니라 아이들에게 줄 선물을 챙겨올 때도 있고 해서 '친구를 생각하는 마음'을 칭찬해 주며 그만 가져오라고 해도 계속되고 있다. 그런데 함께 수업 중인 아이들이 "야, 다음에는 내가 가져올게." 하는 거다. 나눔은 전염되나 보다. 함께 나눌 때의 기쁨을 아는 정말 예쁜 아이들.

반대로 나눔에 인색한 경우도 있는데 말이다. 《거상 김만덕》을 통해 진정한 나눔의 가치를 느껴보면 어떨까?

조선시대 양인 신분의 집에서 태어난 주인공 만덕은 부모님의 사랑을 듬뿍 받으며 오빠 만석과 함께 제주도에 살았다. 그러던 중 만덕이 열두 살 때 장사하던 아버지가 사고로 돌아가신다. 그 이후 어머니가 정신을 잃고 몸과 마음이 쇠약해지다 돌림병으로 끝내 숨을 거두고 만다. 부모님을 여의고 당장 먹고살기 막막해지자 오빠 만석은 큰아버지를 따라 큰 집에서 살게 된다. 결국 혼자 남은 만덕은 가까이 지내던 안덕댁 아주머니의 도움으로 월중선이라는 기생집으로 집안일하러 가게 된다. 월중선은 열심히 일한 만덕을 예쁘게 봐 자기 수양딸로 입양하고 나중에는 자신과 같은 기생이 되도록 한다. 만덕은 기생이라 해도 예술가로서 제주도 제일의 명기가 되겠다고 다짐한다. 결국 만덕은 풍류를 알고 덕을 쌓으며 소양을 넓혀 만덕을 모르는 사람이 없을 정도로 유명한 명기가 된다. 하지만 기생으로 살아가는 것이 가족에게 늘 죄스러웠던 만덕은 기생 신분을 벗어나 양인 신분을 되찾고자 한다. 그래서 만덕은 제주 군수와 판관의 도움으로 양인 신분을 되찾고 아버지의 어깨너머로 배운 장사를 시작한다. 상인이 된 만덕은 남자도 하기 힘들다는 장사로 큰돈을 벌어 성공한다. 그리고 흉년으로 힘든 백성들을 위해 전 재산을 망설임 없이 나누는 감동적인 이야기다.

### 🐤 《거상 김만덕》에서 생각할 내용을 찾아보자.

만덕은 기생 신분을 벗어나 장사를 하며 남긴 이윤으로 어렵게 살고 있는 백성을 도와줄 결심을 한다. 만덕의 결심을 들은 군수 박인재와 판관 한유추는 남자들도 힘들다는 장사를 여자가 할 수 있을지 걱정하는데, 만덕은 "사람이 하는 일에 어찌 남자, 여자의 구분이 있겠냐?"라며 도와달라 부탁한다. 이처럼 조선시대에는 남녀의 역할 구분이 심했다. 현대사회를 거치며 여성의 사회적 활동이 활발해지고 그 구분이 많이 줄었지만, 여전히 차별이 남아있다. 인터넷 신문사 〈투데이 신문〉에서 24년 6월부터 9월까지 연재한 '남녀편견지사'를 본 적 있다. 기사는 성별에 구애받지 않고 원하는 직업을 택한 이들을 소개하며 성평등 사회를 위한 노력을 담아낸 내용이었다. 소개된 이들을 보면 남자란 이유로 서류 탈락만 70번 됐던 보육교사, 금남(禁男) 구역에 뛰어든 남성 메이크업 아티스트, 여성 대리운전 기사와 차량 정비사 등 다양한 직업군에서 우리 사회의 성별 고정 관념을 극복한 멋진 분들이다.

만덕은 큰 장사를 위해 꼭 필요한 덕목으로 정직한 신용을 꼽는다. 또 장사를 하는 사람이 자신의 이익만 남기려 하지 않고 생산자나 중간 도매상에게 적당한 가격을 주고 그들도 이익을 남길 수 있도록 장사를 해야 한다는 원칙을 갖고 있었다. 그래야 이익을 남긴 생산자와 도매상이 품질 좋은 물건을 많이 가져올 것이라는 이유다. 가끔 뉴스를 통해 "농사를 지어도 남는 게 없다."는 농부의 하소연을 듣는 경우가 있다. 하소연은 대다수 '유통과정의 폭리' 때문이었다. 만덕의 장사 원칙처럼 생산자, 유통사, 판매자가 모두 이익을 남기며 더 좋은 방향으로 발전하려면 어떻게 해야 할까?

다른 상인들은 온갖 멋을 부리며 자신의 부유함을 자랑하는 반면, 만덕은 그렇지 않아 간혹 지독한 구두쇠라는 오해를 받기도 한다. 그러다 백성들은 만덕의 깊은 마음 씀씀이에 감탄해 구두쇠라는 오해를 풀게 되는데. 오랜 흉년에 백성들이 굶주림으로 어려운 생활을 하게 되자, 만덕이 갖고 있던 쌀을 무료로 나눠줬기 때문이다. 이러한 거상 김만덕의 행적을 알게 된다면 '아름다움의 가치'에 대해 다시금 생각해 보게 된다. 나의 외모를 가꾸는 '외적 아름다움'과 다른 사람에게 베풀 줄 아는 '내적 아름다움'에 중 어떤 게 더 가치가 있을지 말이다.

### ✏️ 아이와 함께 교과서 연계하기

- 도덕 4학년 1학기
- 3단원 – 아름다운 사람이 되는 길

《거상 김만덕》을 읽고 '나눔'에 대한 생각을 하며, 아름다운 사람이 되기 위해 내가 실천할 수 있는 일을 마인드 맵으로 정리해 보자.

예시) 나눔 – 어려운 사람, 먹을 것, 안 입는 옷

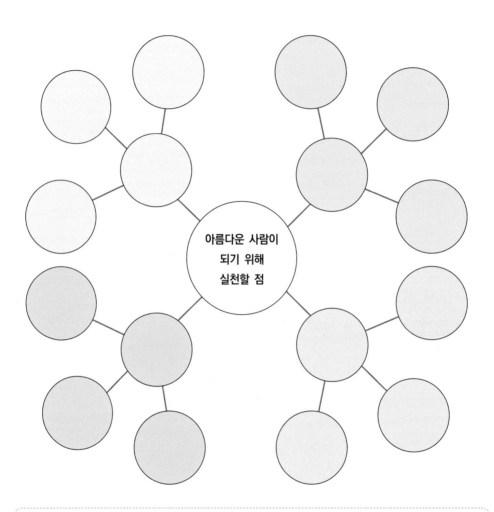

아름다운 사람이
되기 위해
실천할 점

 **추천도서**

기부, 나눔에 대한 8편의 단편으로 구성된 동화집이다. 다양한
방법으로 나눔을 실천하고, 나눔으로써 행복을 느낄 수 있다는
것을 알게 하는 감동적인 이야기다.

# 밤티마을 마리네 집

글 이금이, 그림 한지선, 출판사 밤티

{ 책 소개 }

호캉스(호텔에서 바캉스를 즐기는 것을 뜻하는 신조어), 캠핑에 이어 5도2촌 라이프를 즐기는 사람이 늘었다. 5도2촌은 도시에서 5일, 시골에서 2일을 살며 주중에는 직장이 있는 도시에서, 주말에는 여유롭게 휴식을 취하거나 농사지을 수 있는 시골에서 생활하는 거다. 나는 어릴 적 시골 친척 집에 방문했던 일 외에다 커서는 시골에 갈 일이 거의 없었다. 그러던 중 5도2촌 생활을 시작하신 생각연필 대표님의 초대로 2촌 시골집을 최근에 방문하게 됐다. 방문 당시 상당히 놀랐던 건 주변에 모여 있는 몇몇 집의 사람들이 도시와 시골을 오가는 외지인이라는 사실이었다. 또 한 가지 놀랐던 건 농사일을 하던 많은 외국인 노동자였다. 그

때 주변 양상추밭에서 십여 명의 사람들이 수확하고 있었는데 전부 외국인이었다. 하루 종일 넓은 밭일을 하는 외국인들과 인사를 건네며 짧은 대화를 나눴는데 한국말도 잘해 더 놀랐다. 요즘은 식당만 가도 주방, 서빙 일을 하는 분들이 외국인이 많은데 '이곳 농촌까지 이렇게 외국인이 많을 줄이야.' 체감으로 느끼는 날이었다. 통계청이 발표한 〈2023년 인구주택총조사〉에 따르면 국내에 3개월 이상 머문 외국인 수는 193만 5,000명으로 전년보다 18만 3,000명(10.4%) 급증해 역대 최대 증가율이라고 한다. 또 23년 12월 말 기준 국내 체류 중인 외국인 수는 약 251만 명으로 대한민국 전체 인구의 4.89% 비중을 차지한단다. 이처럼 이제는 우리나라도 '다인종·다문화 국가'에 진입했다고 말할 수 있다. 이런 상황에서 누군가 "우리는 함께 더불어 살아갈 준비가 되어 있는가?"라고 묻는다면 대다수는 답변을 머뭇거릴 것 같다. 그 이유는 한국에 정착한 외국인들에 대해 잘 모르기 때문이지 않을까. 이 책《밤티마을 마리네 집》를 통해 한국에 정착한 네팔인 마리네가 어떻게 한국에 살고 있는지 그들을 이해하고, 한국에 정착하며 형성한 '새로운 가족 형태'도 알게 되리라 기대해 본다.

    '밤티마을' 시리즈의 네 번째 이야기다. 첫 번째부터 세 번째 이야기에 등장했던 인물이 네 번째 이야기로 이어지며 반가움을 안긴다. 이제 초등학교 3학년인 주인공 마리는 한국에서 나고 자랐지만 네팔 사람이다. 네팔 사람인 엄마, 아빠가 한국으로 와서 일하며 삶의 터전을 잡았기 때문이다. 마리가 살고 있는 주택의 2층에는 원래 주인 할머니가 살고 계셨다. 마리를 예뻐하던 주인 할머니가 건강 문제로 이사를 가고 새로운 세입자로 밤티마을 영미가 이사 오며 이야기의 사건이 전개된다.

마리는 주인 할머니를 통해 '이사 올 집'에 자기 또래 아이가 있다는 이야기를
듣고 무척 기대했다. 하지만 아이는 없고, 무뚝뚝하고 불친절한 아줌마 혼자라 실
망한다. 마리는 주인 할머니가 계실 때부터 옥상 텃밭에 채소를 키우며 '제일 좋아
하는 공간' 중 하나가 '옥상'이었다. 그런데 옥상을 마음대로 사용하는 조건으로 집
을 계약한 영미로 인해 마리는 옥상 출입을 아무 때나 할 수 없게 된다. 그러다 영
미의 조카인 초등학교 1학년 진우가 영미네 집으로 놀러 왔을 때 영미는 마리에게
마음을 열고 만다. 진우가 옥상 텃밭에 물을 주러 온 마리에게 같이 놀자며 마리를
따르고, 마리 또한 진우와 잘 놀아줬기 때문이다. 그 후로 마리는 영미를 영미 이모
라 부르고 편하게 옥상에 드나들며 가족처럼 지낸다. 그리고 진우가 졸라서 영미 이
모의 고향인 밤티마을에 마리가 놀러 가게 되는데. 그로 인해 마리는 영미 이모에
대해 더 잘 알게 되고 가족들과 떨어져 혼자 지내는 영미 이모를 이해하게 된다.

그러던 어느 날 돌봄 센터를 다니던 마리는 친구들에게 거짓말쟁이로 몰리며
괴롭힘당하는 일이 생긴다. 친구 수민이에게 영미 이모를 자신의 친이모처럼 소개
했다는 이유에서다. 그 모습을 우연히 본 영미가 아이들에게 자신을 '마리의 친이
모나 다름없는 가족'으로 소개하며 마리를 도와준다. 그뿐만 아니라 마리가 살고
있는 주택이 재건축되어 이사를 해야 할 상황이 되자, 영미네 가족은 마리네가 밤
티마을로 이사할 수 있게 돕는다. 이 일을 통해 한국에 친인척 없이 외로웠던 마리
네에게 새로운 가족이 생기는 뭉클한 이야기다.

## 🐥 《밤티마을 마리네 집》에서 생각할 내용을 찾아보자.

마리가 다니는 돌봄 센터에는 마음을 터 넣고 얘기할 친한 친구 수민이가 있

다. 마리네가 밤티마을로 이사 가기 전 마리는 수민이를 집으로 초대하는데 수민이는 약속이 있어서 갈 수 없다고 한다. 그 약속은 마리와 같은 학교인 현서의 생일 파티에 초대받아 가는 거다. 그런데 수민이는 초대를 받지 못한 마리에게 현서네 엄마가 한국 친구만 부르라고 해서 현서가 초대하지 않은 사실을 전하고, 마리는 마음에 상처를 입는다. 친구를 사귈 때 어느 나라 사람인지 가려서 친구를 사귀어야 할까? 그러면 안 되는데 말이다. 이 장면에서 또 생각해 볼 내용은 '내가 만약 수민이라면 마리에게 현서의 생일 파티 초대에 대해 이야기할 것인가?'라는 거다. 친구가 상처받을 걸 안다면 이야기하지 않을지, 그래도 거짓말을 할 수 없으니 이야기할지 아이들이라면 똑같은 상황에서 고민이 될 수 있다.

마리는 자신이 늘 물에 떨어진 기름방울 같은 느낌이라고 한다. 한번은 수업 시간에 여러 나라의 명절 이야기를 나누는데 어떤 아이가 불쑥 자신의 아빠가 한 얘기라며, "외국 사람들이 한국에서 한국 사람들과 같은 대우를 받는 건 오히려 한국 사람 차별이다."라고 하자 아이들이 모두 마리를 봤다. 그때 초대받지 않은 자리에 찾아온 불청객처럼 마리는 다른 아이들의 눈치를 볼 수밖에 없었다. 입장을 바꿔 생각해 보면 어떨까? 인터넷 뉴스를 통해 우리나라 사람들이 외국에서 호의를 받은 일이 전해지면 왠지 마음이 따뜻해지곤 한다. 반면 제대로 된 치료를 받지 못하는 등 차별적 대우를 받는다면 내가 당한 일도 아닌데도 화가 나 적대적 감정을 갖게 되기도 한다. 사람 마음이 비슷하기에, 우리와 마찬가지로 외국 사람들 또한 우리나라에서 겪는 일에 똑같은 감정을 느끼지 않을까?

마리가 친구들에게 괴롭힘당하고 있을 때 영미 이모가 나타나 마리의 친구들

에게 자신을 마리의 친이모로 소개하며 마리를 돕는다. 그리고 마리네는 영미 이
모의 고향인 밤티마을로 이사하기로 하며 먼 타국에서 온 마리네한테 새로운 가족
이 생긴다. 마리는 밤티마을에서 제일 좋은 게 옆집 식구인 영미 이모네 가족이라
고 말한다. 이를 통해 가족의 개념에 대해 다시 생각해 보는 시간을 가질 수 있을
거다. 혈연관계 외에도 어떤 가족 형태가 있을지 말이다. 가족을 구성할 때 중요한
요소는 무엇이 있을까?

 ## 아이와 함께 교과서 연계하기

- 도덕 4학년 2학기
- 6단원 - 함께 꿈꾸는 무지개 세상

《밤티마을 마리네 집》을 읽고 서로 다른 문화와 사람들을 만났을 때 지녀야 할
태도를 생각해 보고, 장면 속 등장인물에게 어떤 말을 해주면 좋을지 생각해 봐요.

| 장 면 | 올바른 태도 또는 등장인물에게 해줄 말 |
|---|---|
| <19페이지> 마리는 아이들이 네팔 사람이라고 놀리거나 신기해하는 것도 싫지만 더 친절해지는 것도 아이들과의 관계에 선을 긋는 것 같아서 좋지만은 않다. | 예시) 마리에게: 아이들이 친절하게 대하는 걸 싫어하는 건 남의 호의를 무시하는 행동일 수 있기 때문에 친절을 있는 그대로 받아들이고 고마워하면 어떨까? |
| 〈159페이지〉 현서가 자신의 생일 파티에 한국 친구만 초대하라는 엄마의 말에 마리를 초대하지 않는다. | |
| 〈167페이지〉 준우는 '외국 사람들이 한국에서 똑같이 병원 가고 그러는 게 오히려 한국 사람 차별'이라는 얘기를 아빠에게 들었다고 말한다. | |

**추천도서**

필리핀 엄마를 둔 주인공 주리는 같은 반 친구와 다투다 "너희 나라로 가버려."라는 말을 듣고 상처를 받는다. 다문화로 정체성의 혼란을 겪던 주리가 다문화 아이들로 꾸려진 '레인보우 합창단'의 단원이 되어 다문화 친구들을 사귀며 자신의 상처를 극복하는 이야기다.

# 끝까지 초대할 거야

글 박현숙, 그림 조현숙, 출판사 잇츠북어린이

{ 책 소개 }

　　핸드폰이 없던 어린 시절에는 친구가 전부였다고 해도 과언이 아니다. 지금이야 혼자 핸드폰으로 게임을 하거나 영상을 보며 놀 수 있지만, 당시에는 친구가 있어야 놀면서 시간을 보낼 수 있었다. 학교 수업을 마치면 "몇 시까지 너희 집으로 갈게."라고 자연스럽게 약속을 정했다. 그때는 지금처럼 핸드폰도 없고 연락이 쉽지 않으니 말이다. 하지만 아이들도 핸드폰을 들고 다니는 요즘은 다르다. 한번은 내가 수업하는 교습소, 초등학교 3학년 팀에 새로운 아이가 합류하게 되었다. 수업을 마치고 가방을 챙길 때 오래 다닌 한 아이가 나서서 새로운 아이에게 "너 핸드폰 있어? 전번(전화번호) 교환하자." 하는 거다. 그러자 옆에 또 다른 아이가

"우리 톡 방 만들자."라고 얘기하면서 말이다. 요즘 아이들에게는 SNS로 친구와 소통하는 게 무척 익숙하다. SNS로 소통하는 게 빠르고 편리하기 때문이다. 반면 사이버 폭력 등 부정적인 요소도 상당해 많은 어른이 아이들의 SNS 사용을 제한한다. 그래서 아이마다 "학교에서 선생님께서 '톡 방 만들기' 금지했어요."라고 종종 얘기한다. 보도에 따르면 코로나19를 겪으면서 비대면으로 원격 수업을 할 때 등교 일수가 줄어들며 학생들의 갈등이나 다툼이 온라인으로 더욱더 확장되었다고 한다. '카톡 왕따'처럼 사이버 폭력 비중이 증가한 것 또한 이 무렵일 것이다. 그러다 보니 악플, SNS 왕따 등을 소재로 한 동화책도 늘었다. 그중 하나인 《끝까지 초대할 거야》는 따돌림을 당하는 모래와 따돌림을 시키는 민지의 입장에서 같은 사건을 풀어내는 형식으로 서로의 입장을 바꿔 생각해 보며 '갈등 해결 방법'을 잘 전달해 준다.

　민지와 모래는 서로의 엄마가 절친한 친구로 자연스레 친한 친구로 지냈다. 그리고 민지가 2학년 때 계단에서 굴러 무릎을 다치자, 수영이가 업고 보건실에 데려간 일을 통해 민지와 수영이는 친구가 됐다. 수영이에게는 절친인 보람이가 있었고 민지와 함께 다니던 모래까지 해서 넷은 사총사가 되었다. 그런데 이들의 우정에 금이 가게 된 건 아이들이 모래의 행동과 말투를 오해하면서다. 모래는 유행이 지난 학용품을 갖고 다니는 수영이에게 자신의 새것과 바꿔 주려 하고, 수업 중 발표할 일이 생기면 도와주려고 자신이 대신 발표를 했다. 하지만 사총사 친구들은 모래의 표정과 말투를 보고 잘난 척하고 아는 척한다고 오해해 더 이상 모래와 어울리지 않기로 한다. 특히 수영이가 주도해서 민지, 보람이와 함께 모래에게 싫은 티를 낸다. 하지만 눈치가 없는 모래는 친구들이 자신에게 왜 그렇게 행동하는지 이해하지 못한다.

그러자 수영이는 '우리는 더 이상 사총사가 아니다.'라는 것을 모래가 깨닫도록 단톡방을 만들어 모래를 '투명 인간 취급'하며 따돌리게 된다. 결국 이 사실을 깨달은 모래는 단톡방을 나오게 된다. 하지만 수영이는 한번 투명 인간은 영원한 투명 인간이라며 모래를 단톡방에 다시 초대한다. 이를 지켜보던 민지는 수영이가 좀 심하다는 생각을 하지만 나서지는 않는다.

그 후 모래가 학교에 결석을 하자 민지는 덜컥 겁이 난다. 엄마끼리 친한 민지는 모래를 따돌린 사실을 엄마가 알게 되어 혼날 것만 같기 때문이다. 결국 모래와 있었던 일을 알게 된 민지 엄마는 민지에게 조언을 해주고, 민지는 그동안 모래를 따돌린 게 미안하기만 하다. 또 모래는 학교를 가지 않고 집에 몰래 숨어 있는 동안 엄마가 학창 시절 친구와 주고받은 편지로 자신의 잘못된 행동을 알게 된다. 그 후 민지와 모래는 어색해진 서로에게 다가가지 못하다 학예회 준비를 하며 조심스럽게 다가가 화해하고 우정을 쌓는 이야기다.

## 🐤 《끝까지 초대할 거야》에서 생각할 내용을 찾아보자.

모래는 자신의 생일날 중국집에서 짜장면을 흡입하는 민지의 모습이 재미있고 신기해서 사진을 찍어 수영이와 보람이가 있는 사총사 카톡 방에 보낸다. 고의가 아니더라도 허락 없이 누군가 내 사진을 찍어서 공유한다면 그만큼 불쾌한 일이 없을 거다. 하물며 누군가에게 비웃음거리가 될 만한 사진이라면 더욱더 그렇다. 아무리 친한 사이라도 친구 관계에서 기본적으로 지켜야 할 예절은 어떤 것이 있을지 아이와 함께 생각해 보는 시간을 가져보자.

　사총사였던 수영, 보람, 민지는 잘난 척, 아는 척하는 모래를 싫어하게 된다. 급기야 눈치 없는 모래에게 더 이상 우리가 사총사가 아니라는 것을 스스로 알게 하기 위해 단톡방에서 투명 인간 취급을 한다. 그러다 모래는 학교 분식집을 지나다 자신을 따돌리고 셋이서 떡볶이를 먹으며 모래 자신의 흉을 보는 친구들을 보고 충격받아 단톡방을 나간다. 하지만 수영이가 투명 인간 취급을 하며 괴롭히기 위해 다시 초대한다. 학교 폭력에는 신체폭력, 언어폭력, 금품갈취 등 종류가 여러 가지다. 그중 하나가 따돌림으로 단순히 어울리지 않거나 다른 학생들과 어울리지 못하게 막는 행위, 놀리고 비웃으며 골탕 먹이는 행위, 겁주고 면박 주기 등의 행위가 포함되어 있다. 학교폭력을 예방할 수 있도록 학교폭력의 여러 유형에 대해 잘 이해하도록 해 보자.

　모래는 친구들에게 잘해줬는데 왜 따돌림을 당하는지 알지 못해 답답하기만 하다. 그러다 우연히 엄마의 학창 시절 편지를 보게 되는데, 민지 엄마가 모래 엄마 때문에 기분 나빴던 일에 다시는 그러지 않았으면 좋겠다는 내용의 편지였다. 그 편지를 읽은 모래는 엄마와 닮아 있는 자기 모습을 되돌아보며 달라진 모습으로 친구들에게 다시 다가간다. 자신과 똑같은 행동을 하는 상대방을 보고 반성하는 것을 '거울 치료'라고 한다. 객관화하여 그 모습을 보았을 때 비로소 역지사지의 마음으로 상대가 어떤 마음을 느꼈을지 이해되기 때문이다. 이처럼 우리 아이들에게 어떤 행동을 할 때 입장 바꿔서 '내 행동'으로 '상대방이 느낄 감정'을 생각해 보게 해, '공감하는 아이'로 성장시키면 좋겠다.

　민지 엄마는 민지에게 친구들이 '잘못된 길'을 가고 있으면 그 길이 '왜 잘못

되었는지' 알려 주어야 옳은데, 그러기는커녕 같이 미워하고 따돌리냐며 모래에게 다시 그렇게 해 보면 어떻겠냐고 이야기한다. 모래도 사실 장점이 많은 아이지 않냐면서 말이다. 누군가 싫어지면 더욱더 그 사람의 단점만 보이기 마련이다. 반면 장점을 보려 노력한다면 그 사람에 대한 이미지가 달라 보일 수 있을 거다. 나와 가장 가까운 사람부터 그 사람의 장점에 대해 생각해 보자.

## ✏️ 아이와 함께 교과서 연계하기

- 국어 4학년 1학기
- 1단원 – 생각과 느낌을 나누어요

《끝까지 초대할 거야》를 읽고 각 등장 인물의 인상 깊었던 말이나 행동을 적고, 그때 들었던 생각이나 느낌을 적어 보세요.

| 인물 | 말이나 행동 | 생각이나 느낌 |
| --- | --- | --- |
| 모래 | 예시) 24페이지-모래가 민지의 짜장면 먹방 사진을 찍어 허락도 없이 단톡방에 올린 것 | 남의 기분을 생각하지 않은 모래의 행동이 무례해 내가 민지였어도 기분 나빠 화냈을 것 같다. |
| 민지 | | |
| 수영 | | |

**추천도서** .

4학년 새 학기가 되고 초록이는 새리, 지애, 하린이를 사귀게
되며 단톡방에 초대를 받는다. 하지만 피구를 잘하는 초록이를
질투한 새리의 험담을 시작으로 우정이 깨지며 결국 초록이만
단톡방에 남겨두고 친구들이 단톡방을 나가버리는 이야기다.

기억을 파는 향기 가게

글 신은영, 그림 김다정, 출판사 소원나무

{ 책 소개 }

"낯선 여자에게서 그의 향기를 느꼈다."

40.50세대라면 기억할 만한 광고 문구다. 1996년의 남성 화장품 CF로, 한 여자가 길을 걷다 마주 오던 다른 여자에게서 애인의 향기를 느끼며 '바람'을 의심하는 상황이 연출된다. 그만큼 '화장품 향기'를 강조한 CF인데, 남성 화장품을 기존과 달리 감각적으로 광고해 당시 패러디 등 센세이션을 일으켰다. 나도 광고처럼 향기를 맡으면 누군가 떠오르는 경험이 있다. 20대 때 친했던 친구는 향수를 쓰지 않았지만, 늘 좋은 향기가 났다. 그 후 시간이 한참 지났지만, 여전히 길을 걷다 그 향기를 맡으면 본의 아니게 그때 그 친구가 떠오른다. 자신은 스킨, 로션만

바른다고 했었는데, 그 향이 나에게 향수보다 더 은은하게 각인되었던 것 같다. 그래서 나는 내가 향에 민감한 사람이라는 생각을 했었는데, 그건 착각이었다. 왜냐하면 향기는 우리 뇌 속에 기억되면 상당히 오래 지속된다는 것이 과학적 연구 결과로 입증되었기 때문이다. 2001년 미국의 한 연구에서는 사람들에게 사진과 특정 냄새를 함께 제시한 뒤, 나중에는 사진을 빼고 냄새만 맡게 했다. 그러자 사진을 보았을 때보다 과거의 느낌을 훨씬 더 잘 기억해 낸다는 사실을 밝혔다고 한다. 이처럼 향기는 단순히 후각적인 향을 전달하는 것 외에 그 순간을 스냅샷으로 기억과 함께 전달한다고 봐야 하겠다. 최근에는 이를 적용한 '향기 마케팅'이 각광받고 있다. 대표적인 사례로 공연장의 공간에 시그니처 향을 더해 '향기로 기억될 수 있는 공연'을 제공하는 콘서트, 전시회 등이 있다. 이 책 《기억을 파는 향기 가게》를 읽으며 향기와 함께 스냅샷으로 기억되는 누군가 또는 추억을 떠올려 보면 어떨까?

수향이는 맞벌이하는 엄마, 아빠, 그리고 할머니와 함께 산다. 언제부턴가 할머니가 친구 이름, 약속, 심지어 할아버지 제삿날을 깜빡깜빡해 병원을 가보니 치매라고 하는 게 아닌가. 그 후 할머니는 점차 기억을 잃어갔고, 그럴 때마다 어릴 적 사진을 꺼내어 그리웠던 당시의 냄새 찾아 킁킁거린다. 그런 할머니 모습을 보며 속상한 수향이는 학교 수업을 마치고 집으로 오는 골목길에 우연히 K향기 가게를 발견하게 된다. 수향이는 치매에 걸린 할머니를 위해 추억의 향기를 사려고 하지만 돈이 없다. 결국 K향기 아저씨에게 부탁해 청소를 도와주고 그 대가로 향기를 얻기로 한다. K향기 가게에서 열심히 일하던 수향이는 경쟁업체인 S향기 가게 아저씨의 이간질과 계략에 넘어가 K향기 아저씨를 의심하고 레시피를 훔치려다 그

만둔다. 그 후 K향기 아저씨가 자신에게 말도 없이 할머니를 찾아가 향기를 전해
준 것을 알고 사과하고 감사 인사를 전한다. K향기 덕분에 수향이 할머니는 놀랄
만큼 천천히 기억을 잃을 수 있었고, 수향이는 K향기에서 '향기로 행복을 되찾는
일'을 계속하며 보람을 느끼는 이야기다.

### 🐤 《기억을 파는 향기 가게》에서 생각할 내용을 찾아보자.

　　S향기 가게 아저씨는 수향이에게 K향기 가게의 금고에서 향기 레시피를 꺼내
오면 자신이 할머니에게 필요한 향기를 공짜로 만들어 주겠다고 한다. 수향이는 갈
등 끝에 금고 문을 열지만 레시피를 꺼내는 것을 포기한다. 레시피가 없어지면 K
향기를 필요로 하는 사람들에게 향기를 만들어 줄 수 없기 때문에 자신의 욕심을
포기한 것이다. 이 부분에서 수향이가 물건을 훔치려 했던 잘못은 뒤로하고, '갈등'
에 중점을 둬 생각해 보자. 우리는 종종 이익을 취할 때 개인과 타인 중 어떤 가치
를 더 중요하게 여길지 고민하는 순간이 온다. 어떤 상황일 때 개인적 이익이 타인
또는 사회적 이익보다 우선될 수 있을까? 반대로 타인 또는 사회적 이익이 우선되
는 경우는 언제일지 기준을 갖고 생각해 볼 필요가 있다.

　　수향이는 K향기 아저씨가 자신 몰래 할머니에게 향기를 만들어 준 것을 알고
자기 행동을 반성하며 K향기 아저씨에게 용서를 빈다. 잘못을 인정하고 용서를 빈
다는 건 용기가 필요한 일이다. 우리가 잘못했을 때 용서를 빌어야 하는 이유를 생
각해 본다면 좀 더 용기가 생기지 않을까?

K 향기 아저씨는 사람과 사람을 이어주는 것이 향기라는 신념을 갖고 일한다. 향기를 의뢰한 손님마다 원하는 향기와 관련된 추억을 꼼꼼히 조사해서 맞춤형 향기를 만드는 것이다. 반면 S향기 아저씨는 친구인 K향기 아저씨가 향기 마스터로 성공하자, 질투심에 K향기 옆에 가게를 차리고 가격도 10분의 1밖에 받지 않으며 대충 비슷한 향기만 만들어 팔려 한다. 이 장면을 통해 어떤 일을 할 때 그 일을 좋아하고 잘하기 위해 진심으로 열심히 노력한다면, 성과로 이어질 뿐 아니라 주변에서도 그 가치를 알아봐 주게 될 거라는 걸 다시금 느껴본다.

## ✏️ 아이와 함께 교과서 연계하기

- 국어 4학년 1학기
- 1단원 – 생각과 느낌을 나누어요

《기억을 파는 향기 가게》에서 수향이는 반 친구 보람이가 가져온 장미향 핸드 크림을 통해 가족과 함께 갔던 장미꽃이 활짝 핀 공원의 추억을 떠올린다. 또 치매에 걸린 수향이 할머니는 옛 사진을 보자, 그때 그 시절 맡았던 향기를 그리워하며 추억을 떠올린다. 이처럼 '향기' 또는 '냄새'를 통해 기억되는 일을 떠올려 보고, 경험을 이야기해 보세요.

_____

_____

_____

_____

_____

**추천도서**

부자 동네로 이사를 오며 전학하게 된 주인공 노을이. 노을이
는 시력이 나빠 두꺼운 안경을 끼며 친구들의 놀림과 괴롭힘
을 당한다. 그러다 향기 도사인 경비원 할아버지의 도움을 받
아 뛰어난 후각으로 마음의 냄새를 맡는 향기력을 발달시켜
갈등을 해결해 나가는 이야기다.

# 수상한 별장의 비밀

글 최은영, 그림 김청희, 출판사 마주별

## { 책 소개 }

　　내가 운영하는 독서논술 교습소가 있는 일산에는 공원이 참 많다. 틈틈이 산책하러 다니곤 하는데 반려인과 함께 나와 산책하는 강아지도 많다. 작은 강아지들이 종종걸음으로 걷는 모습을 보면 그렇게 예쁠 수가 없다. 또 올해는 정발산을 산책 삼아 오르내렸는데 그곳에 '반려견 놀이터'가 생겨서 깜짝 놀랐다. 늘 목줄을 차고 다니던 반려견도 잠시나마 자유롭게 뛰노는 모습을 보고 있자니 보는 사람마저 홀가분해진 기분이랄까. 이렇게 일산에는 고양시에서 관리하는 반려동물 공원이 속속 생기고 있는데, 2023년 정발산의 '반려견 놀이터', 2024년에는 일산역 인근에 '일산서구 반려동물공원'을 오픈했다. 반려동물 양육자에게 이보다 더 좋은 소식이 있을까 싶다. 농림축산식품부의 '동물보호에 대한 국민의식조사'에 따르면 반려동물 양육 가구 비율은 2010년 17.4%에서 2022년 25.4%로 증가하며 4가구 중 1가구는 반려동물을 양육하고 있다고 한다. 또한 가구 내 반려동물 수(개와 고양이 등)는 2010년 524만 마리에서 2022년 799만 마리로 늘어났다고 한다. 이렇게 반려 인구가 늘어남에 따라 반려동물과 함께 살아갈 수 있는 환경을 갖출 수 있도록 제도적 개선과 함께 사회적 인식 변화도 필요해 보인다. 반려동물 증가와 함께 늘어나는 유기견을 줄이기 위한 반려동물 양육자의 '책임감 강화 방안'부터 비양육자를 배려한 '반려동물 양육 에티켓' 등 말이다. 이외에 《수상한 별장의 비밀》에 나오는 이야기처럼 반려동물을 '가족으로 보는 정서'를 고려하여 현재 민법상 반려동물을 '물건'으로 간주해 '사체를 폐기물로 처리'하는 등의 제도 개선도 필요하겠다.

이제 4학년이 된 가연이는 엄마에게 동생 나연이와 싸우지 않고 사이좋게 지내겠다 약속해 햄스터 토리를 키우게 된다. 하지만 평소 나연이가 토리를 건드려 가연이가 화내는 일이 많다. 그러던 어느 날 가연이가 집을 비운 사이 나연이의 실수로 토리가 가출하게 되고 결국 화단에서 죽은 채 발견된다. 큰 상실감에 빠진 가연이는 법규상 반려동물 사체를 쓰레기 종량제 봉투에 버려야 한다는 사실에 충격을 받는다. 가연이의 단짝 친구 미나의 아이디어로 가연이는 토리와의 이별식을 하기로 하며 마음을 추스른다. 그러던 중 미나가 키우던 강아지가 아파 가연이와 함께 동물 병원을 가는데. 그곳에서 가연이와 미나가 늘 산책하던 거문산 아래 새로 지은 별장의 주인을 만난다. 별장의 정체가 늘 궁금했던 가연이와 미나는 별장이 반려동물 장례식장임을 알게 되고 놀란다. 반려동물 장례식장 주인은 가연이가 반려동물 토리의 이별식을 해주려 한다는 이야기에 장례식장에서 추모할 수 있게 해

주고 아이들은 무척 기뻐한다. 하지만 기쁨도 잠시, 동네 주민에게 '반려동물 장례식장'의 소식이 퍼지며 주민들은 '환경오염'과 '집값 영향'을 이유로 영업을 반대하고 나선다. 이를 지켜본 가연이와 미나는 학교에서 활동했던 캠페인을 떠올리며 '반려동물 장례식장이 왜 필요한지' 홍보판을 만들어 캠페인을 해 '반려동물 장례식장'을 지키려는 이야기다.

### 🐤 《수상한 별장의 비밀》에서 생각할 내용을 찾아보자.

가연이네 반 아이들은 화장실 앞 반의 불편함을 극복하기 위한 방법으로 '화장실 예절 지키기' 캠페인을 하기로 한다. 캠페인으로 어떻게 해결될까 싶겠지만 정부, 공공기관, 회사, 민간단체, 개인 등 다양한 곳에서 캠페인 활동을 하는 것을 볼 수 있다. 이렇게 광범위하게 해결책으로 활용되는 이유는 캠페인을 통해 사람의 마음을 움직여 활동에 참여하게 하고, 사회·정치적 변화를 일으킬 수 있기 때문이다. 가까운 예로 아이들이 쉽게 이해할 수 있는 캠페인은 '코로나19 사회적 거리두기 캠페인', '학교 폭력 예방 캠페인' 등이 있다. 우리 아이가 알고 있는 캠페인은 어떤 것이 있는지, 캠페인을 통해 어떻게 생각이 바뀌었는지 아이와 함께 이야기해보자.

가연이는 반려동물 햄스터 토리가 죽었을 때 엄마가 "법규상 쓰레기봉투에 버려야 한다."고 해서 마음 아팠다. 현행 법률은 동물 사체를 생활폐기물로 분류하고 있다. 그래서 쓰레기 종량제 봉투에 넣어 배출, 동물 병원에 처리 위탁(의료폐기물로 소각), 동물 전용의 장묘시설 이용으로 처리해야 한다. 이를 어기는 경우 100

만 원 이하의 과태료가 부과되는데도 불구하고 이런 규정을 잘 모르는 반려동물 양육자가 많다. 2023년 한국소비자원의 〈반려동물 장묘 서비스 이용 실태조사〉 보도에 따르면 반려동물 사체 처리 방법으로 주거지나 야산에 매장 또는 투기가 41.3%, 반려동물 장묘시설(업체) 이용이 30%, 동물 병원에 처리 위탁 19.9%, 쓰레기 종량제 봉투에 담아 처리 5.7%, 기타 3.1% 순으로 조사되었다. 반려동물을 가족으로 여기는 정서상 쓰레기 종량제 봉투에 버리는 것은 죄책감이 따를 수밖에 없을 것이다. 반려동물 사체 처리의 올바른 방법을 이해하고 나라면 어떻게 할지 아이와 이야기 나눠보자.

가연이네 동네에 반려동물 장례식장이 생기자, 부녀회장 아주머니를 필두로 동네 사람들이 집값에 영향을 미친다는 이유로 영업을 반대하고 나선다. 2024년 8월 기준 국가동물보호 정보시스템에 등록된 전국의 동물 장묘업체는 75곳으로 전 국민의 약 30%가 반려동물을 키우는 데 비하면 턱없이 부족하다. 반면 가족처럼 여기던 반려동물을 위해 동물 전용 장묘시설을 찾는 경우가 많아지고 있다. 그래서 전국 곳곳에서 동물 장묘시설 건립을 위한 움직임이 활발하지만, 혐오시설로 인식되면서 주민들의 반대에 부딪혀 법정 싸움으로 번지기도 한다. 이처럼 지역 주민이 지대와 치안, 환경, 정서 등의 이유로 각종 혐오시설의 유치를 거부하며 집단행동을 하는 것을 일컬어 님비(NIMBY) 현상이라 한다. "내 뒷마당에는 안 돼."의 뜻으로 'Not In My BackYard.'의 약어다. 이러한 님비현상을 해결하기 위한 방법으로 그 지역 주민들에게 필요한 시설을 함께 건립해 주거나, 세금 감면 등의 혜택을 주기도 한다. 우리 주변에서 볼 수 있는 님비현상은 어떤 것들이 있는지 알아보고 극복 방법을 아이와 하게 이야기 나눠보면 어떨까?

##  아이와 함께 교과서 연계하기

- 사회 4학년 1학기
- 3단원 – 지역의 공공기관과 주민 참여

《수상한 별장의 비밀》에서 가연이와 미나는 반려동물 장례식장을 반대하는 주민들에게 반려동물 장례식장이 왜 필요한지 알리기 위해 홍보판을 만들어 캠페인 활동을 하기로 한다. 이처럼 주민 참여의 중요성을 생각하며 캠페인 홍보에 쓸 문구를 만들어 보자.

| 캠페인 제목 | 캠페인 문구 |
| --- | --- |
| 예시) 반려동물, 끝까지 책임져요! | 1. 예시) 가족 같은 반려동물, 쓰레기 종량제 봉투에 버릴 수 없어요.<br><br>2. 예시) 오랜 기간 함께한 반려동물, 장례식장으로 끝까지 책임져요.<br><br>3.<br><br>4.<br><br>5. |

 **추천도서**

주인공 환영이의 동네 빈 땅에 '대형 스포츠 센터'를 지을지 '특수 학교'를 지을지를 두고 지역 주민 간에 생긴 갈등을 해결해 나가는 이야기다.

# 송기옥 선생님의 추천 도서

## 송기옥 선생님

책을 좋아하는 아들 덕분에 동화의 매력에 빠져 독서지
도사가 되었다. 생각연필 울산남구점과 초등학교, 도서
관 등에서 아이들에게 읽고 쓰는 기쁨을 가르치고 있다.
블로그 blog.naver.com/ulsanpencil
인스타 @ulsanpencil

'책 좋아하나요?' '어떤 책 좋아해요?'
'잘 안 읽는다면 왜 그런 것 같아요?' 저에게
처음 오는 아이들에게 하는 질문들입니다. 같
이 온 엄마의 눈치를 슬쩍 보며 만화책만 본
다고 말하는 아이에게 엄지를 치켜들고 잘 하고 있다고 말해줍니다. 그러면 아이
의 입꼬리에서 살짝 웃음이 묻어나옵니다. 마지 못해 시작한 독서 수업이라 할지라
도 몇 개월 흐르면 아이는 어느덧 자기가 스스로 책을 골라갑니다. 이것도 읽고 싶
고 저것도 읽고 싶다고요. 물론 다 주지는 않습니다. 아이의 상황과 수준에 맞게, 시
기에 알맞게 읽어야 할 책을 줍니다. 독서도 일종의 자극이기 때문에 지나치게 빠른
단계로 읽다 보면 나이와 감성에 맞지 않게 오버 페이스로 읽을 수 있습니다. 더 새
로운 자극, 더 짜릿한 반전을 기대하며 읽게 되지요. 양서(良書)를 읽어야 하는 이유
는 지적 함양과 더불어 건전하고 진취적인 정서 발달에 도움이 되기 때문인데요. 아
이들에게 제가 읽지 않은 책을 주는 일은 없기 때문에 생각연필 독서지도사는 많은
책을 읽어야 합니다. 좋은 책을 선별하기 위해 밤 늦도록 읽는 노동을 마다하지 않
습니다. 책을 읽으며 아이들 한 명 한 명이 떠올라 수업할 때 아이들에게 책을 전해
주기도 전에 제가 먼저 설레기도 합니다.

　　지금은 동화를 사랑하는 독서지도사이지만 평범한 직장인 시절엔 회사 일과 관련된 자기계발서 위주로 책을 읽었습니다. 한동안 자기계발서를 읽다가 자연스럽게 경제나 인문학 등의 책으로 관심이 옮겨졌습니다. 그동안 내가 문학에 대해 너무 무지했구나 싶을 때도 있었고, 갑자기 지식인이 된 듯 지적 허영에 빠지기도 했습니다. 어떤 경제학 서적을 읽고 나서는 이렇게 쉽고 자세하게, 어린아이에게 설명하듯 책을 쓰신 경제학자에게 고마운 마음까지 들었습니다. 그러다 나무에서 가지가 뻗어 나가듯 사람의 마음에 관심을 가지게 되어 상담심리학과에 편입하여 공부를 시작했습니다. 아동심리학, 교육심리학, 학습심리학 등의 이론을 통해 독서의 중요성에 대해서 배우게 되었습니다. 독서가 중요한 것은 알겠는데 어떻게 적용하면 좋을지 고민이 되었습니다.

　　그 당시 초등학교에 막 입학한 큰아들은 제가 말하지 않아도 책을 보고 있고, 좋아하는 책은 여러 번 읽어 내용을 외우기도 하는 아이였습니다. 큰아들 덕분에 작은 도서관을 드나들며 사서 봉사를 하고 같이 동화책을 읽었습니다. 동화를 읽으니 재미있기도 하고 어쩐지 낯간지럽기도 했습니다. 그러면서 이 책을 이런 방법으로 접근하면 어떨까? 이 책과 저 책을 함께 읽으면 두 가지 입장을 이해할 수 있을 것 같은데…. 같은 원작에서 각색된 것을 저학년 때는 이 책으로, 고학년 때는 저 책으로 읽으면 참 좋겠는데…. 이런 생각을 하며 책을 읽었습니다. 깊이 있는 책 읽기가 무르익어 가면서 막연하게 떠올렸던 것들은 '생각 연필'을 만나면서 구체화되었습니다. 그저 많이 읽기만 하는 것이 아니라 자신의 생각을 한 편의 글로 쓰게 하는 것이 너무 좋았습니다. 책을 읽고 학습지 형태의 단순한 빈칸 채우기가 아니라 온전히 한 편의 글을 스스로의 힘으로 써 내려가는 것에 커다란 매력을 느꼈습니다. 예전에 초등학생들을 가르친 적이 있는데, 아이들이 문제를 이해하지 못해서 설명을 해달라는 요청을 하루에도 몇 번이나 했었습니다. 문해력이 단지 책을 읽고 이해하는 것을 넘어서 학습 전반에 상당한 영향을 준다는 것을 깊이 느낄 수 있었습니다. 뒤집어 생각하면 책을 제대로 읽고 자신의 생각을 정확하게 말하며, 그것을 글로 쓸 수 있는 아이들은 아주 강력한 무기를 가지고 있는 것입니다.

이번에 소개하는 책들은 그런 관점에서 많은 고민을 하여 엄선한 책들입니다. 다양한 관점에서 생각할 수 있도록 여러 분야의 책을 골고루 선정하되 가장 중요한! 재미있는 책들로 구성하였습니다. 아이들과 함께 읽어 보시고 서로의 생각을 나눠 보세요. 정답은 없습니다. 어떤 것을 가르칠 필요도 없고요. 같은 책을 읽고 대화하며 유대감을 쌓는 것 만으로도 그 책의 역할은 충분했을 거라 생각합니다.

# 처음 가진 열쇠

글 황선미, 그림 신민재, 출판사 웅진주니어

## { 책 소개 }

　내가 처음 가진 열쇠는 어떤 열쇠였을까? 아마 초등학교 입학 후, 일하러 다니시는 엄마 때문에 집 열쇠를 목에 걸고 다닌 것이 처음 가진 열쇠였을 거다. 행여 놀다가 잃어버리지는 않을까, 누가 훔쳐가지는 않을까? 목에 매달려 있는 열쇠를 하루에도 몇 번씩 만지작거리던 기억이 또렷하다. 혹시 내가 제대로 문을 잠그지 않거나 열쇠를 도둑 맞아 집에 도둑이 들면 어쩌나 하는 막연한 불안감도 있었다. 집 열쇠를 잃어버리는 날에는 집에 들어가지 못해 엄마가 오실 때까지 몇 시간을 밖에 서 있어야 했다. 엄마의 불호령과 잔소리는 덤이었다. 어린아이였지만 잘 지키고 챙겨야 하는 것이 집 열쇠였다. 단지 '열쇠'만이 아니라 그 안의 것을 지켜야 하는 무거운 책임감을 주었기 때문이다. 또한 열쇠는 그것을 가지고 있는 사람에게 문을 열고 닫을 수 있는 특권을 준다. 열쇠가 없는 사람은 열쇠를 가진 사람에게 의존하게 되니, 열쇠를 가지고 있다는 것만으로도 우월감을 느낄 수 있다. 그래서 아무에게나 열쇠를 맡기지 않는다. 문을 열고 닫는 막중한 임무와 그 안에 있는 것을 지켜야 하는 책임감이 오롯이 그에게 있으니 말이다. 이 책의 주인공 명자가 그런 열쇠를 처음으로 가지게 되었다. 과연 어떤 열쇠였을까?

4학년 말라깽이 소녀 '은명자'는 삼 남매 중에 맏딸이다. 명자는 폐결핵을 앓고 있어 늘 약과 주사를 달고 사는 아이다. 하지만 가슴이 아픈 아이라는 것이 무색하게 명자의 다리는 달렸다 하면 쌩쌩이다. 프로펠러처럼 빠르게 달리는 명자는 반장 도영이의 추천으로 원하지 않던 교내 육상부에 들어가게 된다. 생선 장사를 하는 명자 엄마는 아픈 맏딸이 집안일이나 거들 것이지 쓸데없이 육상까지 한다고 명자를 나무랐다. 엄마의 구박이 무서운 명자는 육상 연습 때문에 하교가 늦은 날에는 집까지 뛰어가서 밥도 안치고 방도 치워 놓았다. 힘든 육상 연습과 집안일로 고단해하던 어느 날, 명자는 우연히 1학년 3반 교실을 발견하고 눈이 번쩍 뜨였다. 다른 교실과 다르게 유리 책장에 책이 가득 꽂혀 있고 여러 학년의 아이들이 한데 모여 책을 읽는 풍경을 본 것이다. 명자도 무언가에 이끌리듯 들어가 처음으로 교과서가 아닌 동화책을 읽었다. 책 속에 펼쳐진 엄청나게 재미있고 굉장한 이야기들 때문에 책 읽는 재미에 푹 빠져버리고 말았다. 책이 점점 재미있을수록 명자가 집에 가는 시간이 늦어지고 그러니 집안일을 해놓지 못하고, 또 육상 연습을 하는 날은 책을 읽으러 가지 못하고…. 명자의 마음은 점점 복잡해졌다. 그러던 중 도서실 선생님께서 명자에게 도서실 열쇠를 맡아보겠냐는 제안을 하셨다. 도서실 열쇠는 명자가 책을 보고 싶을 때까지 보다가 문을 닫고 갈 수 있게 해주는 마법의 도구나 마찬가지다. 하지만 명자가 육상부 연습과 도서실 열쇠 담당, 두 가지 일을 모두 할 수는 없는 노릇이다. 명자는 고민에 고민을 하다 마침내 육상을 그만두고 도서실 열쇠 맡는 일을 선택했다. 도서실 선생님께 작고 단단한 열쇠를 받았다. 짤랑. 열쇠 부딪히는 소리. 명자가 처음 가진 열쇠의 소리였다.

## 《처음 가진 열쇠》를 읽고 생각해 보아요.

엄마는 명자에게 쓸데없는 생각, 쓸데없는 짓을 하지 말라고 한다. 이를테면 이런저런 상상하기, 6학년에게 위협받는 어린 학생 돕기, 육상부 들어가서 계주 선수 하기 등. 명자도 자신이 쓸데없는 짓을 많이 해 괴로운 일이 생긴다고 생각한다. 하지만 이런 일들이 정말 쓸데없는 것이었을까? 이런저런 상상을 하며 원하는 모습을 그려보고, 나도 힘들지만 나보다 어려운 사람을 돕고, 내가 잘하는 일에 최선의 노력을 기울이는 것. 그런 일들을 통해 명자가 성장하게 된다. 아이들에게 '쓸데없는 시간'이란 없다고 이야기해 주고 싶다. 사소한 것들이 모여 큰 것이 되니 말이다. 다만 요즘 아이들은 스스로 경험하는 것보다 영상 컨텐츠 등을 소비하면서 시간을 많이 보낸다. 내 손과 발, 몸으로 경험한 것들이 더욱 소중한 것임을 아이들에게 알려주고 싶다.

명자가 두 가지 일 사이에서 고민할 때, 도서실 선생님과 반장 도영이의 모습에서 용기 있게 결정할 수 있는 힘을 얻게 된다. 선생님의 따뜻한 눈빛과 지지는 명자에게 '이 열쇠를 맡을 만한 아이'라는 신뢰를 보여준다. '너를 믿고 맡긴다'라는 것만큼 아이의 자율성과 책임감을 키워주는 것이 또 있을까 생각해 본다. 또한 자신의 엄마를 욕하는 친구와 한바탕 몸싸움을 벌이는 도영이를 보면서 명자는 '지면서도 끝까지 싸워. 난 뭘 끝까지 해봤지?'라는 생각을 한다. 설령 싸움에서 지더라도 자신의 의사를 분명히 표현하기 위해 끝까지 싸우는 도영이를 보며 명자는 자신이 끝까지 할 수 있는 일이 무엇인지 고민했다. 끝까지 하는 힘은 이기는 힘보다 더 중요하지만 쉽게 낼 수 없다. 끈기 있게 지속하는 것은 큰 용기가 필요하기 때문이다. 명자는 주변 사람들을 통해 신뢰와 끈기, 용기를 배워간다. 주변에 배울 사람이 많다는 것은 참 행복한 일이다.

명자는 '잘할 수 있는 거랑, 하고 싶은 게 같으면 얼마나 좋을까?' 하고 생각한다. 명자가 잘 하는 것은 육상이지만 진짜 좋아하는 것은 도서실에서 책을 읽는 것이다. 두 가지가 같다면 좋겠지만 다르기 때문에 선택을 해야 한다. 명자가 육상을 그만두는 선택을 하고 육상부 코치님께 엎드려 뻗쳐로 엉덩이를 맞는다. 어정쩡한 태도로 팀과 육상부원들에게 피해를 준 것에 대한 벌을 받은 것이다. 명자는 오히려 홀가분함을 느낀다. 더 이상 어정쩡한 태도 때문에 갈등할 필요가 없기 때문이다. 선택을 해야 하는 상황은 참 많다. 도무지 어떻게 선택해야할지 모를 때 명자를 떠올려 보자. 요즘 아이들은 잘 하는 것도, 하고 싶은 것도 없다고 이야기하는 아이들이 많다. 명자처럼 달리기도 해보고 도서실도 가봐야 무엇을 하고 싶은지, 무엇을 잘하는지 알 수 있다. 좋은 선택도 다양한 경험과 시도에서 나오는 것이니까 말이다.

**아이와 함께 교과서 연계하기**

- 국어 4-2

- 2단원 마음을 전하는 글을 써요

이 단원은 편지나 쪽지, 댓글을 통해 마음을 전하는 글을 써보는 단원이에요. 책에 나오는 등장 인물의 입장이 되어 한 가지 주제에 대해 글해 글을 써봅니다. 먼저 보내는 사람과 받는 사람을 정하고 어떤 주제로 쓸 지 정해 봅시다.

| | 보내는 사람 | 받는 사람 | 주 제 |
|---|---|---|---|
| 가 | 육상 코치님 | 명자 | 예시) 육상부를 그만 둔 명자에게 하고 싶은 말 |
| 나 | 엄마 | 명자 | |
| 다 | 명자 | 도서실 선생님 | 예시) 도서실에서 읽었던 감명 깊은 책에 대해 |
| 라 | 명자 | 도영 | |
| 마 | 명자 | 엄마 | |
| 바 | ○○○ | ○○○ | |

 **추천도서**

진짜 도둑, 윌리엄 스타이그
왕의 보물창고를 지키던 수문장 '가윈'이 도둑으로 모함을 받았다. 보물창고의 열쇠는 왕과 가윈 둘만 가지고 있었기 때문이다. 왕은 가윈을 감옥에 가두고, 가윈은 상심하다가 탈옥하여 숨어버렸다. 여기저기 가윈을 찾아다니는 친구들은 가윈을 만날 수 있을까? 진짜 도둑은 누구일까?

# 우리집 가훈은 잘 먹고 잘 살기

글 박현숙, 그림 이경택, 출판사 예림당

{ 책 소 개 }

'가훈(家訓)'의 뜻을 찾아보면 '한 집안의 조상이나 어른이 자손들에게 일러주
는 가르침으로 한 집안의 전통적 도덕관으로 삼기도 하는 것'이라고 나온다. 책의
제목을 보며 나는 두 아들에게 어떤 것을 가르치고 있는지, 어떤 가치관을 가지라
고 일러주고 있는지 생각해 보았다. 막상 이제라도 가훈을 만들어 볼까 고민해 보
니 뭔가 그럴 듯하고 수준 높아 보이는 문구를 만들어야 소위 말하는 '있어 보이지
않을까' 하는 생각부터 들었다. 내가 아이들에게 알려주고 싶은 가치관이 무엇이
지? 그것부터 해결이 잘 되지 않았다. 초등학교에 다니던 시절에 학교 숙제로 가
훈을 적어가야 했다. 아빠한테 여쭤 보니 우리 집 가훈은 '당당하게 살자!'라고 하

셨다. 아, 안 좋은 말은 아닌데 왜 그리 부끄럽게 느껴지던지. 그대로 써가지도 못
하고 그렇다고 근사한 가훈이 생각나지도 않았던 그때가 떠올라 이 책을 읽으며
몇 번이고 웃었다. 그럼 이 책의 주인공 강호의 집으로 들어가 볼까?

　　강호는 자기 집 가훈이 너무 부끄럽다. 수업 시간에 '잘 먹고 잘 살자.'라는
가훈을 발표했다가 망신만 당했다. 가훈을 바꾸자는 강호의 불평을 들은 할아버지
는 강호 가족에게 돈을 주시며 일주일 동안 '잘 먹고 잘 살자.'의 진정한 뜻을 알아
오라는 숙제를 내주셨다. 제대로 숙제를 해오지 않으면 집에서 쫓아내시겠다고 엄
포를 놓으셨다. 강호네 가족은 아빠의 연이은 개업과 폐업 덕분에 할아버지 댁에
얹혀 살고 있었다. 돈을 받아든 엄마와 아빠, 동생 강수는 신이 났다. 엄마는 좋은
음식, 좋은 물건, 좋은 차. 좋은 것을 누리는 것이 잘 먹고 잘 사는 것이라며 당장
할아버지께 받은 돈을 털어 실행에 옮겼다. 아빠는 또 새로운 사업을 시작하고 싶
어 이 사람 저 사람을 만나며 거창한 계획을 세웠다. 동생 강수는 어땠을까? 피시
방에서 게임을 하고 간식 사먹느라 돈을 톡 털어먹었다. 가훈 바꾸는 것만 중요하
지 숙제에는 관심이 없던 강호는 가족들을 따라다니며 이것저것 먹다가 배탈이 나
고 만다. 배탈약을 사러 간 약국에서 마주친 노숙자 아저씨랑 엮이는 바람에 공짜
급식을 주는 '마음을 고치는 집'에 가게 되었다. 그 가게에서 강호는 설사를 하는
대형 사고를 치고 만다. 사고를 수습하다가 설거지를 돕게 되고 그 이후 몇 번을
더 들르며 다양한 사람들의 사연을 듣게 되었다. '마음을 고치는 집'은 어느 어르신
의 후원으로 이루어지는 무료급식소인데, 형편이 어려운 노인이나 노숙자 등 다양
한 사람이 오는 가게였다. 어느 날, 후원자가 사고로 식재료를 못가져다주시게 되
자 강호는 할아버지께 받은 돈 중 4만 원을 선뜻 내놓는다. 덕분에 급한 식재료를

구해 그 날의 무료 급식을 해결하게 되고 강호는 왠지 모를 뿌듯함과 보람을 느꼈다. 다른 사람을 위해 4만 원이라는 거금을 썼는데 전혀 아깝지가 않았다. 드디어 숙제 검사의 날, 강호는 도무지 가훈의 진정한 뜻을 발표하기가 어려웠다. 심지어 어디에 썼는지 출처를 말하기 어려운 4만 원 때문에 할아버지의 불호령이 떨어졌다. 당장 4만 원 받아오라는 호통에 강호는 다음 날 '마음을 고치는 가게'로 갔다. 돈을 달라는 말을 하지 못해 우물쭈물하고 있을 때, 마침 후원자 어르신이 그날의 찬거리를 사서 오시고 계시단다. 강호는 4만 원을 잘 받아올 수 있을까? 후원자는 과연 어떤 분이실까?

## 《우리 집 가훈은 잘 먹고 잘 살기》를 읽고 생각해보아요.

'잘 먹고 잘 살기'라는 가훈의 참뜻을 알아오는 숙제를 하며 가족들은 숨겨진 자신의 욕망을 마음껏 표출한다. 엄마에겐 그 동안 참아왔던 소비가, 아빠에겐 매번 망했던 사업을 또다시 시도해 사장님이 되고 싶은 허세가, 강수는 실컷 게임과 군것질을 누리는 자유가 그들의 욕망이었다. 책을 읽으며 엄마, 아빠, 강수의 행동이 한심하거나 유치하다는 생각이 들 수도 있다. 하지만 실컷 해보고 싶은 일이 무엇이었는지 안다는 것은 앞으로 어떤 일이 나에게 진정한 의미가 있을 지를 알아가기 위한 첫 발걸음이기도 하다. 시간과 돈이 주어졌을 때 막상 '내가 무엇을 하고 싶었나?' 잘 모르겠다는 사람이 의외로 많다. 잘 먹고 잘 살려면 먼저 나는 어떤 것을 좋아하고 원하는지 알아야 한다. 내 자신과 가까이, 더 자주 대화하면서 내가 진정 어떤 것을 소망하고 꿈꾸는지 알아보는 시간을 가져보자.

　　강호의 할아버지는 많은 돈을 벌었지만 구두쇠다. 자기 자신에게 돈 쓰는 것
에는 인색하다. 하지만 '마음을 고치는 집'의 후원자로 오랫동안 노숙자나 형편이
어려운 사람들에게 무료 식사를 제공해 오신 것을 보면, 남에게 베푸는 것에는 인
색하지 않으셨다. 강호 할아버지의 모습을 보며 매슬로우(Maslow)의 욕구 이론이
떠올랐다. 이 이론은 1단계 '생리적 욕구'에서　5단계 '자아실현의 욕구'까지 단계적
으로 서열화된 욕구 이론이다. 할아버지에게 '잘 먹고 잘 사는 것'은 곧 어려운 사
람을 도우면서 행복과 보람을 느끼는 '봉사'였기 때문에 최상의 자아실현을 이루고
계신 것이 아닌가하는 생각이 들었다. 할아버지의 이런 모습은 '마음을 고치는 집'
에서 급히 식재료를 사야 했을 때 선뜻 주머니 속 돈을 내어 놓은 강호의 모습과
겹쳐 보였다. 할아버지가 만든 가훈을 부끄러워하는 강호였지만, 할아버지의 뜻을
가장 잘 이해하고 있는 사람이 바로 강호였던 것이다.


　　'잘 먹고 잘 살기'라는 화두는 예나 지금이나, 남녀노소를 불문하고 꾸준히 회
자되고 있다. TV 프로그램으로 제작되기도 하고 관련된 책도 많이 있다. '웰빙'이
란 신조어가 생긴 이래 소소하지만 확실한 행복을 추구하는 '소확행'이나, 인생은
오직 한 번뿐이니 가진 것을 최대한 즐기며 살자라는 의미를 가진 '욜로(YOLO)',
절제된 소비와 투자 활동을 통해 경제적 자유를 이룬 다음 조기 은퇴의 삶을 살자
는 '파이어족'까지 있다. 결국 각각의 의미를 들어보면 잘 먹고 잘 살자는 건데, 시
대의 흐름에 따라 그 모양새는 다르게 나타나고 있다. 하지만 아무리 좋아 보이고
그럴 듯해 보여도 트렌드가 바뀔 때마다 다 따라할 수는 없는 노릇이다. '잘 먹고
잘 사는 것'의 방식은 나의 가치관이나 신념에 따라 정해져야 한다. 우리 집의 가
치관과 신념은 어떤 것인지 생각해 보는 시간을 가지면 어떨까? 다 같이 모여 '잘

먹고 잘 살기'에 대해서 진솔하게 이야기도 나눠 보고 가족 회의를 통해 가훈을 만들어 보는 것도 좋겠다.

## ✏️ 아이와 함께 교과서 연계하기

- 국어 4-1
- 1단원 생각과 느낌을 나누어요

이 단원은 시나 이야기를 읽고 생각이나 느낌을 나눠보는 단원입니다. 교과서에 경주 최씨 부자의 가훈이 소개되는데요. 가훈 속에 담긴 뜻을 알아보고 어떤 의미인지 되새겨 봅시다. 또한 우리 집의 가훈을 만들어 봅시다.

1. 경주 최 부잣집 6훈을 읽고 내용과 의미를 생각해 보아요.

|   | 최 부잣집 6훈 | 가훈 속에 담긴 의미 생각해보기 |
|---|---|---|
| 가 | 과거를 보되, 진사 이상 벼슬을 하지 마라 | |
| 나 | 재산은 만 석 이상 지니지 마라 | 예시) 재산을 너무 많이 모아두지 말라는 뜻인 것 같아. 일정한 양 이상이 모이면 주변에 베풀고 나누어 주라는 의미라고 생각해 |
| 다 | 손님을 후하게 대접하라 | |
| 라 | 흉년기에는 땅을 사지 마라 | |
| 마 | 사방 백 리 안에 굶어 죽는 사람이 없게 하라 | |
| 바 | 며느리들은 시집온 후 3년간 무명 옷을 입어라 | |

2. 우리 가족이 추구하는 가치는 어떤 것이 있을까?

예시) 최선을 다해 노력하는 것이 가치 있다. 남에게 도움을 청하기 전에 먼저
     스스로 노력해 보자. 봉사하는 이타적인 삶을 살자. 등등

3. 가족 회의를 통해 가훈을 정해 봅시다.

우리 집 가훈

 **추천도서**

일수의 탄생, 유은실

완벽하게 보통인 백일수 군이 초등학생들의 숙제를 대신해 주
는 아르바이트를 했습니다. 일수 군이 대신해 준 숙제는 '가
훈'을 붓글씨로 써가는 숙제였어요. 남의 가훈을 대신 써주며
자기 자신의 쓸모와 가치를 발견해 나가는 이야기가 유쾌하지
만 큰 울림을 주는 책입니다.

# 우리는 한편이야

글 정영애, 그림 원유미, 출판사 푸른책들

{ 책 소개 }

　　어린 시절, 아빠의 사업이 어려워지고 결국 사업을 정리하시던 무렵부터 엄마와 아빠는 자주 다투셨다. 집안 분위기가 살벌해지고 두 분의 언성이 높아지면 나보다 4살이 어린 남동생을 데리고 방에 들어와 분위기가 가라앉을 때까지 조용히 놀았던 기억이 난다. 어렸을 때 4살 나이 차이는 제법 컸기 때문에 남동생은 내 말을 잘 듣고 나를 많이 따르는 편이었다. 맞벌이를 하시는 부모님 대신 내가 숫자와 한글도 가르쳤다. 때론 매번 동생을 챙겨야 하는 것이 싫어서 애먼 동생에게 화풀이를 하거나 괜히 괴롭히기도 했다. 그래도 부모님이 안 계실 때는 우리 둘뿐이라 서로 많이 의지를 했다. 이번에 소개할 책을 읽으면서 어린 시절이 많이 생각

낳다. 책에 나오는 진경이처럼 동생을 좀 더 잘 보살필 걸, 그런 심한 장난은 치지 말 걸 하는 부질없는 생각에 잠기기도 했다. 궁핍하고 마음 시린 날들이었지만, 지나고 보니 그 시절 구석 구석에 우리 남매의 정이 켜켜이 묻어 있어 지금도 다정하게 지낼 수 있다는 생각이 든다. 형제, 자매는 부모님이 주시는 가장 큰 선물이라는 말이 참 피부에 와 닿는다.

## 📖 책 내용 살펴보기

유치원에 다니는 진호는 초등학교 1학년인 누나 진경이를 무척 좋아한다. 진경이는 진호와 재미있게 놀아주고 잘 챙겨주기 때문이다. 진경이와 진호의 아빠는 대학교 선생님인데 TV와 소파를 너무 좋아해서 매번 엄마의 잔소리를 듣는다. 또 건망증이 너무 심해서 엄마의 생일도 까먹었다. 뿐만 아니라 직장에 다니고 싶어하시는 엄마에게 절대 안 된다고 하시는 바람에 두 사람은 크게 싸웠다. 두 사람의 싸움은 점점 골이 깊어져 이혼 이야기까지 오가는 지경에 이르렀다. 진경이와 진호는 엄마 아빠가 다시 잘 지냈으면 하는 마음에 청소도 하고 공부도 스스로 하지만 소용이 없었다. 두 사람은 별거를 하기로 하고 진경이와 진호에게 누구와 함께 살 것인지 결정하라고 했다. 둘은 떨어지기 싫었지만 엄마 아빠의 다그침에 진경이는 아빠, 진호는 엄마와 살겠다고 말했다. 따로 살아야 하니 서로 가지고 갈 장난감을 나누었다. 헤어져 살 생각을 하니 눈물이 자꾸 났다. 눈이 퉁퉁 붓도록 울고 또 울다가 진경이가 큰 결심을 하고 말했다. "우리, 엄마 아빠와 별거하자." 당찬 진경이는 엄마 아빠와 살지 말고 진호와 둘이서 살자고 했다. 저금통을 깨 돈을 마련하고, 둘이서만 사는 건 무서우니까 세탁소에서 강아지도 한 마리 얻어왔다. 얼마 전

세탁소 아주머니가 키우는 개에게서 태어난 강아지였다. 당장 강아지를 집으로 데려갈 수 없어 둘만 아는 개울가 본부에 두기로 했다. 밤이 되자 강아지가 걱정되어 본부에 가봤더니 강아지는 온데간데 없이 사라져 버렸다. 진경이와 진호가 울며불며 온 동네를 찾아 다니다가 엄마 아빠께 사실대로 이야기를 했다. 가족 모두 강아지를 찾으려 다녔지만 헛수고였다. 결국 세탁소 아주머니께 사실대로 말씀드렸는데, 다음 날 강아지의 엄마 아빠가 강아지를 떡하니 찾아온 것이다. '지 새끼 찾는 거 보면 동물이 사람보다 낫죠?'라고 하시는 세탁소 아주머니의 말을 뒤로 하고 진경이네 가족은 강아지와 함께 집으로 돌아갔다. 강아지 소동으로 엄마 아빠의 별거 이야기는 쏙 들어갔다. 엄마 아빠가 강아지를 안아보며 진경이, 진호의 어릴 때를 떠올렸기 때문일까? 진경이와 진호도 신나게 집으로 달려갔다.

## 🐤 《우리는 한편이야》를 읽고 생각해 보아요.

어떤 상황에서도 믿고 의지할 내 편이 있는가? 특히 힘들고 지칠 때 내 편이 되어 주는 사람과 대화를 하는 것만으로도 큰 위로를 받을 수가 있다. 가족, 형제자매, 친한 친구 등 늘 내편이 되어 주는 사람이 있다는 것은 큰 축복이다. 가정의 해체 위기에서 진경이와 진호는 한 편을 먹었다. 절대 헤어지고 싶지 않은 두 아이는, 각각 엄마 아빠의 편에 서기를 거부했다. 어쩌면 부모들이 자기들에게 위협이 되는 존재라고 느끼기 때문이었을 것이다. 이런 아이들의 당찬 행동에 진경이의 부모님은 놀랐을 거다. 어른들끼리 치열하게 싸우는 동안, 아이들에게 무슨 일이 있었나 깨닫게 되었을 것이다. 게다가 진경이, 진호가 둘이 같이 살기 위해 강아지까지 얻어왔다는 사실을 알고는 당황하지 않았을까? 자기 새끼를 찾아오는 개들을 보면서, 서로를 지켜주고 보듬어 주는 가정 본연의 모습에 대해 되돌아보았을 것 같다.

부모가 아이를 사랑하는 것 못지않게 아이들도 부모를 사랑한다. 엄마 아빠가 헤어지지 않도록 진경이와 진호는 착한 일을 하려고 한다. 집안 청소도 하고 스스로 공부도 찾아서 했다. 말을 잘 듣고 착한 일을 하면 엄마 아빠의 사이가 좋아질 것이라 생각한 것이다. 부모의 다툼과 불화가 '나' 때문이 아님에도 아이들은 최선을 다해 좋은 행동을 하려고 노력한다. 부모님의 별거로 누구와 살지 결정해야 할 때, 진경이는 밥도 못하고 살림도 못하는 아빠를 따라가서 자신이 아빠를 돕겠다고 한다. 그럼 진호는 엄마가 외로우니 자신이 엄마를 따라가겠다고 한다. 당장 둘이 헤어져야 하는 상황이 너무 슬프지만, 엄마 아빠의 처지를 먼저 생각하는 진경이와 진호의 마음에서 부모를 사랑하는 아이들의 마음이 느껴졌다. 엄마 아빠가 만들어 버린 가정의 위기 속에서 동생을 지키려는 진경이의 모습은 정말 용기 있게 다가왔다. 형제, 자매는 확실한 한편이다. 물론 가정은 두말할 나위도 없다.

가정이 흔들리거나, 불안할 때 가장 큰 피해를 당하는 것은 아이들이다. 부모가 싸우는 것을 듣거나 보는 것만으로도 아이들은 심각한 생존의 위협을 느낀다. 특히 어린 아이일수록 자신의 생존이 부모에게 전적으로 달려있음을 본능적으로 안다. 때문에 학대, 폭력, 방임을 하거나 나쁜 부모라 할지라도 아이들은 그런 부모를 용서하고 수용한다. 용서나 수용이 인격적, 정서적 성숙에 기인한 것이 아니라 자신의 생존과 매우 밀접하기 때문에 가능한 것이다. 부부가 자신의 욕구와 감정에만 몰두해 각자의 말을 쏟아 내기 바쁠 때, 그 상황을 엄청난 인내와 절박함으로 참아내고 있는 자녀들이 있음을 깨우쳤으면 한다.

##  아이와 함께 교과서 연계하기

- 국어 3-1
- 4단원 내 마음을 편지에 담아

이 단원은 마음을 담아 편지 쓰는 법을 배우는 단원입니다. 편지의 형식을 알아보고 어떻게 마음을 담는 표현을 잘할 수 있을지 배워보아요.

예시) 책 속 주인공 진호가 되어, 진경이 누나에게 편지를 써 보아요. 교과서에 나오는 편지 쓰는 순서와 형식을 지켜서 써보고, 누나에게 고마운 마음을 표현하며 써 봅시다.

| | 순서 | 내용(예시) |
|---|---|---|
| 1 | 받을 사람 | 진경이 누나에게 |
| 2 | 첫인사 | 누나 안녕! 나 동생 진호야. |
| 3 | 전하고 싶은 말 | 누나~ 지난 번에 누나가 아끼는 곰인형을 나에게 준다고 해서 정말 고마웠어. 누나는 내가 곰인형을 만지면 싫어했는데, 그날은 누나가 먼저 ... |
| 4 | 끝인사 | 우리 앞으로 더 사이좋게 지내자 |
| 5 | 쓴 날짜 | 2024. ○○. ○○ |
| 6 | 쓴 사람 | 누나의 귀여운 동생 진호가 |

**추천도서**

기막힌 효도, 이라야

어버이날에 엄마 아빠께 자유 시간을 선물하고 싶어서 집을
나와 버린 용하와 진하 형제. 부모님께 자유 시간을 선물하는
것이 효도라고 생각한 형제의 엉뚱한 모습이 사랑스럽다. 물론
아이들이 갑자기 사라져 버려 엄마 아빠는 큰 난리를 겪었지
만 말이다.

# 곤충 장례식

글 원유순, 그림 조윤주, 출판사 아이앤북

{ 책 소 개 }

초등학교 시절, 같은 동네에 살던 친구는 학교 앞에서 팔던 병아리를 데리고 와서 정성 들여 키웠다. '꼬꼬'라는 이름의 작고 노란 병아리는 좁은 아파트 베란다에서 쑥쑥 잘도 자랐다. 새벽마다 꼬꼬댁 울기도 하고 푸드덕거리며 베란다 안을 휘젓고 다녔다. 꼬꼬가 얼마만큼 자라게 될까 상상하던 어느 날, 친구는 아침 등굣길에 나를 만나자마자 대성통곡을 했다. 어젯밤 엄마가 맛있게 삼계탕을 해 주셨는데 그 닭이 '꼬꼬'였단다. 꺅! 소름이 쫙 돋았다. 집에서 키우던 병아리, 아니 그 즈음엔 닭의 모습이었겠지만…. 어쨌든 그 귀여운 꼬꼬로 요리를 해먹다니! 친구 엄마가 아주 무시무시한 냉혈한으로 느껴졌다. 다시는 병아리를 키우지 않겠다던 친구는 얼마 후 또 하굣길에 예쁘고 노란 병아리를 집으로 데리고 갔다. 하지만 병아리를 애지중지하던 친구와 달리 다른 아이들, 특히 남자 아이들은 그 작고 예쁜 병아리를 사서 아파트 옥상으로 올라가 떨어뜨리는 '놀이'를 했다. 누구의 병아리가 오래 살아남는지, 몇 층에서 떨어뜨려도 살아남는지…. 그런 잔인한 행위를 '놀이'로 생각했다는 게, 닭으로 요리를 해 드시던 친구 엄마보다 몇백 배 잔인한 행위임을 좀 커서야 알게 되었다. 별 생각 없이 놀이를 하던 그 때 그 아이들도 이제 40대 중반의 아저씨가 되었을 것이다. 본인들도 그 시절의 기억이 떠오르면 아마 깜짝 놀라지 않을까?

3학년 새봄이네 반 남자 아이들은 사슴벌레나 장수풍뎅이로 곤충 싸움을 하는 것이 유행이다. 새봄이도 곤충 싸움을 같이 하고 싶어서 사슴벌레를 키우기로 했다. 싸움에서 이기라고 이름도 '헐크'라고 지었다. 먹이도 잘 주고 톱밥도 갈아주며 정성으로 사슴벌레를 키웠다. 새봄이가 이기고 싶어하는 상대는 라이벌 오동주의 사슴벌레 '이순신'이다. 라이벌이긴 하지만 동주는 곤충을 처음 키워보는 새봄이에게 이것저것 알려주고 관찰일기도 보여준다. 새봄이도 열심히 따라하며 헐크를 키웠다. 드디어 헐크와 이순신이 대결하기로 한 날! 가운데 젤리 먹이통을 두고 두 마리는 치열하게 싸웠다. 그러다 다리 한 마디가 떨어지고 더듬이가 덜렁거리는 부상을 당하고 만다. 아직 승부가 나지 않은 그때, 같은 반 친구 정수가 싸움을 중단시켰다. 곤충이 불쌍하지도 않냐며, 자신이 가져오는 곤충을 이기면 다시는 곤충 싸움을 하지 않겠다는 약속을 하자고 제안한다. 며칠 뒤, 아이들이 모여 다시 곤충 싸움을 했다. 정수는 크고 단단해 보이는 사슴벌레를 데리고 왔다. 이름이 없어서 '무명씨'로 이름 짓고 싸움을 시작했다. 과연 결과는? 헐크와 이순신은 크고 강한 상대인 무명씨에게 꼼짝 못하고 꽁무니를 뺐다. 무명씨의 완벽한 승리! 새봄이와 동주는 약속대로 곤충 싸움을 그만둘 수밖에 없었다. 둘은 무명씨에 대해 무척 궁금해져서 산 속에 있는 정수의 집을 찾아갔다. 정수는 숲 속에서 자유롭게 살고 있는 곤충들을 보여주었다. 숲 속의 곤충들은 흙과 나무 수액을 마음껏 누리며 건강하게 자라고 있었다. 집으로 돌아온 새봄이는 더 이상 곤충 싸움을 하지 않았다. 그리고 헐크에 대한 관심도 줄어들었다. 얼마 뒤 같은 반 친구 정택이가 키우던 장수풍뎅이가 죽었다며 새봄이에게 전화를 해왔다. 곤충 장례식을 해주고 싶으니 좀 나오라고 말이다. 문득 헐크가 궁금해진 새봄이는 사육통에서 고요하게 죽어 있는 헐크를 발견했다. 두 마리 함께 장례식을 해주기로 하고 벚꽃나무 밑 땅을 팠다. 헐크를 땅에 묻어주려고 하는데 생각지도 않게 새봄이의 눈시울이 후끈 달아올랐다. 그리고 헐크를 위해 빌어주었다. '미안해, 헐크. 다음에는 꼭 숲에서 태어나.'

## 🐤 《곤충 장례식》을 읽고 생각해 보아요.

새봄이에게 헐크는 어떤 존재였을까? 처음에는 나 대신 싸움에 나가는 용맹하고 듬직한 존재였다. 승리를 위해 먹이도 주고 잘 돌봐 줘야 하는 존재이지만 싸움의 결과가 좋지 않을 때는 나에게 실망을 안겨주는 존재이다. 그래서 내 관심이 사라졌을 때 쓸쓸히 죽을 수도 있는 연약한 존재이다. 우리의 변화무쌍한 마음과 기분에 따라 소중한 생명이 이렇게 여러 가지 모습으로 존재할 수 있다. 생명은 그 자체로 존재하는 것이지, 다른 무언가를 위해 존재할 수는 없다. 아이들이 작은 곤충을 키우는 어린 시절부터 '생명이 소중하다'라는 것을 활자가 아닌 경험으로 알게 되면 좋겠다. 그렇다면 강아지나 고양이, 더 나아가서 평생 동물원이나 수족관

콘크리트에서 영문도 모른 채 갇혀 사는 동물들에 대해서도 무엇이 문제인지 알 수 있지 않을까? 심도 깊은 사회적인 문제를 이야기하기 전에 아이들이 키우고 있는 작은 생명을 잘 지킬 수 있어야 함을 알려주고 싶다.

정수는 곤충을 하나의 생명 그 자체로 대한다. 크고 튼튼한 사슴 벌레를 데리고 왔지만 이름도 짓지 않았다. 경기만 마치고 그대로 자연으로 돌려보낼 계획이었으니까. 정수의 모습을 보고 동주는 싸우다가 더듬이 한쪽을 잃은 이순신을 자연으로 보내지 않고 끝까지 키우기로 한다. 자연으로 보내면 더듬이 한쪽이 없는 이순신은 금방 죽을 테니 책임을 지고 키우는 것이다. 정택이는 키우던 장수풍뎅이의 장례식을 해주기로 한다. 새봄이도 헐크가 죽고 나서야 헐크가 불쌍하다는 생각을 하게 되었다. 곤충을 대하는 아이들의 마음과 태도가 각양각색일지라도, 변치 말아야 할 것은 생명을 키울 때 책임을 다해야 한다는 사실이다. 내 기분과 마음에 따라 시시각각 변해서는 안 된다는 것을 아이들의 작은 세상 속에서 배울 수 있다. 아이들은 서로의 모습을 흉내 내고 따라한다. 나와 친구의 행동을 비교해 보면서 배우는 것이다. 곤충 장례식을 하면서 비로소 새봄이가 무언가 느낀 것처럼 말이다.

## 🖊 아이와 함께 교과서 연계하기

- 국어 3-1
- 2단원 문단의 짜임

이 단원에서는 중심 문장과 뒷받침 문장이 어떤 것인지 알아보고, 설명하는 글을 써보는 단원입니다. 생각 그물을 이용해서 곤충에 대해 설명하는 글을 써볼까요? 먼저 생각 그물로 자신이 쓸 내용을 정리해 보고 중심 문장과 뒷받침 문장을 넣어 한 문단으로 글을 써 봅시다.

(예시)

1.생각그물로 쓸 내용을 정리합니다.

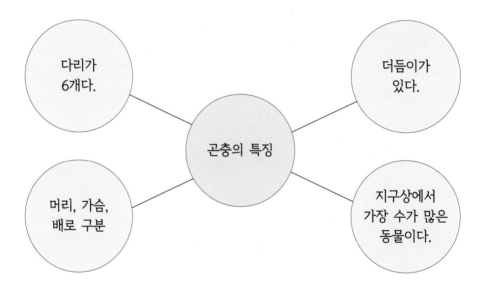

2. 중심 문장을 써 봅시다.

곤충은 다양한 특징을 가지고 있습니다.

3. 중심 문장과 뒷받침 문장을 넣어 한 문단으로 글을 써 봅시다.

곤충은 지구 상에서 가장 숫자가 많은 동물입니다. 지구 상의 동물들 중에서 70% 이상을 곤충이 차지합니다. 곤충의 몸은 머리, 가슴, 배로 구분되어 있습니다. 다리는 보통 2개씩 쌍을 이루어 총 6개가 있습니다. 또한 몇몇 곤충들의 머리에는 더듬이가 있습니다. 이처럼 곤충들은 다양한 특징을 가지고 있습니다.

 **추천도서**

SNS스타 송편이가 유기견이 되었다!, 박현지
SNS에서 유명한 스타 송편이가 하루 아침에 유기견이 되어 버렸다. 유기견이 되어 보호소로 가게 된 송편이는 10일 안에 입양되지 않으면 안락사 될 위기에 처해있다. 송편이의 모습을 보며 반려견과 유기견을 대하는 우리의 상반된 생각과 태도에 대해 함께 생각해 보자.

# 그 여름의 덤더디

글 이향안, 그림 김동석, 출판사 시공주니어

{ 책 소개 }

　　어린 시절, 방학이 되면 종종 충남 예산의 외갓집에 놀러갔다. 외할아버지께
서는 이른 새벽마다 정성껏 소 여물을 끓이셨다. 먹을 것이 변변치 않았던 시골에
서 새벽에 솔솔 풍겨오던 소 여물 냄새는 단잠을 깨우기에 충분했다. 그 고소한 냄
새가 얼마나 맛있게 느껴지던지. 여물 거리를 잘 숙성해 여러 곡물을 함께 넣어서
끓였기 때문에 냄새가 고소하다고 했다. 소에게 여물을 먹인 뒤 식구들은 아침밥을
먹었다. 어렸을 때지만 외할아버지께서 소를 귀하게 여기신다는 것이 느껴졌다. 송
아지가 태어나던 날도 기억난다. 송아지가 태어나고 어미 소가 정성껏 핥아주었는
데 얼마 지나지 않아 송아지가 일어서고 막 걷기 시작했다. 참으로 경이로웠다! 외

할아버지는 송아지가 마당 밖으로 나가지 못하도록 뚝딱뚝딱 나무를 땅에 박아 울타리를 만드셨고 울타리 안에서 송아지는 자유롭게 뛰놀았다. 그런데 몇 년 뒤, 식구나 다름없었던 그 소가 외양간에서 자기 고삐를 목에 둘둘 감은 채 목이 졸려 하루아침에 죽어버렸다. 여느 때와 다름없이 새벽에 여물을 준비하시던 외할아버지께서는 그 일로 상당히 충격을 받으시고 상심하셨다. 아무도 소 목에 고삐 줄이 왜 감겼는지 알 수가 없었다. 상심이 크셨던 외할아버지는 그 이후로는 소를 키우지 않으셨다. 지금은 외할아버지도 돌아가시고 외갓집도 없어졌지만, 이 책을 읽으며 그때 그 시절로, 소 여물 냄새가 진동을 하던 그곳으로 잠시 순간 이동을 할 수 있어서 행복했다.

탁이네 가족은 조용한 시골 마을에서 산다. 아버지, 어머니, 나이 차이가 많이 나는 형과 형수, 그리고 다 늙어 기운이 빠진 소 '덤더디'도 탁이네 식구다. 평화로운 일상을 살던 그들에게 별안간 6.25 전쟁이 들이닥쳤다. 마을 사람들 모두 피난을 떠나고 탁이네도 중요한 몇 가지만 챙겨 산으로 피난을 갔다. 물론 늙은 소 덤더디도 데리고. 덤더디는 예사 소가 아니었다. 탁이가 형수랑 국어책을 읽을 때면 옆에서 듣고 있다가 히죽 웃기도 했다. 탁이는 덤더디가 사람 말을 알아듣는다고 생각했다. 산으로 몸을 피한 탁이네 가족은 먹을 것을 구하러 마을로 내려왔다가 하늘에서 떨어지는 폭격 때문에 죽을 뻔한 위기를 겪는다. 다시 산으로 갔지만 나무 뿌리와 물로 겨우 주린 배를 달래야 했다. 계속 산에 있을 수 없어 탁이네 가족은 집으로 돌아온다. 집은 예전의 모습이 아니었다. 작은 가축들은 굶거나 불타 죽었고 집엔 온전한 것이 없었다. 집에 머물 겨를도 없이 하늘에선 또 폭격이 떨어졌다. 우왕좌왕 하늘을 메운 파편에 몸을 간신히 숨기던 그 때에 형수가 기절을 하고 만다. 충격으로 배 속에 품고 있던 작은 아기도 잃게 되었다. 탁이네 가족은 부랴부랴 다시 피난을 떠났다. 깊은 산골에 있는 형수의 친정집으로 가기로 하고 밤길을 더듬어 산 속으로 걸어갔다. 늙은 소 덤더디는 허연 김을 푹푹 내쉬고 침을 뚝뚝 떨어뜨리면서도 온 힘을 쥐어 짜내어 아픈 형수를 태운 수레를 끌고 갔다. 드디어 도착한 형수 친정 마을은 다행히 아직 전쟁의 폭격이 미치지 않은 곳이었다. 탁이는 고생을 많이 한 덤더디에게 여물도 주고 푹신한 짚도 깔아주었다. 하지만 여기저기서 사람들이 모여들어 형수의 친정 마을도 먹을 것이 바닥 나 사람들이 굶주리게 되었다. 탁이 아버지는 큰 결단을 내렸다. 사람부터 살아야 하니 덤더디를 잡기로 한 것이다. 탁이는 절대 덤더디를 내어줄 수 없다며 하루 종일 덤더디가 있는 창고 앞을 지켰다. 하지만 형과 동네 청년들이 먹을 것을 구하러 나갔다가 폭격 속에서 구사일생으로 살아 돌아온 뒤, 탁이도 더 이상 고집을 피울 수가 없었다. 깜깜한 밤, 탁이는 덤더디를 살리기 위해 몰래 나와 덤더디를 풀어주었다. 도망가라고 소리를 지르고 궁둥짝을 발로 차도 덤더디는 도망갈 줄을 모르고 울기만 했다. 어김없이 새벽은 오고, 청년들의 손에 덤더디가 잡혀갔다. 구슬픈 울음 소리에 탁이는 방에 들어가 엉엉 울어버리고 말았다. 덤더디는 사람들에게 오래간만의 고기국을 선물했지만, 탁이네 가족 누구도 그것을 먹지 못했다. 탁이는 덤더디가 죽은 날 이후 3일을 내리 앓았다. 그리고 계속 덤더디가 나오는 꿈을 꾸었다. 덤더디는 살아있을 때 모습 그대로였다. 전쟁은 끝나지 않았지만 가족들은 고향 집으로 돌아가기로 했다. 돌아간 집에는 아무 것도 건질 것이 없었지만 탁이의 국어책이 남아있었다. 탁이가 읽어주는 이야기를 들으며 가족들은 희미하게 웃어보았다. 다시 살아보고자 힘을 내었다.

## 《그 여름의 덤더디》를 읽고 생각해 보아요.

　　6.25전쟁은 우리 민족끼리 총부리를 겨눈 동족상잔의 비극이다. 1950년 6월에 발발하여 1953년 7월에 휴전 협정을 체결할 때까지 3년간 전국토가 폐허가 된 것은 물론이고 259만 명에 이르는 군인들과 민간인이 희생되었다. 아이들이 6.25전쟁을 비롯한 역사적인 사건을 만날 수 있는 것은 대부분 교과서나 관련 자료다. 그 시절 이야기를 들려주실 할머니, 할아버지도 많지 않으시니 숫자나 자료가 아닌 마음으로 역사를 만날 수 있는 경우가 많지 않다. 책에는 전쟁 때문에 고통받는 탁이네 가족의 이야기가 잘 묘사되어 있다. 전쟁으로 인해 마을과 집이 산산이 부서지고 동네 사람들이 피난을 가고, 또 누구는 죽었다는 소식도 들려왔다. 피난 들어간 산 속에서 먹을 것을 구하지 못해 배를 곯기도 하고 안전한 곳을 찾아 밤마다 먼 길을 이동하기도 했다. 우리가 역사적 사실로 알고 있는 일이 누군가의 삶에 고스란히 녹아져 있는 것이다. 책은 우리의 역사를 정리된 문서로 만나기 전에 마음으로 만날 수 있는 효과적인 방법이다. 책 곳곳에 서려 있는 우리 민족의 한숨과 눈물을 마음으로 읽으면 좋겠다.

　　동화가 가진 가장 큰 힘 중의 하나는 인물의 마음 속으로 들어갈 수 있다는 것이다. 인물들이 겪은 일들을 읽으며 그 사람의 마음을 헤아리게 된다. 덤더디를 향한 탁이의 마음을 헤아려볼까? 탁이에게 덤더디는 매우 특별한 존재였다. 풀을 먹이러 데리고 다니는 것이 귀찮기도 하고, 늙은 소라 느릿느릿 더듬거려 짜증스럽기도 했다. 하지만 탁이는 덤더디가 사람 말을 알아듣는다고 생각했다. 탁이가 책을 읽을 때면 히죽 웃기도 하고 피난짐을 꾸리는 식구들을 보며 자기만 두고 가지 말라고 슬픈 눈으로 음머어 하고 울기도 했다. 양곡 창고에 곡식을 구하러 갔다가 폭격 때문에 논두렁으로 고꾸라졌을 때, 아픈 형수를 자기 등에 매달린 수레에 싣고 힘겹게 산을 넘을 때. 탁이는 고비고비마다 덤더디와 교감했다. 유년 시절 전부를 함께 했던, 그런 덤더디를 잃게 되는 탁이의 마음은 어땠을까? 아무리 식구들과 마을 사람들 모두가 굶주려 더 이상 도리가 없다고 해도, 가장 특별하게 여기는 것을 내어줄 수 있을까? 탁이가 덤더디를 지키려 애쓰는 과정은 또 얼마나 눈물겨웠나? 도망치라고 소리 지르며 덤더디의 궁둥짝을 걷어차는 탁이의 모습은 덤더디를 살리고 싶은 마음이 아주 간절하게 느껴지는 장면이다. 덤더디가 죽은 후 탁이는 방에서 귀를 틀어막고 엉엉 울어버린다. 슬픔에 가득 차 3일을 앓는 탁이의 꿈에 덤더디가 찾아왔다. 살아있을 때 그대로의 모습으로 탁이를 위로했다. 생사고락을 함께 한 둘은 꿈에서나마 행복했을까? 아이들이 책을 읽으며 탁이의 마음을 고스란히 느낄 수 있다면 그것으로 충분하다. 그것이 이야기가 가진 가장 큰 힘이다.

## 🖊 아이와 함께 교과서 연계하기

- 국어 4-1
- 10단원 인물의 마음을 알아봐요

이 단원은 작품에 대한 생각이나 느낌을 여러 가지 방법으로 표현해보는 단원입니다. 책을 읽고 내가 감동받았던 부분을 다른 사람에게 생생하게 들려준다면 그 감동이 더욱 커질 것입니다.

1. 《그 여름의 덤더디》를 잘 읽고 아래 물음에 답해 봅시다.

1) 제목에 나오는 '그 여름'에 어떤 일이 있었나요?

2) 덤더디가 탁이네 가족을 위해 어떤 일을 했나요?

3) 탁이와 덤더디 둘이서 마음을 나눈 일 중에서 어떤 것이 가장 기억나나요?

4) 덤더디에 대한 탁이의 마음이 가장 잘 느껴진 장면은 어떤 장면인가요?

2. 가장 기억에 남는 장면을 다른 사람에게 실감 나게 들려줍니다.

들려줄 대상을 정합니다.

이야기에서 강조하고 싶은 부분을 정합니다.

이야기를 실감나게 표현하며 들려줍니다.

---

 **추천도서**

군함도, 장성자

이 책은 군함도라는 섬으로 강제 징용되어 잔인한 대우를 받으며 일해야 했던 조선인들의 가슴 아픈 역사가 담긴 책이다. 아이들의 시선에서 마주한 슬프고 어두운, 하지만 반드시 기억해야 할 역사적 사건을 읽어 보고 기억했으면 좋겠다.

## 이대로가 아닌 이대로

글 안오일, 그림 김선배, 출판사 크레용하우스

{ 책 소개 }

　　작심삼일, 아니 삼일이나 가긴 했을까 싶게 나의 실행은 며칠 가지 않았다. 물론 계획은 아주 찰떡같이 빈틈없이 세웠다. 그 일을 해야 할 이유도 명확했고 내 마음도 정말 간절했다. 마음을 다잡고 이번에는 끝까지 하겠다고 다짐했다. 그러나 정신을 차려보면 또 그 결심을 지키지 못했고 그런 나 자신에게 실망한다. 무슨 말이냐고? 오래된 나만의 계획, 바로 다이어트다. 목표 감량 kg도 그렇게 많지도 않다. 딱 3kg만 빼면 되는데, 그게 맘처럼 잘 되지 않는다. 어제는 좀 피곤해서, 오늘은 해야 할 일이 많아서, 내일은 오래간만에 약속이 있어서…. 다이어트를 못할 이유는 너무 많다. 필리핀 속담에 "하고 싶은 일에는 방법이 보이고, 하기 싫은 일에는 핑계가 보인다."는 말이 있다. '딱 나에게 하는 말이구나!' 하는 생각이 든다. '맛있게 먹으면 0칼로리', '다이어트는 내일부터.'라는 애교 섞인 말에도 이제는 웃음이 나오지 않는다. 하지만 이대로의 이야기를 읽으면서 다시 용기를 내보려 한다. 대로도 해냈으니까, 쿵쾅거리고 터질 듯한 마음을 느꼈으니까 나도 할 수 있을 거라 믿어보고 다시 힘을 낸다. 설령 어제는 반성문, 오늘은 계획서를 쓸지라도 말이다.

이대로? 피아노, 태권도, 미술, 컴퓨터 방과 후 수업. 어느 것 하나 끝까지 하는 법이 없는 오늘의 주인공 이름이 '이대로'다. '끝까지 하는 게 뭐냐?'는 엄마의 잔소리를 피해 대로는 산으로 가서 나무 위에 오르다가 그만 나무 속 깊은 곳으로 쭉 떨어지고 만다. 거기서 문지기 역할을 하는 '다람이'라는 다람쥐를 만나게 된다. 다람이는 대로가 나무 밖으로 나가려면 진짜 나이테를 찾는 시험에 통과해야 한다고 알려준다. 그 전에 방 세 개를 지나며 각 방마다 주어진 시험을 통과해야 하고, 만약 실패를 하게 되면 애벌레로 변해 평생 나무 속에서 살아야 한다고 말한다. 애벌레가 된다는 말에 사색이 된 대로는 용기를 내어 첫 번째 방으로 간다. 첫 번째 방의 시험은 마구 엉켜 있는 넝쿨 풀기. 인내심이 없는 대로에게는 아주 힘든 일이었지만, 낑낑거리며 겨우 넝쿨을 풀고 두 번째 방으로 갔다. 이번 시험은 제한 시간 30분 안에 책상 크기만한 나무 모양의 퍼즐을 맞추는 것이다. 퍼즐 조각을 넣고 빼기를 반복 또 반복하고, 포기하고 싶을 때마다 가족의 얼굴을 떠올리며 마침내 완성해낸다. 자! 이제 세 번째 방의 시험은 5시간 안에 산 정상에 오르는 것. 산을 타 본 적 없는 대로를 위해 다람이가 함께 산을 올라가준다. 드디어 산 정상에 오른 대로는 쿵쾅거리고 터질 듯한 마음을 느낀다. 한 번도 느껴보지 못한 성취의 기쁨이다. 마지막으로 진짜 나이테를 찾는 시험을 치기 위해 나이테 할아버지께 간다. 위기의 순간마다 대로는 침착하게 엄마 아빠와 했던 대화를 떠올리며 진짜 나이테를 찾아내게 된다. 시험을 모두 통과한 대로는 나이테 할아버지께 확인 도장을 받고 드디어 집으로 돌아가게 된다. 어려운 시험을 끝까지 풀어낸 대로는 더 이상 예전의 이대로가 아니었다. 엄마에게 예전에 관뒀던 것들을 다시 배우겠다고 한다. 이제 대로는 '이대로가 아닌 이대로'가 되었으니까.

### 《이대로가 아닌 이대로》를 읽고 생각해 보아요.

대로가 피아노, 미술, 태권도, 방과 후 컴퓨터 수업까지 끝까지 하는 일이 없었던 이유는 무엇일까? 처음에는 배우는 것이 쉽고 재미있는데 갈수록 어려워지고, 어려우니 하기 싫고 또 지겹기도 하다. 배움의 단계가 높아질수록 어려운 순간도 생기게 마련인데 대로에게는 참고 견디는 것보다 그만두고 포기하는 것이 훨씬 쉬운 일이었다. 언제든 또 새로운 것을 배우면 되니까. 배움의 기회가 많고 손쉬운 것은 좋은 것이다. 하지만 기회가 많다고 해서 누구나 제대로 잘 배우는 것은 아니다. 배움을 통해 빛을 발하는 것도 소수에 불과하다. 왜 그럴까? 먼저 그 배움을 선택한 것이 누구의 의지인지 생각해 보면 좋겠다. 내가 배우고 싶은 것인지, 타의에 의해 배우는 것인지 말이다. 심리학에 '자기결정성 이론'이라는 것이 있다(Ryan & Deci). 개인이 외부로부터의 간섭 없이 자율적으로 선택하고자 하는 욕구가 동기부여를 일으킨다는 이론이다. 선택의 자율성이 동기부여 및 성취 수준과 관련이 있다는 의미다. 만약 스스로 결정했음에도 지속하는 힘이 부족해서 금방 그만둔다면, 배우기 전에 충분히 생각하는 시간이 필요하다. 왜 배우고 싶은지, 나의 성취는 어느 수준까지 할 것인지, 이 배움을 통해 기대하는 것은 무엇인지 등과 같은 것 말이다. 거기에 부모님의 독려와 적절한 제한이 함께 하면 더욱 좋겠다.

대로에게는 나무에 떨어진 순간부터 나오는 순간까지 길을 안내해주고 포기하고 싶을 때 용기를 준 다람이가 있다. 다람이는 징징거리는 대로에게 따끔하게 충고를 하기도 하고 산에 오르는 것을 두려워할 때 같이 올라가 주기도 한다. 진짜 나이테를 찾을 때는 훌륭한 조언을 해준 덕분에 대로가 무사히 집으로 돌아올 수 있었다. 누구나 각자에게 주어진 시험이 있다. 혼자 풀어내기 어려운 시험이 닥칠 때는 조력자가 필요하기도 하다. 하지만 조력자는 시험을 완수할 수 있도록 힘을 보태어 주는 것이지 대신 시험을 쳐주는 사람이 아니다. 옆에서 보고 있으면 딱해 보이고 미련해 보여 불쑥 대신해 주고 싶은 마음이 들 때도 있다. 하지만 대신해줘서 시험을 통과한다면 과연 누구의 역량과 지혜가 커지는 것일까? 종종 아이가 겪는 상황이 안타까워 모든 일을 대신 해결해 주시려는 부모님이 있다. 아이가 지나가는 길에 있는 모든 돌을 치워줄 수는 없다. 그럴 때 대로를 떠올려 보면 좋겠다. 대로의 노력과 성취는 누가 대신해 준 것이 아닌 스스로 해낸 것이다. 진짜 나이테를 찾아 나이테 할아버지께 확인 도장을 받은 것으로 그걸 증명해내었다.

대로는 진짜 나이테를 찾으면 집에 갈 수 있다. 그런데 방 4개를 지나며 시험을 치러야했다. 대로가 가는 방은 순서와 단계가 있다. 건너뛰기 없이 차례차례 가야 한다. 우리의 성취와 성공도 이와 같지 않을까 한다. 사람들은 완성된 결과만 보고 이야기하길 좋아한다. 눈부신 성공과 영광 뒤에 힘겹고 지난한 일상을 견딘 인고의 시간을 보는 것은 달가워하지 않는다. 성공은 좋지만 그 대가를 치르는 것은 싫기 때문이다. 세상에는 공짜가 없는데 말이다. 차근차근 하나씩 성취하다 보면 대로처럼 산 정상에 올라 가슴이 쿵쾅거리는 벅찬 감동을 느낄 수 있을 것이다. 성취에는 놀라운 힘이 있다. 힘들고 고통스럽던 순간들은 어느새 추억이 되고 또다시 새로운 도전을 할 수 있는 용기를 준다.

## ✏️ 아이와 함께 교과서 연계하기

- 국어 3-2
- 8단원 글의 흐름을 생각해요

이 단원은 글의 흐름을 시간과 장소, 일의 순서 등에 따라 간추려 보는 것을 배우는 단원입니다. 대로가 통과했던 시험을 장소 변화에 따라 간추려 보고 대로의 마음도 함께 살펴봅시다.

| 장소나 때 | 대로가 한 일 | 대로의 마음 |
|---|---|---|
| (예시)<br>나무에 들어가기 전 | 피아노, 미술, 태권도 학원을 그만두었다. | 지루하고 귀찮아. 어려운 것이 나오니까 하기 싫어. |
| 첫 번째 방 | | |
| 두 번째 방 | | |
| 세 번째 방 | | |
| 네 번째 방 | | |
| 집으로 돌아와서 | | |

**추천도서**

포기하지 마!, 구스노키시게노리

자타공인 최강 약골인 '준'은 학급 팔씨름 대회에 나갈 준비를
한다. 걱정하는 준을 위해 담임 선생님인 야마시타 선생님이
매일 아침 훈련을 시켜 주신다. 포기하고 싶어하는 준을 위해
비가 오는 날에도 모범을 보여주시는 선생님의 모습에서 끈기
와 열정을 배울 수 있다. 덕분에 준은 팔씨름 대회에서 반전의
결과를 얻게 되는 따뜻한 이야기다.

## 지우개 따먹기 법칙

글 유순희, 그림 최정인, 출판사 반달서재

{ 책 소개 }

학교 교실에서는 많은 놀이들이 탄생한다. 공기놀이, 실뜨기, 딱지치기처럼 유구한 역사를 가진 놀이부터 보드게임이나 마피아 게임처럼 요즘 많이 하는 놀이들까지. 교육청 주관으로 초등학교에 그림책 읽어주는 수업을 나갈 때마다 느낀 것은, 아이들은 쉬는 시간에 참 재밌게 논다는 거다. 쉬는 시간 10분. 그 짧은 시간에 최선을 다해 논다. '뭐 했길래 이렇게 땀을 흘리고 들어오니?'라는 말이 절로 나올 정도로 열심히 노는 아이들을 보면 흐뭇하기 그지없다. 다른 목적 없이 놀이 그 자체가 목적인 아이들을 보면 순수함과 해맑음이 느껴진다. 아이들이 미디어와 매체 속 무언가에 혼자 빠져 있지 않고, 친구들과 함께 별것 아닌 놀이를 즐기는 모습이 어쩐지 다행스럽다는 생각마저 들게 한다. 놀이가 아이들에게 얼마나 중요한 것인지 새삼 느끼게 된다. '지우개 따먹기 법칙' 속에는 별것 아닌 지우개 따먹기에도 지켜야 할 법칙이 있음을 알려준다. 반드시 꼭 지켜야 하는 것은 아니지만 싸우지 않고 재미있게 즐기기 위한 룰이다. 놀이에도 저마다의 규칙이 있다. 아이들에게 요즘은 어떤 놀이를 좋아하는지, 아이가 잘하는 놀이는 무엇인지, 그 놀이에 어떤 규칙이 있는지 이야기 나눠 보자. 아이들의 말을 잘 듣기만 해줘도 아이들은 이해받고 존중받는다는 느낌을 받을 수 있을 것이다.

상보는 자타공인 지우개 대장이다. 반 아이들과 지우개 따먹기를 하면 상보를 이길 사람이 없다. 공부, 음악, 미술, 체육 못하는 게 없는 준혁이가 온갖 방법을 써 보지만 상보에게만은 잘 이기지 못한다. 상보가 아빠와 함께 만든 지우개 따먹기 법칙 10가지가 그 비결이다. 상보는 엄마가 돌아가신 후 고물상을 차리신 아빠와 둘이 산다. 바쁜 아빠 때문에 상보의 옷과 가방에선 냄새가 난다. 이빨을 안 닦는 날이 많아 입에서 구린내도 난다. 이런 냄새를 가장 힘들어 하는 사람은 짝꿍인 홍미다.

어느 날, 갖은 잔머리를 쓰며 상보를 이기고 싶어하는 준혁이가 경기를 제안한다. 그날따라 상보는 배가 아팠지만 이기는 것에만 정신이 팔리는 바람에 그만 팬티에 똥을 지리고 만다. 경기에 져서 지우개도 잃고 '똥 팬티'라는 별명마저 갖게 되었다. 그러던 중 상보가 학교에 결석하는 일이 생겼다. 아빠가 고물을 줍다 다리를 다치시는 바람에 상보가 병간호를 해야 했기 때문이다. 상보가 며칠 결석하던 사이 준혁이는 아주 커다란 맘모스 지우개로 반 아이들의 지우개를 모두 따버리고 만다. 다시 학교에 온 상보는 예전에 홍미에게서 땄던 무지개 지우개로 준혁이를 상대한다. 이탈리아에서 사왔다는 맘모스 지우개가 만만치 않았지만 겨우 승리를 거두고 당당하게 맘모스 지우개를 따내고야 만다. 준혁이의 실망한 표정은 이루 말할 수 없다. 그런데 학교 마치고 집에 가는 길에 준혁이가 지우개를 돌려 달라고 부탁한다. 사실 맘모스 지우개는 삼촌 것인데 몰래 가져 나온 것이란다. 상보는 돌려주기 싫다고 하고 집에 오지만 밤 늦도록 고민을 한다. 고민 끝에 지우개 따먹기 법칙 10번을 떠올리며 준혁이에게 지우개를 돌려준다. 상보의 생일 날, 친구들을 초대하고 맛있는 음식을 먹는다. 아빠가 넓은 마당에 그네와 미끄럼틀을 만들어 주어 친구들과 신나게 놀고 있는데 준혁이가 찾아왔다. 고마움을 담은 편지와 생일 선물을 들고서 말이다. 그날 아이들은 상보 아빠께 선물을 받았다. 바로 상보와 아빠가 만든 '지우개 따먹기 공책'이었다.

## 🐤 《지우개 따먹기 법칙》을 읽고 생각해 보아요.

엄마가 돌아가셔서 아빠와 단 둘이 사는 상보는 마음이 따뜻한 아이이다. 가까이 가면 입에서 구린내가 나고 옷과 가방이 좀 지저분하긴 해도 갑자기 비가 올 때 홍미에게 모자를 벗어줄 줄 아는 아이다. 상보는 지우개 따먹기를 할 때 반칙을 하거나 꼼수를 쓰지 않는다. 고물을 줍다 다리를 다친 아빠를 온통 걱정하다가 가방에 넣어둔 똥 묻는 팬티를 까맣게 잊어버리기도 한다. 또 지우개 하나 하나를 소중하게 생각하고 아껴준다. 자기가 준 생일 선물을 무시하며 받지 않았던 얄미운 준혁이에게 맘모스 지우개를 돌려준다. 나는 요즘 똑똑하고 말 잘하는 아이들보다 상보처럼 심성이 착하고 고운 아이들에게 더욱 마음이 간다. 세상에서 일어나는 일이 무섭다고 느껴질 때마다 꽃 같이 곱고 순수한 아이들을 보며 희망과 위로를 얻는다.

지우개 따먹기 법칙 10가지를 읽다 보면 내 마음에 탁 들어오는 법칙이 있을 거다. 내게는 법칙 3번. '지우개가 엉뚱한 방향으로 가더라도 미리 겁먹지 말 것'이다. 3번 법칙은 상보의 짝 홍미의 마음에도 돌멩이처럼 콱 박혔다. 체육시간에 매트 구르기를 하다 걱정되었을 때 3번 법칙을 떠올렸다. 홍미는 매트 구르기를 멋지게 해내서 박수를 받는다. 지우개 따먹기 법칙은 시합을 할 때만 유용한 것이 아닌가 보다. 아이와 책을 읽으며 어떤 법칙이 가장 마음에 들어오는지, 기억하고 싶은 법칙은 무엇인지 이야기 나눠보면 좋겠다. 나도 엉뚱한 방향으로 갈까 봐 미리 겁먹지 말고 어디로 가게 되든 그 길을 충분히 즐기고 기뻐하며 가봐야겠다는 마음이 들었다.

## ✏️ 아이와 함께 교과서 연계하기

- 국어 3-2
- 3단원 자신의 경험을 글로 써요

이 단원은 자신의 경험에서 인상 깊은 일을 글로 쓰는 단원입니다. '지우개 따먹기 법칙'을 읽으며 친구와 관계된 경험 중 인상 깊었던 일을 글로 써봅시다.

1. 기억에 남는 일에 대해 정리해보기

| 지우개 따먹기 법칙 | | 나의 경험(예시) |
|---|---|---|
| 4.<br>상대방에게<br>예의를 지켜라 | 언제 | 어제 |
| | 어디서 | 교실에서 |
| | 누구와 | 민지와 나 |
| | 있었던 일 | 민지가 새 안경을 쓰고 왔는데 내가 멍청해 보인다고 놀리니까 민지가 울었다. 둘이 서로 말을 안 하다가 급식 시간에 내가 미안하다고 사과를 하고 다시 말하게 되었다. |
| | 생각이나 느낌 | 민지가 그런 장난에 상처를 받게 될 줄 몰랐다.<br>나는 농담이지만 민지는 속상할 수 있으니까 조심해야겠다는 생각을 했다. |

2. 정리한 것을 바탕으로 구체적으로 글 써 보기

예시) 어제 학교에서 민지가 새 안경을 쓰고 왔다. 민지는 나와 가장 친한 친구다. 그런데 내가 보기에는 새 안경이 민지와 어울려 보이지 않았다. 안 어울린다고 말하려고 하다가 갑자기 재미있게 말하고 싶었다. 그래서 멍청해 보인다고 말했다. 농담이었다. 그런데 갑자기 민지 얼굴이 약간 빨개졌다. 다시 보니까 울고 있었다. 나는 깜짝 놀랐다......

**추천도서**

우주 호텔, 유순희
넓고 넓은 우주에서 우리가 어떤 인연이길래 이렇게 만나게
되고 또 마음을 나누게 되었을까? 유순희 작가님의 또 다른
책 우주 호텔은 친구에 관한 책이다. 종이 할머니가 메이와 친
구가 되고 또 뽀뽀나를 닮은 할머니와 친구가 된다. 마음을 열
면 누구라도 친구가 될 수 있다. 내 마음을 헤아려 주는 사람
을 만나면 그곳이 우주다.

수상한 아이가 전학 왔다!

글 제니 롭슨, 그림 정진희, 출판사 뜨인돌어린이

{ 책 소개 }

전학을 가 본 경험이 있는가? 나는 6학년 때 이사를 했다. 집 앞에 가까운 초등학교가 있었지만 5학년까지 다니던 학교를 계속 다니고 싶어서 걸어서 왕복 40분 거리에 있던 초등학교를 계속 다녔던 기억이 있다. 친구를 쉽게 사귀지 못하는 성격 때문에 새로운 학교에 적응하는 것이 두려웠던 거 같다. 마음이 힘들고 괴로운 것보다 몸이 고단한 것을 선택했다. 전학이 두려웠던 이유는 전학 온 아이들의 적응이 녹록치 않다는 것을 옆에서 지켜봤기 때문이다. 그러면서도 전학 온 친구에게 말 한번 걸지 못하고 무심하게 지냈던 기억이 난다. 지금 생각해 보면 그저 인사 한 번, 농담 한 번 해줬더라면 전학 온 친구들의 마음이 조금 편해지지 않았을까 하는 아쉬운 생각도 든다. 책에 나오는 '두두 브라더스'처럼 전학생에게 적극적으로 다가가는 친구들이 있다면 어떨까? 설령 전학 온 아이에게 수상한 구석이 있다하더라도 금방 적응할 수 있지 않을까?

4학년 두갈과 두미사니, 일명 두두 브라더스는 자타공인 장난꾸러기 듀오다. 둘은 늘 주변을 호기심 가득한 눈으로 탐색한다. 어느 월요일 아침 기묘한 전학생 토미가 전학을 오게 된다. 왜 기묘하냐고? 토미의 옷차림은 평범했지만 얼굴에는 갈색 눈만 겨우 보이는 방한모를 쓰고 있었기 때문이다. 방한모 말고도 사람들의 눈길을 끄는 것이 있었다. 바로 토미의 축구 실력이었다. 전학 온 첫날부터 토미는 멋진 축구 실력을 뽐냈다. 아이들은 토미가 방한모를 왜 쓰고 있는지에 대해 더욱 궁금해한다. 매일매일 토미의 방한모에 대한, 토미의 정체를 알아내기 위한 사건들이 일어난다. 똑똑이 체리스는 심리학을 이용하여 토미에게 집요하게 질문을 해대고, 두두 브라더스는 수업을 마치고 집으로 가는 토미를 몰래 미행한다. 체리스의 주도로 아이들은 각자 생각한 이유를 쪽지에 적어 본다. 못생긴 외모, 전염병, 살인사건의 목격자, 심지어 우주인까지! 아이들이 생각하는 아주 기상천외한 답변들이 쪽지를 가득 채웠다. 하지만 문제는 토미의 방한모를 벗기고 싶어하는 5학년 악당들이 있다는 것. 5학년 악당들은 토미를 후미진 창고로 끌고 가 억지로 방한모를 벗기려 한다. 토미는 강렬하게 저항하다가 여기 저기 피투성이가 되고 만다. 이를 목격한 두두 브라더스와 반 친구들은 5학년 악당들에게 달려들어 토미를 구해내고 다행히 토미의 방한모도 지켜주게 된다. 이 사건 이후 아이들은 더 이상 토미를 귀찮게 하지 않기로 한다. 토미는 충분히 여러 가지 괴로운 일들을 겪었으니까. 대신 금요일 자유발표 시간에 깜짝 선물을 해주기로 한다. 그것은 바로… 모두 토미처럼 방한모를 쓰고 오는 일이었다. 4학년 2반 교실은 각양각색의 방한모로 가득 찼다. 토미는 자신과 같이 방한모를 쓰고 있는 아이들에게 동질감과 위로를 느꼈다. 마침내 마음이 열린 토미는 드디어 방한모를 벗었다. 방한모 속 토미의 모습은? 아주 예쁘게 생긴 소녀였다!

### ✐ 《수상한 아이가 전학 왔다!》를 읽고 생각해보아요.

아이들은 축구를 아주 잘하는 토미를 보고 당연히 '소년'일 거라 생각했다. 토미의 방한모를 무력으로 벗기려고 했던 5학년 악당들도 토미가 당연히 '소년'일거라고 생각했을 것이다. 사람들은 겉모습만 보고 그저 짐작으로 단정지을 때가 많다. 처음엔 짐작이었던 것이 시간이 지나면 사실처럼 굳어져 버리기도 한다. 그러니 토미도 방한모를 벗기 전 아이들에게 '내 얼굴을 보고 나서도 나를 축구에 꼭 끼워줘야 해!'라는 부탁을 했지 않겠는가? 편견이나 섣부른 짐작 없이 있는 그대로 상대방을 봐준다면, 조금만 더 기다려준다면 어떨까?

아빠의 직장 문제로 수차례 전학을 다니던 토미는 지치고 괴로운 마음이다. 여섯 번째로 전학을 간 추운 지역의 학교에서 방한모를 써본 뒤, 방한모 속에서 왠지 보호받고 편안한 마음을 느꼈다. 그래서 일곱 번째 전학 온 이 학교에서도 방한모를 쓰고 지낸 것이다. 여러 귀찮은 일을 겪어도 방한모를 고집했던 토미가 그것을 스스로 벗은 이유는 무엇일까? 그건 바로 친구들의 지지였다. 토미는 아이들의 모습에서 동질감을 느꼈다. 마찬가지로 아이들도 방한모를 써보며 토미의 마음을 이해했을 것이다. 친구들의 지지 속에서 토미는 맘껏 자신의 모습을 보여줄 수 있었다.

4학년 2반 아이들 모두 방한모를 쓰고 온 금요일에, 아이들은 익명으로 산다는 것에 대한 자유로움을 느꼈다. 방한모가 준 익명성 속에서 아이들은 노벨상 수상자도 멋진 영화배우도 될 수 있었다. 5학년 악당들 앞에서 험한 말을 해보기도 하고. 말 한마디 하지 않던 아이는 방한모를 쓰고 온 금요일 발표 시간에 재밌는 이야기를 술술 풀어내 아이들을 웃기기도 했다. 그런데 이런 자유로움과 자신감은 방한모 없이는 불가능한 것일까? 우리가 가진 본연의 모습 혹은 그 이상의 것들을 자유롭게 표현하기에는 타인의 시선이 너무 두려운 것 아닐까? '익명성' 속에서 축구를 잘하는 여자아이, 재밌는 이야기를 잘하는 아이가 아니라 '나'라는 원래의 모습 속에서 자유롭게 표현할 수 있다면 더 좋겠다는 생각을 해본다.

## 아이와 함께 교과서 연계하기

- 국어 4-2
- 4단원 이야기 속 세상

이 단원은 이야기의 구성요소를 이해하며 읽어보는 단원이에요. 이야기 속의 인물, 사건, 배경을 파악하며 읽어봅니다. 구체적으로 인물의 성격, 사건의 흐름, 시간이나 공간적 배경을 파악하면서 읽으면 훨씬 쉽고 재미있게 이해할 수 있어요. 등장인물의 말이나 행동을 통해 성격을 짐작해봅시다.

## ‡ 등장 인물의 성격을 짐작하며 이야기 읽기

| 인물 | 말이나 행동 | 인물의 성격 |
|---|---|---|
| <br>나(두갈) | | |
| <br>토미 | | |
| <br>체리스 | (예시) 토미에게 대답을 듣기 위해 같은 질문을 반복한다. 아이들에게 토미에게 궁금한 것을 쪽지에 적으라고 한다. | 원하는 것에 얻으려고 노력한다. 자기 주장이 강하다. |
| <br>두미사니 | | |

 **추천도서**

방과 후 초능력 클럽, 임지형

외계인 같은 동엽이가 대장이 되어 초능력을 개발하는 클럽을 만들었다. 클럽 멤버들은 같은 반 아이들이 할 수 있는 게임을 만들고 연구 자금을 모으는 활동도 한다. 체력 훈련도 빠질 수 없다. 클럽은 대장 동엽이가 갑자기 사라지면서 위기를 맞는다. 멤버들은 혼자 숨어 있던 동엽이를 찾아내 숨게 된 이유를 듣게 되고 그 마음을 헤아려주게 된다. 유쾌하고 기발한 방과 후 초능력 클럽의 이야기를 만나 보자.

# 잘 가, 비닐봉지야!

글 양서윤, 그림 이다혜, 출판사 초록개구리

{ 책 소개 }

　　2024년 여름의 더위는 그 어떤 해와 비교할 수 없을 만큼 매우 혹독했다. 기상청이 발표한 '2024년 여름철 기후 분석 결과'에 따르면 여름철 전국 평균기온은 25.6℃로 2018년 25.3℃를 제치고 역대 1위 기록을 다시 세웠다. 밤에도 25℃를 넘는 열대야 일수는 제주 56일, 서울 44일 등 전국 66곳 중 36곳에서 역대 1위 기록이 경신됐다. 전국에서 평년 대비 3.1배에 달하는 20.2일의 열대야가 관측됐고 전국 평균 폭염일수는 24일로 역대 3위를 기록했다고 한다. 비공식 기록이지만 경기도 여주 금사 지역은 41.6℃를 기록했을 정도로 그야말로 '지구가 끓고 있다.'는 표현을 몸으로 체감하게 된 한 해였다. 사람만 더위에 힘든 시간을 겪은 것은 아니다. 바닷물의 평균 온도가 30℃를 오르내리자, 양식장의 멍게, 우럭 등 어류와 수산물들은 줄줄이 폐사했다. 양식장에서 죽은 물고기를 뜰채로 뜨는 모습을 보았는데, 살이 허옇게 익어서 죽은 물고기의 모습에 너무 마음이 아팠다. 뿐만 아니라, 세계적으로 코코아, 올리브오일, 쌀, 대두 등의 작물이 더위로 인해 수확량에 큰 타격을 입을 것으로 예측되고 있다. 뜨거워진 지구가 많은 생명체들에게 자신의 고통을 조금씩 덜어내고 있는 느낌이다. 파리 기후협약에서 정한 기후 재난을 막기 위한 마지노선 온도 1.5℃를 올해에 넘지 않을까 걱정스러운 마음이 든다. 앞으로 여름이 더 길고 더 더워질 것이라는 불안한 예측이 나오고 있다. 뉴스에서만 보던 지구 곳곳의 기후 재난이 우리 곁에 바짝 와 있음을 몸소 느끼며, 더 이상 물러날 곳은 없다는 절박한 마음이 드는 2024년 여름이었다.

## 📖 책 내용 알아보기

'신들의 섬'이라고 불릴 만큼 아름다운 인도네시아 발리는 언제부터인가 바닷가에 밀려드는 쓰레기로 몸살을 앓고 있다. 서핑을 좋아하는 12살 멜라티 위즌은 동생 이사벨이 바닷가에 버려진 비닐 봉지 때문에 다리를 다친 일을 계기로 친구들과 함께 매일 쓰레기를 치우는 활동을 하게 된다. 지속적으로 쓰레기를 치우는 활동을 하기 위해 BBPB(Bye Bye Plastic Bags)라는 모임도 만들었다. 하지만 아무리 쓰레기를 열심히 치워도 비가 오면 여기 저기서 쓰레기가 다시 해변으로 밀려들어왔다. 멜라티는 비닐을 쓰지 않는 것이 해결책임을 깨닫고 주지사를 만나 비닐봉지 사용 금지법을 건의하기로 마음먹는다. 하지만 주지사가 만나주지 않자, 자신들의 뜻을 지지해주는 사람들의 서명을 받기로 하고 공항에서 서명운동을 시작한다. 그러는 중에 멜라티가 다니는 학교에 '침팬지의 어머니'라 불리는 제인 구달 박사가 와서 지지 서명을 해주고, 이 일은 점점 세상에 알려지게 되었다. 또한 반기문 유엔사무총장의 도움으로 파리에서 열리는 유엔 기후변화 협약 총회에 참석하는 기회도 갖게 되었다. 멜라티는 자신의 뜻을 전하기 위해 단식 투쟁까지 하며 결국 발리 주지사로부터 비닐봉지 사용을 금지하는 법을 만들겠다는 서명을 받아내고 만다. 이후 멜라티와 이사벨은 'TED'라는 프로그램에서 강연을 하고, 2018년 미국 시사 주간지 〈타임〉 선정 '가장 영향력 있는 10대'에 뽑히기도 하는 등 지금도 활발하게 활동을 이어가고 있다.

### 🐤 《잘 가, 비닐봉지야!》를 읽고 생각해 보아요.

멜라티와 이사벨은 자신들이 보고 겪은 문제에 대해 적극적으로 행동에 옮겼다. 12살, 10살 어린 아이들이 친구들과 함께 시작한 일이라고 믿기지 않을 만큼 놀라운 성과를 이끌어냈다. 그 결과 발리는 2019년 비닐봉지·스티로폼·플라스틱 빨대 사용 금지 정책을 시행했다. 멜라티가 이뤄낸 일들은 'TED' 강연과 SNS를 통해 전 세계적으로 알려졌다. 멜라티가 고군분투하며 적극적으로 행동을 하는 과정에서 제인 구달 박사, 반기문 유엔사무총장처럼 자신들을 지지해 줄 수 있는 사람을 만날 수 있었다. 또한 2015년 파리에서 열린 유엔 기후변화협약 총회에서 청소년 대표로 연설하고, 2020년에는 스위스 다보스에서 열린 세계경제포럼에 참석해 청소년 대표로서 환경문제를 논의하기도 했다. 10대 소녀가 이렇게 눈부신 활약을 할 수 있었던 것은 환경에 대한 올바른 생각과 그와 일치하는 적극적인 행동을 했기 때문일 것이다. 아이들도 충분 세상을 변화시킬 수 있는 힘을 가지고 있다. 멜라티의 이야기를 읽으며 진취적인 생각과 용기를 마음에 품어 보자.

아이들이 살아갈 미래의 지구는 지금보다 훨씬 혹독한 환경일 것이다. 전세계는 이미 폭염과 혹한, 홍수와 가뭄 등 양극단의 기후 재난에 맞닥뜨리고 있다. 사람들의 예상보다 훨씬 빠른 속도로 변화하고 있는 지구를 지키기 위해 때로는 급진적인 모습으로 때로는 절박한 모습으로 환경 운동을 하는 사람들이 있다. 환경 단체 '그린 피스'나 스웨덴의 10대 환경 운동가 그레타 툰베리, 해양 쓰레기를 치우는 회사 '오션 클린업'을 설립한 네덜란드의 보얀 슬렛 등이 바로 그들이다. 끓고 있는 지구의 문제를 방관하거나 외면하지 않고 행동에 나서는 사람들이 많아지면 좋겠다. 환경 운동을 하는 사람들을 주변에서 심심치 않게 볼 수 있다면, 미래의 지구를 좀 더 희망적으로 바라볼 수 있지 않을까?

비닐이 썩는 시간이 100~500년이라고 한다. 1907년에 합성수지를 원료로 한 플라스틱이 개발된 이래 100년이 넘는 기간 동안 플라스틱이 주는 편리함과 가벼움, 다양한 활용이라는 이점을 맘껏 누려왔다. 사람들의 환호 속에서 플라스틱은 이제 바다와 땅, 지구 곳곳에서 볼 수 있게 되어버렸다. 이미 우리 생활에 깊숙하게 들어온 플라스틱을 당장 없애는 것은 힘들 것이다. 하지만 멜라티와 친구들이 헌 티셔츠나 라탄을 활용해 에코백을 만들어 사람들에게 나눠준 것처럼 다양한 대체품에 대한 아이디어를 고민해 볼 수 있다. 물론 실패하거나 효과가 미미할 수도 있을 것이다. 하지만 계속 시도하다 보면 100년 전 플라스틱을 처음 발명할 때처럼 놀라운 소재가 또 나올지 모를 일이다. 발리에서 시작한 '잘 가, 비닐봉지야!'를 우리 집에서 한번 시작해보면 어떨까?

###  아이와 함께 교과서 연계하기

- 과학 3-1
- 5단원 지구를 위해 할 일

이 단원은 지구의 모습을 알아보고 지구를 위해 우리가 할 일들에 대해 알아보는 시간입니다. 지구 환경의 문제점을 조사해보고 집과 학교에서 실천할 수 있는 방법들에 대해 알아보아요.

| 지구 환경의 문제점 | 내가 할 수 있는 일 | 집에서 할 수 있는 일 | 학교에서 할 수 있는 일 |
|---|---|---|---|
| 예시)<br>1. 플라스틱 쓰레기가 많이 발생한다. | 1. 텀블러 가지고 다니기<br>2. 비닐 대신 에코백 사용하기 | 1. 음식 포장해 올 때 일회용 용기 안 쓰기<br>2. 분리배출 실천하기 | 1. 급식 먹을 때 플라스틱 숟가락이나 빨대 안 쓰기<br>2. 올바른 분리배출 방법 배우기 |
| 2. | | | |
| 3. | | | |

**추천도서**

그레타 툰베리, 발렌티나 카메리니

2019 노벨 평화상 후보에 오른 소녀 환경 운동가 그레타 툰베리의 이야기를 담은 책이다. 스웨덴의 어린 소녀가 유엔 기후 변화 총회, 다보스 포럼 등 국제무대에서 당당하게 자신의 목소리를 내는 환경 운동가가 되기까지 힘겹게 걸어온 여정을 읽어보자. 그리고 그레타 툰베리가 혼신의 힘을 다해 하는 이야기에 귀를 기울여 보자.

이태석, 낮은 곳에서 진정으로
나눔을 실천하다.

글 채빈, 그림 김윤정, 출판사 스코프

{ 책 소개 }

　　얼마 전 TV프로그램에 한국 근현대사의 산 증인이신 두봉 주교님이 출연하신
적이 있다. 프랑스의 젊은 청년이 오직 선교를 위해 6.25전쟁 이후 폐허가 된 한
국에 들어와 휘몰아치는 한국 역사 속에서 꿋꿋하게 사명을 감당해 오신 이야기가
참 감동적이었다. 인터뷰 말미에 본인의 인생에 대해 말씀하시는 장면이 있었다.
본인의 삶에 대해 "기쁘고 떳떳하게 살았다."라고 하셨다. 한 사람의 인생이 온전
하게 타인을 위해 쓰일 수 있고 거기에 대해 '기쁘고 떳떳했다.'라는 표현을 하시는
장면에서 마음이 울컥했다. 그 프로그램에서 아프리카 남수단에서 온 토마스라는
흑인 청년의 이야기도 소개되었다. 이 청년은 이태석 신부님의 가르침대로 공부하

고 성장해 한국에 들어와 외과 전공의로 일하고 있었다. 한 사람의 인생을 바친 헌신이 얼마나 큰 열매로 맺어질 수 있는지를 눈으로 확인한 순간이었다. 순수한 헌신과 이타심이 참으로 존귀하게 느껴졌다.

이태석 신부님은 1962년 부산의 가난한 동네에서 태어났다. 홀어머니 밑에서 가난한 10남매 중 하나였던 신부님은 신실한 가톨릭 신자였던 어머님 영향으로 어린 시절 대부분을 성당에서 보냈다. 공부를 잘했던 신부님은 음악에도 뛰어난 재능을 보여 주위 사람들을 즐겁게 해주었다. 인제대학교 의과대학에 합격해 의대 공부를 하셨지만, 어린 시절 다미앵 신부님의 인생을 그린 영화를 보고 큰 감동을 받아 사제의 길로 들어서게 되었다. 다미앵 신부님은 몰로카이 섬에서 한센병 환자를 위해 평생을 헌신하시다가 그곳에서 생을 마감하신 분이다. 이태석 신부님은 늦은 나이에 사제 서품을 받고 아프리카 중에서도 전쟁과 기근으로 피폐한 삶을 살고 있는 남수단으로 떠났다. 가장 열악한 곳이 자신을 정말로 필요로 하는 곳이라고 생각하신 것이다. 남수단 톤즈의 병원은 움막이나 다름없었고 변변한 약이나 의료기기도 없었다. 신부님은 열정적으로 환자를 치료하시면서 그곳의 환경도 개선시켜 나갔다. 약을 보관할 냉장고를 설치하기 위해 태양열 전지판을 직접 설치하고, 사람들과 함께 벽돌을 구워 작은 건물을 지었다. 다행히 각지에서 후원 약품을 보내주셨고, 톤즈 사람들은 제대로 치료약을 써본 적 없어 치료 효과가 좋았다. 정성을 다해 치료하는 신부님의 소문이 퍼져 매일 같이 멀리서 환자들이 찾아왔다. 수도 없이 전쟁이 일어나는 남수단에선 어린 소년들도 총을 들고 전쟁에 나갔다. 아이들이 글자 한번 배우지 못하고 총부터 잡는 것을 매우 안타깝게 여긴 신부님은 학교를 세워 아이들을 가르치기 시작하셨다. 아이들은 처음 글을 배우고 책을 읽는 재미에 푹 빠져 열정적으로 배움에 임했다. 하지만 소년병으로 전쟁에 끌려 나갔던 아이들의 마음은 배움으로 치유되지 않았다. 신부님은 아이들을 위해 브라스밴드를 만들어 악기 연주하는 법을 직접 가르쳤다. 아이들은 악기를 배우며 음악을 연주하게 되었고 분노로 가득 차 있던 아이들의 마음에 사랑이 싹트게 되었다. 브라스밴드는 제법 훌륭한 연주를 할 수 있게 되어 여기저기 초청 공연을 다니는 등 인기도 많아졌다. 톤즈에 가신 지 7년 되던 해에 신부님은 휴가를 받아 한국에 잠시 귀국하셨다. 친구 분의 권유로 건강 검진을 하셨는데 충격적이게도 대장암 말기 진단을 받게 되었다. 아픈 와중에도 남수단으로 돌아가시려 했지만 위중한 상태였기 때문에 바로 항암 치료를 하셨다. 여러 번의 항암 치료에도 불구하고 신부님은 톤즈로 돌아가지 못하시고 결국 선종하시게 되었다. 신부님이 돌아가신 것이 톤즈에 알려지고 많은 사람들이 크게 슬퍼했다. 하지만 신부님의 뜻을 이어받아 새로운 신부님들, 그리고 수단장학회에서 여전히 톤즈를 위해 병원을 운영하고 아이들을 가르치며 사랑을 베풀고 있다.

### 🐤 《이태석, 낮은 곳에서 진정으로 나눔을 실천하다》를 읽고 생각해 보아요.

이태석 신부님이 아프리카 남수단까지 가서 헌신할 수 있었던 가장 큰 힘은 어디에서 나왔을까? 신부님은 성당에서 어린 시절을 보내면서 깊은 신앙심을 가지게 되었다. 의과대학에 합격하여 의대 공부를 하던 중에 사제의 길로 들어서는 것은 큰 결심이 필요했을 것이다. 신부님은 '가장 가치 있는 일은 무엇일까, 무엇을 위해 살아야 할까?'라는 질문에 대한 답을 자신의 신념에 따라 명확하게 정하셨다. 목표와 방향이 정해지면 나머지 문제들은 방법을 찾아가며 해결해 나갈 수 있으니 말이다. 어린 시절 배운 '지극히 작은 자에게 베푼 사랑이 곧 예수님께 한 것이다' 라는 성경의 말씀대로 살고자 했던 그 신념이 남수단 톤즈에서 헌신할 수 있었던 원동력이지 않았을까 하는 생각이 든다.

이태석 신부님은 2001년에 남수단 톤즈에 가셔서 2008년에 휴가를 얻어 한 국에 돌아오기까지 7년 동안을 헌신하셨다. 그 기간 동안 병원을 지어 많은 사람 들을 치료하고, '돈 보스코' 학교를 세워 아이들을 가르치고 또 브라스밴드를 만들 어 아이들과 함께 공연을 다니셨다. 과연 이렇게 많은 일들을 어떻게 다 해내셨을 까 생각하면 그저 놀랍기만 하다. 48년의 짧은 인생을 사셨지만 신부님의 사랑은 결코 짧지 않았다. 신부님이 톤즈에 뿌린 사랑의 씨앗들이 열매를 맺고 있기 때문 이다. 신부님께 배웠던 아이들이 의사가 되고, 신부님의 인생이 다큐멘터리 〈울지 마 톤즈〉와 영화 〈부활〉로 만들어져 많은 사람들에게 감동을 주고 있다. 또한 '이태 석 재단'이나 '수단 장학회'에서 신부님의 사랑이 이어질 수 있도록 돕고 있다. 짧 은 인생을 사셨지만 아직까지 우리 곁에 오래도록 이어지는 신부님의 사랑이 참으 로 감동적이다.

어떤 인물의 생애와 업적을 자세하게 기록한 책을 '전기문'이라고 한다. 완벽 한 사람은 없다지만, 전기문 속의 인물들은 가난하고 어려운 환경에서 갖은 고생을 하며 불굴의 의지로 위대한 업적을 남긴 사람들이 대부분이다. 전기문을 읽으면 나 와는 너무 다른 인물의 이야기라 어렵고 낯설게 느껴질 때가 많다. 그들의 삶과 나 의 생활이 비교되면 괜히 주눅들기도 한다. 그럼에도 이런 전기문을 읽는 이유는 무엇일까? 본받을 만한 사람의 인생을 책이나 영화로 경험하는 것은 그 자체로 큰 동기부여가 되기 때문이다. 이태석 신부님이 다미앵 신부님의 삶을 담은 〈몰로카이의 성인〉이라는 영화를 보고 인생의 방향을 찾은 것처럼 나의 꿈과 목표를 세울 때 바람직한 영향을 받을 수 있다. 목표를 정하고 거기에 도달하기 위해 부단히 노력하는 과정에서도 마찬가지다. 이름 난 유명인들의 이야기만 골라 읽을 필요는 없다. 자기 분야에서 굵직한 일을 해낸 인물들이 많이 있다. 관심이 있는 분야가 무엇인지 생각해 보고 그 분야의 인물 이야기를 읽으면 좋겠다.

### 🖉 아이와 함께 교과서 연계하기

- 국어 4-2학기
- 6단원 본받고 싶은 인물을 찾아봐요

이 단원은 전기문을 읽고 인물의 삶을 이해해 보는 단원입니다. 본받고 싶은 인물을 찾아보고 전기문을 읽으며 그들의 삶과 업적에 대해 생각해 보아요.

1. 이태석 신부님이 살아온 과정과 한 일을 차례대로 정리해 봅시다.

| 한국에서 성장 과정 | | 남수단 톤즈에서 한 일 | | |
|---|---|---|---|---|
| 출생~어린시절 | 대학교입학~사제 서품 | 의료 | 학교 | 밴드 |
| 예시)<br>① 1962년 부산에서 태어남<br><br>② 성당에서 많은 시간을 보냄<br><br>③ | 예시)<br>① 인제대학교 의대 입학<br><br>② | ① | ① | ① |

2. 이태석 신부님이 한 일을 통해 인물의 가치관을 짐작해 봅시다.

   1) 어린 시절 거지의 옷을 꿰매 준 것으로 보아 어떤 성격을 가진 것으로 볼 수 있나요?

   2) 의대 공부를 하던 중 신부님이 되기로 결심한 이유는 무엇일까요?

   3) 톤즈에서 태양열 전지판을 설치하고 건물을 지은 것으로 보아 어떤 성격일 것 같나요?

   4) 아이들에게 음악을 가르치기로 결심한 계기는 무엇일까요?

   5) 대장암 말기로 진단받은 것을 어머니께 말씀드리지 않은 이유는 무엇일까요?

 **추천도서**

우물 파는 아이들, 린다 수 박

이태석 신부님이 헌신하셨던 아프리카 수단을 배경으로, 물을 길러 매일 여덟 시간을 걸어야 하는 소녀 니아와 전쟁을 피해 난민이 된 채 아프리카 전역을 헤매는 실바의 이야기다. 실화를 바탕으로 한 이 이야기를 읽으면 왜 이태석 신부님이 남수단에서 자신의 삶을 헌신하셨는지 이해할 수 있을 것이다.

# 장래 희망이 뭐라고

글 전은지, 그림 김재희, 출판사 책 읽는 곰

{ 책 소개 }

　　2023년 교육부에서 발표한 자료에 따르면, 학생들이 희망하는 직업 1위는 초등학생은 운동선수, 중·고등학생은 교사였다. 그 뒤를 이어 의사, 간호사, 교사, 크리에이터, 경찰, 연구원이나 개발자 등이 순위를 차지하고 있다. 2018~2021년의 자료를 봐도 다소 순위 차이만 있을 뿐 아이들이 선호하는 직업은 거의 비슷한 것을 볼 수 있다. 그런데 희망 직업이 없는 비율은 2018년 초·중·고등학생 각각 10.7%, 28%, 19.4%이던 것이 매년 높아져 2023년에는 각각 20.7%, 41%, 25.5%까지 올라갔다. 조사 결과를 보면서 자신이 무엇을 좋아하고 원하는지 잘 모른 채 성장하는 아이들이 많다는 생각이 들었다. 또한 좋아하고 잘하는 것을 직업과 연관

지어 볼 때, 아이들이 알고 있는 현실의 직업 세계가 그리 다양하지 않을 거라는 생각도 들었다. 하고 싶은 것을 마음껏 이야기할 수 있는 환경이 아니라는 것과 그 럴듯한 대답을 원하는 분위기도 영향을 미치지 않았을까 한다. 아이들이 근사한 것 을 이야기하길 바라는 무언의 압박에 주눅들지 않고 자유롭게 꿈을 품을 수 있길 바라는 마음이다.

내 꿈은 무엇인가 생각해 봤다. 내 꿈은 두 아들을 건강한 사회인으로 잘 독 립시키는 것, 여유로운 노후를 위해 경제적 준비를 잘하는 것, 건강하고 우아한 할 머니로 나이 드는 것, 또 아이들에게 책 읽고 글 쓰는 것을 오래도록 가르치는 것 이다. 직업과 연결시킬 수 있는 것은 한 가지이고 나머지는 대체로 소박한 꿈이다. 이 책의 주인공 수아처럼 남의 시선을 의식하지 말고 내가 진정으로 원하고 바라 는 꿈을 이루기 위해 씩씩하게 한 발 한 발 내딛어 보아야겠다.

성형외과 의사가 꿈인 수아는 장래 희망에 대한 글짓기 숙제를 하며 고민이 많아졌다. 공부를 못한다는 이유로 사람들이 비웃을까 봐 의사라는 꿈을 사실대로 적지 못하기 때문이다. 그때부터 수아는 자신에게 딱 알맞은 장래 희망을 찾기 시 작한다. 자신이 좋아하는 것을 생각해 보니 '슬슬 돌아다니며 이것저것 구경하기'인 데 이것과 어울리는 직업은 관광 버스 기사만 떠올랐다. 수아는 친구들에게 어떤 장래 희망을 가지고 있는지 물었다. 친구들은 미식가, 대학교수, 실내화공장 사장 등 다양한 장래 희망과 그 이유를 이야기했다. 수아의 가족들은 더 다양한 장래 희 망을 이야기했다. 외할머니의 '곱게 자연사'하는 것부터 엄마의 '제다이의 기사', 아 빠의 '65세까지 회사에서 쫓겨나지 않고 버티기'까지. 수아는 가족이나 친구의 장 래 희망을 듣고도 자신의 장래 희망을 결정하지 못해 선생님께 고민을 털어놓았다.

선생님께서는 장래 희망이 꼭 직업을 정해야 하는 것은 아니라고 하시면서 수아가 진짜 원하는 장래 희망을 말하지 못하는 것에 대해 조언을 해주었다. 감을 따려면 먼저 감나무에 사다리를 놓아야 한다고 말이다. 크고 탐스러운 감을 따지 못할지라도 그 옆에 비슷한 감은 딸 수 있으니 말이다. 수아는 오랜 고민 끝에 드디어 글짓기 숙제를 완료하고 수업 시간에 자신 있게 발표한다. 자신의 꿈은 외모로 고민하는 사람들에게 자신감을 찾아 주는 '성형외과 의사'라고!

## 🐥 《장래 희망이 뭐라고》를 읽고 생각해 보아요.

장래 희망(將來希望)을 한자 그대로 풀이해 보면 장래, 다가올 앞날에 '어떤 일을 이루거나 하기를 바람'이라는 뜻이다. '희망'은 원하고 바라는 것이니 굳이 직업과 연결 짓지 말고 먼저 무엇을 원하고 바라는지 생각해 보면 어떨까? 근사할 필요는 없지만 조금이라도 나의 성장과 발전, 그리고 사회에 도움이 되는 것에 초점을 두는 것으로 하고 말이다. 무엇을 원하고 바라는 지 알려면 나를 잘 알아야 한다. 앞으로 나는 어떤 사람이 되고 싶은지, 어떤 일을 하며 살고 싶은지, 나를 기쁘고 보람되게 하는 일은 어떤 것인지에 대해 진지하게 고민하고 알아가면 좋겠다. 지금도 그렇지만 우리 아이들이 사는 미래는 더더욱 한 가지 직업으로만 살지 않을 테니 자신이 가진 소망과 즐거움, 보람이 어떤 것인지 알아가는 작업은 아주 중요하다.

수아는 자신의 장래 희망을 찾기 위해 주변 사람들에게 조언을 구하고 그들의 장래 희망도 물었다. 엄마는 마음 속에 품고 있던 다소 황당한 이상향을, 아빠는 꼭 지켜야만 하는 현실의 소망을, 외할머니는 인생의 마지막을 잘 마무리할 꿈을 이야기했다. 친구들도 요리사, 미식가, 실내화공장 사장, 동물박사까지 다양한 장래 희망을 이야기했다. 수아는 그 과정에서 서로 의견을 나누고 조언을 해줄 수 있지만, 결국 스스로 선택해야 한다는 것을 깨닫게 되었다. 나를 잘 알고 사랑해주는 가족이라 할 지라도 내 꿈을 정해줄 수는 없다. 그랬다가 수아 이모처럼 장래 희망이 '아무 남자하고나 결혼하기'가 되어버릴 테니까. 내가 스스로 결정하고 선택한 꿈은 설령 그것을 이루지 못했다 할지라도 원하고 바라던 그 어딘가로 데려다줄 것이다. 왜냐하면 그 과정과 단계를 내가 스스로 설계했기 때문이다.

수아가 진짜 바라는 꿈은 '성형외과 의사'지만, 공부를 잘해야 의사가 될 수 있다는 현실 앞에서 주저하게 된다. 아직 시합을 뛰지도 않았는데 쟁쟁한 선수들이 출전한다는 소식을 듣고 지레 겁을 먹어 기권을 하려는 격이다. 아주 높은 수준의 조건을 만족해야만 할 수 있는 직업도 많다. 하지만 그 수준까지 도달하는 것이 최소한의 자격이라면 피할 수 있는 명분도 없다. 괴롭고 힘든 여정이겠지만 굳은 결심을 하고 나아가야한다. 50층 건물을 걸어 올라가는데 중간에 21층, 34층을 건너뛰고 올라갈 수는 없다. 중요한 것은 1층부터 올라가기를 시작하는 것이다. 중간에 잠시 숨 돌리며 바깥 풍경을 볼 수도 있고, 발목이 아파 좀 쉬어야 할 수도 있다. 하지만 50층까지 어떻게 올라갈 것인지 계획을 세워 일단 시작하는 것이 가장 중요하다. '운이 좋았다'는 이야기도 자기의 모든 것을 쏟아 노력한 사람만이 할 수 있는 말이다. 내가 최선의 노력을 했고 운도 따랐다는 이야기로 해석해야 한다. 1mm씩이라도 전진하는 자세를 우리 아이들에게 알려주면 좋겠다.

**아이와 함께 교과서 연계하기**

- 국어 4-1
- 5단원 내가 만든 이야기

이 단원은 이야기를 읽고 이어질 내용을 상상해서 써보는 단원입니다.

1. 책에 나오는 등장 인물들의 장래 희망과 그 이유를 적어보아요.

| 등장인물 | 장래 희망 | 장래 희망을 가진 이유 |
|---|---|---|
| 수아 | 성형외과 의사 | 외모 때문에 고민인 사람들에게 자신감을 찾아주고 싶어서 |
| 헌철 | | |
| 엄마 | | |
| 병찬 | | |
| 민경 | | |

2. 인물을 한 명 선택해서 어떻게 꿈을 이뤘는지 상상해서 글을 써보아요.

예시) 수아는 성형외과 의사가 되는 것이 꿈이지만 의사가 될 만큼 공부를 잘하지 못했어요. 하지만 수아는 꼭 성형외과 의사가 되어 외모로 고민이 많은 사람들에게 자신감을 찾아주고 싶은 마음이 컸기 때문에 먼저 공부를 잘하는 것에 대해 진지하게 계획을 세웠습니다. 의사가 되려면 수학과 과학을 잘하는 것이 중요했어요. 수학 공부를 위해 쉬운 수학 책부터 읽기 시작했어요……

**추천도서**

뚱셰프가 돌아왔다, 최은영

먹는 것도 요리하는 것도 좋아하는 귀여운 뚱보 다율이. 하지만 뚱뚱한 몸매로 친구들에게 놀림을 당한 후 무리한 다이어트를 하며 자신감을 잃게 되었다. 다율이에게 다시 자신감을 찾아준 것은 요리 대회! 좋아하는 일을 하며 다시 꿈을 키우는 다율이의 이야기를 만나 보자.

# 학교잖아요?

글 김혜온, 그림 홍기한, 출판사 마음이음

## { 책 소개 }

　　한국특수교육 총연합회의 2024년 자료에 따르면 전국에 특수학교는 총 195개가 있으며 서울, 경기에 71개가 분포되어 있다. 부산 15개, 대구 11개이고 내가 사는 울산은 4개 학교가 있다고 한다. 장애 아동을 둔 엄마들이 특수학교 보내는 것이 서울대보다 힘들다는 말을 한다는 것을 보면 단순히 학교 개수로 가늠할 수 있는 부분은 아닌 듯하다. 몇 해 전 뉴스에서 장애 아이를 둔 어머니들이 무릎을 꿇고 특수학교 설립에 대해 눈물로 호소하는 장면을 보았다. 몸이 불편한 아이들이 통학하는 거리가 너무 멀기도 하고, 그마저도 인원의 제약으로 갈 수 없는 상황에 놓인 것이 너무 안타까웠다. 초등, 중등은 의무 교육인데 장애 아이들은 기본적인 교육 과정을 받는 것이 녹록치 않음을 알 수 있다. 소개할 책의 제목이 《학교잖아요?》이다. 학교는 아이들 모두가 갈 수 있는 곳이어야 하는데, 학교를 들어가는 것에서부터 불평등이 존재한다면 과연 학교가 맞을까? 왜 제목에 물음표가 붙어 있는지 한번 알아보자.

조은이는 이사간 새 아파트 앞 공터에 기대하던 대형마트가 들어오지 않는다는 소식을 들었다. 대형 마트를 기대했던 어른들은 특수학교가 설립될 예정이라는 소식에 더욱 불만의 목소리를 높이며 여기저기 플래카드를 설치했다. 이런 동네의 뒤숭숭한 분위기는 조은이와 같은 반 친구 솔이에게도 불안감을 주었다. 솔이는 신체 활동은 문제가 없지만 정신적인 면에서 주변의 도움이 필요한 친구인데 특수학교가 생기면 그 곳으로 전학을 가게 될까 봐 두려워했다. 조은이의 절친 윤서는 다른 아이들보다 예민한 반응을 보였다. 윤서에게는 휠체어를 타는 동생 민서가 있었는데, 집에서 먼 특수학교에 다니느라 하루에 세 시간을 통학하는 데 보내고 있었기 때문이다. 사회 숙제 때문에 모둠 활동을 하던 날, 해나와 솔이가 실랑이를 벌이다가 해나가 솔이 가방에 달려있는 인형을 빼앗아 던져버렸다. 말로 표현하는 것이 힘든 솔이는 해나의 얼굴을 할퀴게 되고, 해나의 부모님이 학교를 찾아와 항의하는 소동이 일어났다. 이 소동은 특수학교 설립을 반대하는 목소리에 기름을 붓게 되었다. 반대의 목소리가 거세지자 장애 아이를 둔 엄마들이 그 앞에 나와 무릎을 꿇고 눈물로 호소했다. 며칠이 지나고 결석하던 솔이는 다시 학교에 나오게 되었다. 그리고 아이들과 함께 '멀리 있는 특수 학교에 다니는 민서'라는 주제로 모둠 발표를 무사히 마치게 되었다. 모둠 발표 영상을 해나가 SNS에 게시하는 바람에 이 일은 널리 알려지게 된다. 교장 선생님과 유명 연예인까지 특수학교 설립을 지

지하는 사람들이 생겨나고 많은 사람들의 응원을 받게 되었다. 특수학교가 설립될
지 안 될지 결정되지 않았지만 아이들은 이 일을 통해 함께 살아가는 마음을 배우
게 되었다.

### 🐤 《학교잖아요?》를 읽고 생각해 보아요.

솔이는 일반 학교에 다니고 있다. 신체 활동에 크게 문제가 없고 정신적인 장
애도 경증 수준인 아이들은 일반 학교의 각 학급에 소속되어 수업을 받고 있다. 이
런 친구들과 가까이에서 생활해 본 아이들은 어렸을 때부터 함께 생활하는 법을
배우게 된다. 솔이처럼 자신의 감정을 말로 표현하기 힘들어 몸으로 먼저 반응할
수도 있고, 모둠 활동이나 발표 등에서 기대하는 만큼 잘 되지 않을 수도 있다. 하
지만 아이들은 성과나 성취에 앞서 함께 지내고 살아가는 방법을 배울 수 있다. 함
께 학교생활을 하는 것은 한쪽의 일방적인 배려나 책임이 아닌, 서로를 위하고 서
로에게 도움이 되는 일임을 배웠으면 좋겠다.

내가 직, 간접적으로 겪은 일들은 잘 이해할 수 있는 반면, 그렇지 않은 일은
전혀 다른 세상에서 일어나는 일처럼 낯설게 느껴질 수 있다. 그래서 경험해 보지
못한 일에 대해 함부로 이야기하기 어려운 것이기도 하다. 장애 문제는 특히 더 그
런 것 같다. '장애 감수성(Disability Empathy)'이란 용어가 있다. 비장애인들이
일상생활에서 경험하는 다양한 일들을 장애인의 관점에서 인식하고 해석하여 그
일이 어떤 영향을 미칠지 예측함으로써 문제를 해결하는 데 동참하겠다는 심리 사
회적 공감을 의미한다. 법적, 제도적 개선보다 우선되어야 할 것은 이런 감수성을

가지는 것이라고 생각한다. 그들의 불편함과 어려움을 공감하고 이해하는 것이 함께 살아가는 첫 걸음이다.

대표적인 님비(Not In My Backyard) 시설인 특수학교는 설립을 계획하는 것부터 힘든 일이지만, 요즘은 학령인구의 감소로 일반 초등학교를 신설하는 것도 쉬운 일이 아니다. 전체 학령 인구는 향후 5년간 70만여 명이 감소할 것으로 예측된다고 하고, 그 중에서 초등학생은 2025년 233만 명 수준에서 2029년 173만 명으로 학생 4분의 1이 사라지는 것으로 통계가 나오고 있다. 최근 5년간 초등학교 101곳이 문을 닫았으며, 중고등학교도 36개 학교가 폐교되었다. 그중 서울, 경기의 초등학교가 23개나 된다고 하니, 시골 마을에서만 일어나는 일은 아닌 것이다. 한쪽에서는 아이들이 없어 학교가 문을 닫고, 한쪽에서는 갈 수 있는 학교가 없어 발을 동동 구르는 불균형이 심화되고 있다. 저출산 대책도 중요하지만 지금 학령인구에 있는 아이들을 어떻게 잘 교육시키고 키울 것인가에 대한 고민이 절실한 때이다. 일반아이, 장애아이 할 것 없이 한 명, 한 명 소중한 아이들이기 때문이다. 장애 아이들에게 전문적이고 세밀한 교육을 해준다면 자기 몫을 충분히 해낼 수 있을 것이다. 그런 여건을 제대로 마련해줄 수 있도록 고민이 필요한 때이다.

## 아이와 함께 교과서 연계하기

- 도덕 4-1

- 4단원 함께 하는 즐거움

이 단원은 협동하는 즐거움과 '같이'의 가치를 배우는 단원입니다. 장애가 있는 친구들도 조금만 도와주면 충분히 잘할 수 있어요.

책 속 등장 인물이나 내 주변에 도움이 필요한 친구를 떠올려보고 내용을 정리해보아요.

| 도움이 필요한 친구 | 장애의 내용 | 어떻게 도와주면 좋을까? |
|---|---|---|
| 솔이 | 발달장애 | 1. 질문을 하면 잘 알려줍니다.<br>2. 종종 말보다 몸으로 표현할 때가 있음을 이해합니다. |
| 민서 | 발달장애, 휠체어를 타요. | 1. 휠체어를 태워서 산책을 나갑니다.<br>2. 휠체어가 잘 다닐 수 있는 길을 미리 알아둡니다. |
| ○○ | 경계성 지능장애 | 1. 말을 할 때 잘 들어줍니다.<br>2. 짝이나 당번을 정해 수업 준비물을 챙겨줍니다. |

**추천도서**

우리누나, 오카 슈조

장애가 있는 여러 아이들의 에피소드를 모은 일본 작가의 단편집이다. 장애를 미화시키거나 동정의 시선으로 바라보지 않고 있는 그대로 사실적으로 표현한 것이 인상적이다. 이 책을 읽으며 아이들이 가진 장애의 다양한 특성과 행동을 이해하는 시간을 가졌으면 좋겠다.

# 젓가락 달인

글 유타루, 그림 김윤주, 출판사 바람의 아이들

{ 책 소개 }

　내가 사는 동네에는 전국에서 가장 큰 규모의 도시공원인 울산대공원이 있다. SK그룹이 사회공헌 차원에서 10년에 걸쳐 조성하여 울산시에 기부한 공원으로 면적이 369만 제곱미터에 달한다. 큰 규모에 걸맞게 많은 시민들이 찾아와 운동과 휴식, 공연 등을 즐긴다. 울산 시민뿐 아니라 많은 외국인들도 찾아와 여가를 즐긴다. 요즘에는 가족 단위의 외국인들이 제법 많이 보인다. 혈혈단신 혼자 한국에 들어와 몇 년간 일하다가 떠나는 것이 아니라 가족과 함께 들어와 아이를 키우며 생활하는 모습을 볼 수 있다. 2022년에는 한국 정부가 카불에서 구출한 아프가니스탄 특별기여자 391명 중 157명이 울산에 정착한 일도 있었다. 아프간 특별기

여자란 우리 정부의 아프간 공적개발원조(ODA)와 관련해 한국 기관과 바그람 한국병원 등에서 일한 현지 협력자들을 말한다. 이들은 아프간에서 미군이 철수한 후 탈레반에게 처단될 위험을 피해 한국행을 선택했다. 난민의 40%가 일자리 때문에 울산 동구에 정착할 계획임이 밝혀지자 주민들은 아프간 아이들의 입학 반대를 요구하며 현수막을 들고 시위를 벌였다. 지금의 분위기는 어떨까? 아프간 가장들이 취업한 HD현대중공업과 울산교육청, 지자체, 다문화센터까지 민관이 서로 협력하여 이들이 잘 정착하고 지역 사회에 융화될 수 있도록 많은 노력을 기울였다. 덕분에 현재까지 잘 적응하며 생활하고 있다는 반가운 소식이 이어지고 있다. 이렇듯 이제는 피부색이 다른 외국인들이 다양한 상황과 이유로 우리 곁에 가까이 오고 있다. 이들을 맞이하는 나의 마음은 어떨까? 기꺼운 마음으로 환영할 수 있을까? 아니면 시위 현수막을 들고 싶은 마음이 들까?

　우봉이네 반에서 젓가락 달인을 뽑는 대회를 열기로 했다. 젓가락은 손을 써야하고 손을 많이 쓰면 머리가 좋아지고 맛있는 반찬을 잘 먹게 되니 식사 시간이 즐거워질 수 있기 때문이다. 젓가락질을 곧잘 하는 아이들도 급식 시간에 나온 묵을 잘 집지 못했다. 그날 저녁, 며칠 머물기 위해 시골에서 올라오신 우봉이 할아버지는 반찬으로 나온 묵을 젓가락으로 집어 맛나게 드셨다. 이 모습을 보고 우봉이는 할아버지께 젓가락질을 배우게 된다. 우봉이는 쿰쿰한 시골 냄새와 틀니 때문에 할아버지를 싫어했지만, 젓가락질을 배우며 할아버지와 가까워지게 된다. 두부를 사러 할아버지와 시장에 간 우봉이는 야채 가게에서 젓가락질 연습을 열심히 하고 있는, 얼굴이 가무잡잡한 전학생 주은이를 보게 되었다. 생김새가 조금 남다른 주은이 엄마는 손으로 조물락 조물락거리며 밥을 드시고 계셨다. 주은이를 좋아하는 우봉이는 그 후로도 야채 가게를 오가며 주은이와 주은이 엄마의 모습을 지켜보았다. 수업 시간에 다문화에 대한 내용을 공부하면서 주은이 엄마의 고향이 '라오스'라는 것을 알게 되었다. 할아버지와 맹연습을 했던 우봉이는 젓가락 달인 대회에서 꼭 1등을 하고 싶었다. 스티커와 문화상품권을 선물로 받으면 레벨 높은 딱지를 살 계획이었다. 할아버지는 시골로 돌아가시면서 우봉이에게 할아버지의 은젓가락을 선물로 주셨다. 그리고 애들을 이기지 말고 그냥 젓가락 달인만 되었으면 좋겠다는 당부를 덧붙이셨다. 우봉이는 할아버지의 말씀이 이해되지 않았다. 드디어 대회 날! 우봉이는 초급, 중급, 고수를 모두 통과하고 드디어 달인 결정전에 올랐다. 우봉이와 함께 달인 결정전에 오른 사람은 바로 주은이! 우봉이는 달인이 되고 싶었지만 마지막까지 고민한다. 우연히 보게 된 주은이의 일기장 내용이 떠올랐고, 할아비지의 말씀이 계속 머리 속에 맴돌았다. 과연 우봉이는 어떤 선택을 하게 될까?

## 🐤 《젓가락 달인》을 읽고 생각해 보아요.

우봉이는 할아버지께 젓가락질을 배웠다. 열심히 연습해서 결승전에 나갈 정도로 잘하게 되었다. 할아버지께 배운 것은 또 있다. 손으로 밥을 먹는 주은이 엄마를 이해하는 법이다. 우리가 된장을 먹는 것을 다른 나라 사람들이 이해하지 못하는 것처럼 우리도 주은이 엄마 나라의 관습에 대해 잘 알지 못하는 것뿐이라고 말이다. 그리고 할아버지께 가장 중요한 것을 배웠다. 동무를 이길 생각 하지 말고 젓가락 달인만 되라는 것이다. 우봉이는 이 부분이 가장 이해되지 않았다. 달인이 되려면 애들을 이겨야 하는 건데…. 하지만 우봉이는 할아버지의 말씀을 결승전에 가서야 이해하게 되었다. 이기지 않고도 젓가락 달인이 될 수 있다는 것을 마음으로 이해하게 된다. '아, 싫은데. 져주기 싫은데…' 우봉이가 과연 어떤 결정을 했을지 상상해 보자.

　　주은이는 전학 온 날, 자기 소개를 하면서 '김해 김씨'임을 강조했다. 엄마가 라오스 사람이지만 주은이는 한국에서 태어나 살고 있고, 김씨 성을 가진 아이니까 말이다. 주은이는 내가 누구인지를 정확하게 인지하고 있다. 반 아이들이 '김해 김치'라고 놀려도 자기의 정체성을 지키고자 노력한다. 그 노력은 젓가락질을 잘하지 못하는 엄마에게 향한다. 젓가락 달인이 되어 문화상품권을 받게 되면 젓가락을 사려고 마음먹었다. 그 젓가락으로 엄마에게 젓가락질하는 법을 알려드릴 생각인 것을 보면, 주은이 마음 한 구석에는 자신의 정체성을 지키기 위해 고군분투하는 것이 혼자만의 이유가 아님을 알 수 있다. 주은이에게 젓가락 달인은 '김해 김씨'를 가진 한국인으로 살아가겠다는 강한 의지이자 일종의 자격 같은 것이다. 그것을 사람들에게 증명해 보임으로써 아직 '라오스'식으로 살고 있는 엄마를 지켜주고 또 이끌어 주고 싶은 마음이다. 다문화가정의 아이들이 혼자 해내야 하는 고군분투가 어디 젓가락질뿐일까? 주은이와 같은 다문화 가정 아이들을 좀 더 따뜻한 마음으로 대해야겠다는 생각이 들었다.

　　우리나라에 살고 있는 외국인들은 도시나 농촌 할 것 없이 여러 곳에서 꼭 있어야 할 중요한 존재가 되었다. 일자리든 학업이든 난민이든, 그들이 한국으로 오게 된 계기가 서로 달라도 엄연히 우리 사회 구성원으로 자리잡고 있음은 부정할 수 없다. 인구 절벽이 가속화되고 있는 우리의 상황을 고려한다면, 노동력이 필요한 구석 구석을 그들이 채워주고 있어서 다행이라는 생각이 들기도 한다. 물론 곳곳에서 외국인 노동자들로 인한 크고 작은 문제들이 발생하기도 한다. 그래서 법적, 제도적 장치를 더 보완하고 우리의 인식도 개선해야 하는 것이다. 꼭 두 개가 같이 있어야 제대로 기능할 수 있는 젓가락처럼 서로의 역할과 필요에 대해서 생각해 보면 좋겠다.

## 아이와 함께 교과서 연계하기

- 국어 4-2
- 5단원 의견이 드러나게 글을 써요

이 단원은 문장의 짜임을 생각하며 의견을 제시하는 글을 쓰는 단원입니다. 책에 나오는 등장 인물의 행동을 보며 다양한 의견을 제시해 봅시다.

| 페이지 | 등장 인물의 행동 | 의 견 | 의견에 대한 이유 |
|---|---|---|---|
| P. 43 | 주은이 엄마가 손으로 밥을 조몰락조몰락해서 드심 | 1. 손으로 밥을 먹는 것은 더럽고 비위생적인 행동이다 | ① 숟가락 등 도구가 있는데 손을 쓰는 것은 바람직하지 않다. ② 손은 세균이 많아 비위생적이다. |
| | | 2. 나라와 문화에 따라 손으로 밥을 먹어도 상관없다 | ① 어떤 나라의 쌀은 찰기가 없어서 밥이 뭉쳐지지 않아 손으로 먹는게 편하다. ② 손을 깨끗하게 씻으면 위생에 문제가 없다. |
| P. 79 | 할아버지가 우봉이에게 동무들 이길 생각하지 말고 달인만 되면 좋겠다고 하심 | 1. 달인이 되려면 아이들을 다 이기고 결승에서 최종 우승을 해야 한다. | ① 그동안 열심히 연습했기 때문에 무조건 아이들을 다 이겨야 보람이 있다. ② 문화상품권으로 딱지를 사야한다. |
| | | 2. 젓가락질을 충분히 잘하게 되었으니 꼭 우승할 필요는 없다. | ① 젓가락질을 잘하는 것이 목표이지 1등을 하는 것이 목표는 아니다. ② 우봉이보다 문화상품권이 더 필요한 아이가 있을 수 있다. |

 **추천도서**

메콩강 마트에서는 별별 일이 생긴다, 원유순

외국인 노동자들이 많이 사는 곳에 순미 엄마가 '메콩강 마트'를 열었다. 순미는 그곳에 오는 다양한 동남아시아 손님들과 재미난 시간을 보낸다. 어느 날 근처 공장에서 화재가 일어나고 인도네시아에서 온 노엘이 범인으로 지목된다. 노엘과 같은 반인 순미는 노엘이 범인이 아니라고 생각하지만 소문은 날개를 달고 퍼져버린다. 아빠와 단둘이 힘겹게 살고 있는 노엘은 누명을 벗고 예전처럼 지낼 수 있을까? 다양한 외국인 이웃의 이야기를 통해 그들을 이해하고 함께 지내는 법을 알아보자.